中国儿童文学名家评传丛书

蒋风评传

王 琦/主编　　韩 进/著

上

希望出版社

图书在版编目（CIP）数据

蒋风评传 . 上 / 韩进著 . -- 太原 : 希望出版社 ，
2024. 12. -- ISBN 978-7-5379-9093-6

Ⅰ . I25

中国国家版本馆 CIP 数据核字第 2024ES1908 号

蒋风评传（上）
JIANGFENG PINGZHUAN（SHANG）

韩 进 著

出 版 人：王 琦	项目策划：邢 龙
责任编辑：邢 龙	美术编辑：王 蕾
复 审：宸源雪	封面设计：王 蕾
终 审：傅晓明	责任印制：李 林

出版发行：希望出版社

地　　址：山西省太原市建设南路21号

开　　本：880mm×1230mm　1/32　　印　　张：10.25

版　　次：2024年12月第1版　　　　　印　　次：2024年12月第1次印刷

印　　刷：山西人民印刷有限责任公司

书　　号：ISBN 978-7-5379-9093-6　　定　　价：78.00元

蒋风（1925.10.08—　），浙江金华人，原名蒋寿康，笔名蒋风。浙江师范大学原校长、教授，中国当代儿童文学理论家、教育家、活动家。

1947年国立英士大学毕业，曾任香港国际新闻社特约记者、《申报》记者。1949年后在浙江省立金华地区人民文化馆工作。1952年起在师范院校从事儿童文学教学与研究至1994年年底离休。1984年从普通教师提拔为浙江师范学院（后文简称"浙江师院"）院长。1985年任浙江师范大学（后文简称"浙江师大"）校长。1989年卸任校长，转任浙江师范大学儿童文学研究所首任所长。离休后继续发挥余热，自费创办"中国儿童文学研究中心"、出版《儿童文学信息》报，免费招收"非学历儿童文学研究生"，举办全国儿童文学讲习会，设立"蒋风儿童文学奖"，以多种形式开展儿童文学阅读推广活动，播撒儿童文学的种子。先后受聘全国师范院校儿童文学教学研究会终身名誉会长、浙江师范大学儿童文化研究院名誉院长、浙江师范大学国际儿童文学馆首任馆长。

1945年发表第一篇儿童文学作品《落水的鸭子》。1956年在浙江师范学院（杭州大学前身）开设儿童文学课程。1957年在《儿童文学研究》发表第一篇儿童文学论文，从此致力于儿童文学教学与研究，出版著述50余种，主要有《中国儿童文学讲话》《儿童文学概论》《中国现代儿童文学史》《中国当代儿童文学史》《世界儿童文学事典》《玩具论》以及多部《中国儿童文学史》。专著《儿童文学概论》获全国首届儿童文学理论奖优秀奖，主编《中国儿童文学大系》（理论卷、诗歌卷）获第五届中国图书奖，主编《玩具论》（修订本）获第二届中国出版政府奖。

个人先后获得"宋庆龄儿童文学奖特殊贡献奖""陈伯吹国际儿童文学奖特殊贡献奖""杨唤儿童文学奖特殊贡献奖"，全国师范院校儿童文学研究会"中国儿童文学发展贡献奖""中国民间文学集成突出贡献奖""浙江鲁迅文学艺术奖突出成就奖"以及"亚洲儿童文学理论贡献奖""亚洲儿童文学交流发展贡献奖""国际格林奖"。中宣部首批德业双馨哲学社会科学家。收入《世界名人录》（伦敦剑桥世界名人传记中心）《中国文学家》《中国当代文学家名人录》《世界儿童文学事典》等80余种名人辞典。

蒋风是新中国儿童文学学科建设的开创者与奠基人，中国特色儿童文学理论体系的创建者与代表者，中国儿童文学发生"五四学说"的创立者与发展者，中国儿童文学理论走向世界的"第一人"，中国儿童阅读推广的"点灯人"，培养了一支高质量的儿童文学理论队伍。蒋风一生追梦圆梦儿童文学，在他身上有着新中国儿童文学学科发展的缩影。

蒋风与"蒋风儿童文学馆"的孩子们在一起

蒋风导师（左）与韩进（右）

目录

上

第一部 童 年

（1925—1942 1—18 岁）

第二部 我的大学

（1942—1994 18—70 岁）

引论：蒋风对中国儿童文学的贡献

这部《蒋风评传》是以"蒋风对中国儿童文学的贡献"为主题主线而撰写的纪传体评述著作，蒋风说他的一生就是"为儿童文学而生的"。《蒋风评传》第二部《我的大学》里以两个专节评述"蒋风对新中国儿童文学学科建设的贡献"，主要介绍蒋风在大学工作期间从教师和校长两个不同岗位对中国儿童文学所做的突出贡献，以及 1994 年底离休至今，蒋风以"民间儿童文学传播者"的身份继续对中国儿童文学所做的突出贡献。蒋风不仅在儿童文学人才培养、儿童文学理论研究、儿童文学阅读推广等方面做出了突出的贡献，而且彰显了一辈子"为孩子的健康成长"而奋斗的奉献精神，这是中国儿童文学最宝贵的精神财富。这篇《引论》综述蒋风对中国儿童文学的突出贡献，希望能引导读者走进蒋风的儿童文学世界，在蒋风老师奉献精神的鼓励下，建设更加美好的儿童文学的明天。

蒋风对中国儿童文学的贡献是多方面的，这部《蒋风评传》做了较为客观、全面、系统、科学的评述，这里从八个方面加以概括，简称"八大贡献"，以窥蒋风儿童文学大家的风采：一、"为儿童文学而生"；二、新中国儿童文学学科建设的开创者与奠基人；

三、中国特色儿童文学理论体系的创建者和代表者；四、中国儿童文学发生"五四学说"的创立者与发展者；五、培养了一支高质量的中国儿童文学队伍；六、中国儿童文学理论走向世界的第一人；七、中国儿童阅读推广的点灯人；八、"蒋风精神"是中国儿童文学的宝贵财富。

一、"为儿童文学而生"

2019 年，蒋风在《为了孩子的健康成长——我与儿童文学 70 年》自述中开篇写道："我今年 95 岁了，应该算得上是个老朽，但是我的心态却是个 90 后，简直像小孩子一样，有着做不完的梦。我把每天的生活都变成梦想，又把梦想一一变成现实。这些梦想几乎都与儿童文学有关，我认为自己是为儿童文学而生的。与儿童文学结缘 70 年，我能把梦想变成现实，是因为国家日益繁荣富强，伴随改革开放的大潮，时代给了我实现梦想的机会。"蒋风也给时代交出了一份最完美的人生答卷。

蒋风，1925 年生，浙江金华人，曾用名江枫、叶云、蒋山青。出生于旧社会小知识分子家庭，成长为新中国一位有坚定信仰的共产党人，坚定地履行为共产主义事业"争取未来一代"的神圣使命——儿童文学。蒋风 8 岁（1933）从数学老师斯紫辉那里读到《爱的教育》，在幼小的心田里播下儿童文学的种子。9 岁（1934）在上海《儿童杂志》发表作文《北上游记》，20 岁（1935）在《青年日报》发表儿童文学处女作童话诗《落水的鸭子》。

1947 年，蒋风从《申报》看到一则消息，三个孩子受荒诞不经的儿童读物迷惑，走上逃学求仙的歧途，发生跳崖身亡的悲剧，由此他认识到儿童文学对孩子健康成长的作用，决定终生投入儿童文学事业。1952年，蒋风开始在金华师范学校讲授儿童文学课，70多年来，在新中国社会主义建设和教育发展的大背景下，蒋风如虎添翼，创造了一个又一个儿童文学神话和人生奇迹，先后获得各项荣誉30多项，其中很多重要奖项一个人一生中能获得一项就已经非常了不起，而人们却毫不吝啬地全部给了蒋风，因为蒋风配得上这些荣誉，如：浙江省人民政府授予的"优秀少年儿童工作者"称号（1981），台湾杨唤儿童文学奖特殊贡献奖（1999），宋庆龄儿童文学奖特殊贡献奖（2003），浙江省人民政府鲁迅文艺奖突出成就奖（2004），亚洲儿童文学学会共同会长推戴奖（2004），全国关心下一代先进工作者（2005），世界儿童文学大会暨亚洲儿童文学大会儿童文学理论贡献奖（2005），中国文联、中国作家协会从事文学创作60年奖（2007），国际格林奖（2011），亚洲儿童文学交流发展贡献奖（2014），陈伯吹国际儿童文学奖特殊贡献奖（2015），中宣部"首批哲学社会科学界德业双馨专家学者"（2018），《光明日报》建党百年"知识分子党员风采"（2021）。

蒋风获得的上述荣誉与他在中国儿童文学界开创的多个"第一"相关。蒋风在新时期第一个在高校恢复儿童文学课程、第一个在高校创建儿童文学研究机构（儿童文学研究室）、第一个以讲师身份招收儿童文学硕士研究生、第一个从普通教师被破格任命为浙江师范学院（后更名为浙江师范大学）校长；他是国际儿童文学学会第一位中国籍会员、第一位获得国际格林奖的中国籍儿童文学家、第一位在92岁高龄仍然获得国家哲学社会科学重点课题的儿童文学家。蒋风著述或主编了新时期以来多个"第一"

的教学科研成果：第一部《儿童文学概论》、第一部《中国现代儿童文学史》《中国当代儿童文学史》、第一部《玩具论》、第一部《世界儿童文学事典》。蒋风开创了儿童文学阅读教学与学术研究的多个全国"第一"：首创全国幼师普师儿童文学教师进修班、师范院校儿童文学教学研究会，免费招收非学历儿童文学硕士研究生，创立"蒋风儿童文学奖"，设立"蒋风儿童文学馆""蒋风儿童文学院""蒋风儿童文学社"，创建"儿童文学特色小镇（村）"，开设"蒋风儿童文学家庭文库流通站"移动书房和"蒋风爷爷教你学童诗"专题系列讲座……

谁的一生能有这么长的时间，只做儿童文学一件事情？蒋风把一生奉献给了儿童文学，是新中国儿童文学发展的见证人，是推进中国儿童文学不断走向繁荣的实践者、贡献者、引领者。蒋风不仅被誉为中国儿童文学理论界的"泰斗"，也是中国具有国际影响的为数不多的儿童文学家的代表，还是与孩子们一起并受到孩子们爱戴的蒋风爷爷。"蒋风的历史，就像一部中国现当代儿童文学研究史。"①在蒋风身上有一部新中国儿童文学发展史的缩影。

这就是蒋风！那个不知疲倦、不知老之已至，仍以一颗童心和爱心，做着他力所能及的儿童文学普及工作的孺子牛。2022年3月1日，浙江师范大学儿童文学研究中心发文《97岁的蒋风再度梦圆》报道，蒋风已经将300万字《世界儿童文学事典》（修订本）的样稿发给了希望出版社，静待出版佳音。与这篇新闻报道同一页面的还有一则短讯《关于蒋风教授百年寿辰的征稿启

---

① 陈兰村.蒋风评传：引子[M].北京：作家出版社，2010:3.

事》，其中写道："2025年是蒋风教授的百年寿辰。为进一步继承和发扬蒋风教授著书立说、教书育人的精神，推进儿童文学研究的进一步发展，现决定面向社会征集与蒋风教授交往的相关文章，文体和字数不限，所征集的稿件将结集成书，由希望出版社出版。"

这就是蒋风精神！德业双馨，山高水长。桃李芬芳，师恩难忘。蒋风为儿童文学而生，他的学生、读者以及受惠于他的儿童文学界也报以衷心的祝福和崇高的敬意——祝蒋风先生健康快乐，童心永驻！祝蒋风先生热爱的中国儿童文学繁荣发展。

二、新中国儿童文学学科建设的开创者与奠基人

早在20世纪50年代初，蒋风就先后在金华师范和浙江师院开设儿童文学课程，以中国儿童文学课程讲稿为基础，于1959年出版了《中国儿童文学讲话》（江苏文艺出版社），这是我国第一部具有儿童文学史意义的著作，鲁兵称之为"我国儿童文学的'史略'"，是"整理和编写我国儿童文学史"的"一个良好的开端"。[1]"文革"时期被作为"反动学术权威"关进牛棚期间，蒋风已经完稿的《中国现代儿童文学简史》被抄毁。"文革"一结束，蒋风重回讲坛的第一件事就在高校恢复儿童文学课，并于1979年在全国率先招收儿童文学硕士研究生，建立儿童文学研究室（1979—1988，1988年升格为儿童文学研究所，蒋风任所长至1994年退休），1982年出版新时期第一部儿童文学教材《儿童文

---

[1] 鲁兵.评《中国儿童文学讲话》[J]. 儿童文学研究，1959（2）:80.

学概论》（湖南少年儿童出版社），1983年创办全国幼师普师儿童文学进修班。此后陆续出版蒋风主编的第一部《中国现代儿童文学史》（河北少年儿童出版社，1986）、第一部《中国当代儿童文学史》（河北少年儿童出版社，1991）、第一部儿童文学百科全书式的辞典《世界儿童文学事典》（希望出版社，1992）、第一部《儿童文学教程》（希望出版社，1993）。至此，蒋风基本完成了对中国儿童文学学科的构建：（1）开设儿童文学课程；（2）编写儿童文学教材；（3）搭建学术研究机构；（4）建设图书资料；（5）培训儿童文学师资。方卫平先生在回顾中国当代儿童文学学科发展历程时曾指出："儿童文学这一处于学术体制边缘的弱势学科，在被一南一北两个村子夹于其间的浙江师范大学，却得到了一种难得的学术尊重、呵护和培育"，"获得了中国所有高校中最好的大学文化土壤和体制保障"。[①]这与蒋风在浙江师院的开创之功以及担任浙江师范大学校长期间（1984—1988）将儿童文学作为核心学科来建设所奠定的坚实基础密不可分。此后儿童文学学科发展为浙江师范大学的特色学科和中国儿童文学教育的品牌机构，也是扎根在"蒋风时期"的儿童文学沃土里。

1994年年底，蒋风退休以后，没有了繁杂的行政工作，可以一门心思把全部精力都投放到他热爱的儿童文学事业上，他创办了民间儿童文学机构"中国儿童文学研究中心"，免费招收"非学历儿童文学硕士研究生"，创办《儿童文学信息》作为学员的"会刊"；继续开展儿童文学教学科研，主编《幼儿文学概论》（2005）、

---

① 方卫平.总序：论一个可能的儿童文学学派[M]//蒋风主编.中国儿童文学发展史.上海：少年儿童出版社，2007:4.

《外国儿童文学教程》（2012）、《新编儿童文学教程》（2013），主编修订《中国儿童文学史》（华东师范大学出版社，2018）和主编新著《中国儿童文学史》（复旦大学出版社，2019），重修《玩具论》（2009）、《世界儿童文学事典》（2016）；在蒋风的影响和支持下，浙江师范大学创建了中国高校第一个儿童文学系（2003），创办了中国高校第一份综合性儿童文化研究丛刊《中国儿童文化》（2004），成立浙江师范大学第一个独立的处级科学研究机构"儿童文化研究院"（2005），成立中国高校第一个国际儿童文学馆和台湾儿童读物资料研究中心（2007），建立第一个中国儿童文化研究网（2007）；深入学校、社区、农村开展儿童文学阅读推广活动，创建"蒋风儿童文学家庭文库流通站"（2008），成立"蒋风儿童文学工作室"（2013），设立"蒋风儿童文学理论奖"（2014），建设"蒋风儿童文学馆"（2017），创建"儿童文学特色小镇（村）"（2021）。蒋风创建的浙江师范大学儿童文学团队韦苇、黄云生、周晓波、吴翔宇、钱淑英、胡丽娜，培养的儿童文学研究生吴其南、王泉根、汤锐、方卫平、赵志英、汤素兰、韩进、郭六轮、杨佃青，以及非学历儿童文学研究生汤汤、毛芳美、杨宁、眉睫、汪胜、黄锡忠、袁银波，等等，都已经成为中国儿童文学教学、研究、理论、创作的中坚力量，众多儿童文学爱好者在他的引领和指导下，走上了儿童文学道路。

三、中国特色儿童文学理论体系的创建者与代表者

蒋风的儿童文学观集中体现在他的《儿童文学概论》（1982）、《儿童文学教程》（1993）、《儿童文学原理》（1998）、《儿童文学

史论》（2002）、《幼儿文学概论》（2005）、《新编儿童文学教程》
（2013）等一系列儿童文学基础理论著作里。其中《儿童文学概
论》是"新中国最早一本系统的儿童文学专著，曾一版再版，被
各师范院校选作儿童文学课教材"，①是蒋风儿童文学思想的代表
著作。该书具有鲜明的中国儿童文学特色，既汲取了苏联儿童文
学理论的合理内核，又顺应中国文学发展的时代要求，更有蒋风
儿童文学创作、教学、科研的心得体会，从文学性、儿童性、方
向性三个方面，界定了中国儿童文学的学术概念，是经过近百年
中国儿童文学发展的正反两个方面历史经验和教训检验的具有合
理内核的儿童文学观，是构建中国特色儿童文学理论的奠基石。

　　蒋风始终认为，儿童文学是根据教育儿童的需要，专为广大
少年儿童创作或改编符合他们的审美需求、适合他们阅读心理和
接受能力，能为少年儿童所理解和乐于接受并有助于他们成长的
文学作品，包括儿歌、谜语、童话、寓言、故事、小说、剧本、
电影文学、科学文艺等多种文学样式。按照儿童读者对象的年龄
特征及文学接受能力，儿童文学可以分为幼儿文学、儿童文学和
少年文学三个层次，以适应不同年龄少年儿童的智力、兴趣和爱
好等，成为向少年儿童进行思想教育、知识教育、审美教育的有
力工具。②

　　蒋风始终强调儿童文学与文学的一致性，儿童文学首先是文
学，是文学的一个组成部分。儿童文学的任务、性质、发展规律，

---

① 张永健主编. 20世纪中国儿童文学史[M]. 沈阳：辽宁少年儿童出版社，
2006:386.
② 蒋风. 儿童文学概论[M]. 长沙：湖南少年儿童出版社，1982:3-4. 蒋风. 新
编儿童文学教程[M].杭州：浙江大学出版社，2013:2.

与文学都是一致的，有着不可分割的关系。在文学与生活、文学与政治、文学的发生和发展等基本原则方面，儿童文学与一般文学都是一致的。因此谈论儿童文学，首先应该认识它与一般文学的共同性，不要在儿童文学与一般文学之间划出一条绝对的界线。① 这种"一致性"表现为文学与儿童文学是共性与个性的关系，研究任何事物既要看到它的共性，更要探索它的个性，因为"无个性即无共性"。研究儿童文学也一样，既要看到它和一般文学的共性，更要研究它自己本身的运动形式，研究它的特殊矛盾，研究它不同于一般文学的特殊点。目的是更好地发挥它在培养无产阶级革命事业接班人这一战斗任务中的作用，更自觉地执行党的文艺路线。②

蒋风始终坚持儿童文学的特殊性是由儿童这个特定的读者对象决定的，强调儿童文学要完成它对少年儿童的共产主义教育任务，必须先认真了解它工作对象的特点，研究读者对象的要求、兴趣、爱好、接受能力等，并引用高尔基在《儿童文学主题论》中的忠告："有志于儿童文学的作家必须考虑到读者年龄的一切特点。违背这些特点，他的作品就会变成没有对象的、对儿童和大人都无用的东西。"研究儿童文学的特殊性首先要研究儿童的年龄特征，儿童的年龄特征既有生理和心理基础，更要关注在此基础上发展起来的社会性和时代性，全面科学、准确地理解儿童的年龄特点，关注不同年龄阶段对儿童文学的特殊要求，因为儿童文学的特点是儿童读者的特殊要求在文学上的反映。儿童文学

---

① 蒋风.儿童文学概论[M].长沙：湖南少年儿童出版社，1982:4. 蒋风. 新编儿童文学教程[M].杭州：浙江大学出版社，2013:7-9.
② 蒋风.儿童文学概论[M].长沙：湖南少年儿童出版社，1982:10.

在艺术表现上的特殊要求，表现在要有引人入胜的情节、要有层次清楚的结构、要有深入浅出的语言、要有多样化的手法和体裁。①

蒋风始终重视儿童文学与儿童教育的关系，强调"儿童文学不同于一般文学的第一个明显特点，就在于它具有明确的教育方向性"。"明确的方向性"应该与文学性、儿童性完美地融合在一起，因为儿童的世界观、人生观正在形成，可塑性大，儿童文学对儿童的感染和引导必须是明确的、正确的。"社会主义儿童文学应该具有明确的共产主义教育方向性"；"儿童文学的教育方向性，比起一般文学来说，要更明确，更有目的，也更有计划性，也就要对小读者进行有目的的、有计划的共产主义教育"，这是由少年儿童是共产主义革命事业接班人的特殊身份所决定的。19 世纪丹麦童话大师安徒生已经看到了他"为孩子们写童话"是在"争取未来的一代"，那么今天人类已经进入 21 世纪，处于中华民族追寻伟大复兴中国梦的新时代，我们能低估儿童文学的意义和作用吗？正如别林斯基所说："儿童书籍是为教育而写的，而教育又是一件伟大的事业：它决定着人的命运。"②

综上所述，蒋风回答了"为什么要有儿童文学?""什么是儿童文学?""儿童文学为什么人（儿童）"以及"如何为"这样一些儿童文学的根本问题，明确了"为儿童"是儿童文学之所以存在的核心问题。初步构建了"文学性、儿童性、方向性"辩证统一、"三位一体"的中国特色儿童文学理论架构，文学性是躯体、儿童性是灵魂，方向性是生命，这是那个时代对儿童文学可能作

---

① 蒋风. 儿童文学概论 [M]. 长沙：湖南少年儿童出版社，1982:9-17.
② 蒋风. 儿童文学概论 [M]. 长沙：湖南少年儿童出版社，1982:18. 蒋风. 新编儿童文学教程 [M]. 杭州：浙江大学出版社，2013:19.

出的科学、辩证、准确、全面的理论阐释，具有一种与时俱进的开放体系，至今仍然没有一种理论可以完全取而代之。这是蒋风对中国儿童文学的最大贡献。

蒋风的儿童文学理论是"蒋风时代"的产物，自然也有那个时代的局限，譬如认为"儿童文学是教育儿童的有力工具"，从强调"儿童文学的教育方向性"和儿童文学作家的时代使命感，导致实践中的儿童文学片面追求教育性而忽视文学性，这是那个时代的误区，并不是蒋风儿童文学理论的错误。尤其在经历了新时期以来否定"教育工具论"带来的儿童文学过分娱乐化、一味迎合儿童心理、追求无意义无意思的所谓"回归儿童本位"的儿童文学试验以后，人们更加感到"教育方向性"必须成为儿童文学最重要的特征，儿童文学对儿童读者必须有正确的引导，必须坚持正面引导，必须提供正能量，激发儿童的向上力，帮助儿童在成长中扣好人生"第一粒扣子"。这可以说是百年中国儿童文学、特别是新中国成立以来儿童文学发展的沉痛教训与宝贵经验。

四、中国儿童文学发生"五四学说"的创立者与发展者

蒋风儿童文学理论的重要内容之一是他的中国儿童文学发展史观。今天人们了解到的中国儿童文学发展的历史，基本上就是蒋风在一系列史学著作中讲述的历史。这类儿童文学史学著作有：《中国儿童文学讲话》（1959）、《中国现代儿童文学史》（1987）、《中国当代儿童文学史》（1991）、《中国儿童文学史》（1998）、《儿童文学史论》（2002）、《中国儿童文学发展史》（2007）、《中国儿童文学史》（华东师范大学出版社，2018）、《中国儿童文学史》（复

旦大学出版社，2019）。与儿童文学理论研究一样，对中国儿童文学史的研究，也是贯穿蒋风儿童文学研究的全过程。每隔一段时间，蒋风就重修或新编一部中国儿童文学史，不仅是与时俱进、不断完善并完整记录中国儿童文学发展进程的需要，而且更是蒋风对中国儿童文学这一具有特殊意义的文学发展现象不断研究新成果发布的需要。蒋风认为，"学科要完整，发展史不可或缺"。但"学科在发展，发展史也要与时俱进"。① 可以说，蒋风的"儿童文学发展史"著作，以客观、全面、辩证、发展的观点，描述并揭示了中国儿童文学发生发展的历史进程和基本规律，是关于中国儿童文学发展史研究最具权威的主流观点，代表了中国儿童文学发展史研究的方向和水平。

蒋风始终认为，儿童文学史研究是儿童文学学科不可或缺的重要组成部分，没有一部真正的中国儿童文学史，就没有儿童文学的自信，甚至儿童文学的学科也不能成立，确立中国儿童文学发生发展的源点就是确立中国儿童文学学科建设的基点。从严格的发生学意义上说，中国儿童文学是 20 世纪初的产物，但它不是在某个良辰吉日突然从天而降的，而是在数千年灿烂的中国文化的孕育下，在继承并发扬中国民间文学和古典文学传统的基础上，综合各种因素形成并发展起来的，有一个从自发到自觉的漫长过程。中国儿童文学是中国现代文学的一部分，五四运动催生了中国现代文学，同时也催生了中国儿童文学。早在 1958 年 5 月，蒋风在《儿童文学研究》（内部发行）第 5 期发表《五四时期的中国儿童文学》就提出 1919 年五四运动以后，"才开始有了'儿

---

① 蒋风.中国儿童文学史：序言 [M].上海：复旦大学出版社，2019:1-2.

童文学'"。在 1959 年出版的我国第一部儿童文学史略《中国儿童文学讲话》第一章《"五四"时期的儿童文学》第一节《中国儿童文学的产生》中，开篇明确指出："在中国旧文学中，儿童文学作为一种文学体裁是不存在的。中国儿童文学的正式诞生却是五四运动以后的事情。"①40 年后，蒋风在《中国儿童文学史·绪论》中，进一步发展了中国儿童文学发生的"五四学说"，具体描述了中国儿童文学"从自发到自觉的漫长道路"，强调"五四以前的中国儿童文学尚未形成文学的独立分支"，五四时期在（1）"人的现代化"；（2）"语言的现代化"；（3）"儿童观的进步"；（4）"普及教育的驱动"；（5）"外国儿童文学的影响"等诸多社会、文化、历史因素的综合作用下，中国儿童文学才有了"从觉醒跨进自觉这一飞跃的一步"，否则"很难想象五四时期会有中国现代儿童文学的诞生"。"我国现代儿童文学之所以诞生于五四时期，这是历史的遇合"，明白了这一点，"我们也基本上回答了这样一个问题，即一个具有五千年文明悠久传统和丰富文学遗产的古国，为什么具有独立分支的儿童文学的诞生，会比西方各国几乎晚了两个世纪的原因所在"。②

蒋风始终坚持从中国独特的人文背景去考察中国儿童文学的发展特点，得出如下结论：（1）源远流长，遗产丰富；（2）发展特别缓慢；（3）起步晚，起点高；（4）一贯注重教化；（5）鲜明的民族风格。将中国儿童文学"放到世界儿童文学历史的坐标中去考察"，以《大英百科全书·儿童文学》关于儿童文学发

---

① 蒋风. 中国儿童文学讲话 [M]. 南京：江苏文艺出版社，1959:1.
② 蒋风、韩进. 中国儿童文学史：绪论 [M]. 合肥：安徽教育出版社，1998:1-10.

展水平的"十项指标"①作为参照，中国儿童文学几乎在每一个
方面都有显著的发展和深刻的教训，这无疑是一份财富，表明
中国儿童文学发展有了丰富的经验积累，可以以史为鉴，开创
未来。②

　　蒋风自述"我的儿童文学史观是建立在我的儿童文学观基础
之上并受之引领的"，包括五个方面:（1）历史是事物发展的总结，
应探讨事物发展过程中的种种现象和事实，总结经验教训，分析
成败得失，找出规律。（2）历史记载的都应该是发生过的事实。
（3）历史学家的任务在于区别真实的和虚假的、确定的和不确
定的，以及可疑的和不可接受的。讲事实是史家坚守的信条，不
应该感情用事，不背离真实。（4）儿童文学史的任务，就是在
儿童文学从无到有、从有到丰富多彩这个发展过程中发现规律。
（5）要提高儿童文学水平，就应该好好地研究儿童文学史。③

五、培养了一支高质量的中国儿童文学队伍

　　蒋风对中国儿童文学的重要贡献还突出体现在培养了一支优

---

① 《大英百科全书·儿童文学》词条所列儿童文学发展"十项指标"为:
（1）对儿童特性认识的程度；（2）超越被动地依靠口头传说和民间传说
所取得的进步；（3）一种职业阶层的产生；（4）脱离专制、独立的程度；
（5）第一流的作品数量；（6）新形式或体裁的创新和各种传统形式的利
用；（7）依赖翻译作品的程度；（8）基本作品的数量；（9）辅助性儿童
文学书籍的数量；（10）和儿童文学有关机构的发展水平。
② 蒋风、韩进. 中国儿童文学史:绪论[M]. 合肥:安徽教育出版社，
1998:21-37.
③ 蒋风. 中国儿童文学史:序言[M]. 上海:复旦大学出版社，2019:2.

秀的中国儿童文学队伍。

从 1952 年在金华师范学校开设儿童文学课至今 70 多年间，蒋风一直从事儿童文学教学、培训工作，听过他儿童文学课的学生、参加过他主持的师范院校儿童文学教师进修班的老师、成为他非学历儿童文学硕士研究生班的学员、在"蒋风儿童文学馆""蒋风儿童文学院""蒋风儿童文学社"接受蒋风辅导写诗与阅读的中小学生——这些蒋风的学生们可谓成千上万，他们不仅是活跃在当今中国儿童文学界的一支重要力量，而且他们中还有很多"中国儿童文学的幼苗"正在茁壮成长。

从 1979 年在浙江师院率先恢复儿童文学课，组建儿童文学研究室与儿童文学资料室，建立系级的儿童文学研究所，蒋风从最初的一个人孤军奋战，到组建以蒋风、韦苇、黄云生为"三足鼎立"的儿童文学专业研究机构，为此后浙江师范大学获批儿童文学系、成立儿童文化研究院、创建国际儿童文学馆、设立儿童文学研究中心，创造了必要前提并奠定了坚实基础，浙江师范大学因为有蒋风开创的儿童文学教学研究的鲜明特色和突出贡献，被誉为中国儿童文学教学研究的重镇和中心。

从 1979 年率先在全国招收儿童文学硕士研究生，到 1994 年退休后创办民间机构中国儿童文学研究中心免费招收非学历儿童文学硕士研究生，如今，毕业的儿童文学硕士已经成为中国儿童文学理论研究的中坚力量——王泉根、汤锐、方卫平、汤素兰、韩进均进入中国作家协会儿童文学委员会，并在所在地文联作协担任重要领导职务，参与中国儿童文学的政策制定及组织建设工作；吴其南、王泉根、方卫平、汤素兰、韩进等作为儿童文学教授担任儿童文学硕士、博士、博士后研究生导师，为中国儿童文学理论研究培养了一批高级人才；汤素兰、韩进、杨佃青、郭六轮等还在少儿出版单位担任重要职务，为儿童文学出版尽心出力；以汤汤、毛芳美、汪胜、杨宁等为代表的非学历儿童文学硕士研究生，在儿童文学创作与研究方面都取得了很好的成绩，为新时代中国儿童文学发展注入了一股新鲜血液和青春力量。

自 2001 年成立"蒋风儿童文学院"、2002 年开设"蒋风爷爷教你学写诗"以来的二十余年，蒋风专心做着"争取未来一代"的工作，将儿童文学的种子播撒在孩子们幼小的心田里——"唯其幼小，所以希望就正在这一面"（鲁迅语）。蒋风以孩子们喜欢的童诗为兴趣点，通过童诗写作训练，使孩子们认识儿童文学，养成文学的趣味，从而为儿童文学发展培育幼苗。可以说，蒋风把自己一生的全部精力都用在"为孩子的健康成长"上，用在儿童文学队伍培养上。蒋风认为，人是一切的决定因素，儿童文学要发展，关键要有一支相对稳定的、一定规模和较高质量的专业儿童文学队伍；儿童文学后继有人，儿童文学事业才有希望和未来。

六、中国儿童文学理论走向世界第一人

蒋风非常重视中国儿童文学的对外交流，可以说是中国儿童文学理论"走出去"第一人，为中国儿童文学走向世界并融入世界、让世界关注并接纳中国儿童文学作出了突出贡献。蒋风认为："任何一门学科的发展，都离不开中外交流，有交流才能进步，有交流才有发展。二十多年来，我致力于儿童文学的中外文化交流，

可谓不遗余力。"① 这部《蒋风评传》，笔者在第二部《我的大学》和第三部《在人间》分别以两个专节《中外儿童文学交流的开拓者》为题，作了较为全面的梳理和归纳，不在此赘述，现择其"十大事件"，可见蒋风是当之无愧的"中国儿童文学对外交流大使"。

（一）1986 年 8 月，蒋风应国际童书联盟 (IBBY) 东京大会会长永井道雄和大会执委会委员长渡边茂男邀请出席大会，同期参加日本大阪市国际儿童文学馆主办的"儿童文学国际研究会议"，蒋风在会上作《着眼于未来》专题发言。这是蒋风第一次参加国际儿童文学交流活动，结识日本儿童文学著名学者鸟越信教授等同行，开启了中日儿童文学交流之旅。

（二）1987 年 4 月，蒋风成为国际儿童文学学会的第一位中国籍会员，以后又陆续担任亚洲儿童文学研究会共同会长、世界华文文学学会名誉顾问、国际格林奖评委等多个国际儿童文学学术组织的重要职务。

（三）1990 年 8 月，蒋风应韩国李在彻教授邀请，以观察员身份出席韩日儿童文学研讨会。蒋风倡议将该会扩大为亚洲儿童文学研讨会或亚洲儿童文学大会。李在彻教授接受建议，重发通知，亚洲儿童文学大会由此诞生，蒋风为亚洲儿童文学大会创始会长之一。

（四）1994 年 5 月，应台湾"海峡两岸儿童文学研究会"邀请，蒋风等大陆儿童文学界一行 14 人，飞赴台湾进行两岸儿童文学系列交流活动，这是大陆儿童文学界首次赴台交流，蒋风在会上发表题为《情·象·境·神——从中国诗艺美学传统看海峡两岸

---

① 蒋风. 走在光荣的荆棘路上：我和儿童文学[N]. 儿童文学信息. 2004-01-20.

儿童诗》的演讲，还应邀到台东师大讲学。2019 年 6 月，被授予台湾"杨唤儿童文学特殊贡献奖"。

（五）2006 年，先生应邀出席韩国首尔举办的"第二届世界儿童文学大会暨第八届亚洲儿童文学大会"，蒋风被授予唯一的"儿童文学理论贡献奖"。颁奖词评价"蒋风先生是代表中国儿童文学研究学术界的学者"，"把中国儿童文学理论提升到了世界级的水平，其贡献获得亚洲儿童文学界之具体肯定，特此给予理论贡献奖"。蒋风成为中国文学界至今仍然唯一的一位获奖者。

（六）2010 年 10 月，第十届亚洲儿童文学大会在浙江师范大学召开，会议主题是"世界儿童文学视野下的亚洲儿童文学"，蒋风在开幕式上致欢迎辞，希望"全亚洲儿童文学工作者携起手来，为塑造人类新一代的灵魂而共同努力"。

（七）2011 年 12 月，蒋风荣获第十三届国际格林奖，成为获此殊荣的第一位中国人。此前已经连续两届获得国际格林奖提名奖。

（八）2014 年 8 月，蒋风应邀出席在韩国举办的第十二届亚洲儿童文学大会暨第三届世界儿童文学大会，被授予"亚洲儿童文学交流发展贡献奖"。

（九）2016 年 8 月，第十三届亚洲儿童文学大会在台湾台东大学召开。大会接受蒋风先生的提议，推举湖南师范大学教授、知名儿童文学作家汤素兰为亚洲儿童文学大会北京分会会长，儿童文学评论家、时代出版传媒股份有限公司副总经理韩进，湖南少年儿童出版社副社长、儿童文学编辑家吴双英为副会长，完成了中国儿童文学界在亚洲儿童文学大会的新老交替，新任北京分会会长汤素兰接下了第十四届亚洲儿童文学大会于 2018 年在湖南长沙举办的工作。第十四届亚洲儿童文学大会开幕之时，蒋风专程赶赴湖南长沙出席开幕式并致辞。

（十）2022年2月，98岁的蒋风再度梦圆，其承担的国家社科重点课题《世界儿童文学事典（修订本）》已全部完工，样稿发给希望出版社静待出版。蒋风在1992版《世界儿童文学事典》的基础上，用5年多时间召集海内外100多名儿童文学研究者，完成了一部300万字的儿童文学百科类辞书，包括各大洲61个国家的儿童文学概貌、约1350位儿童文学作家词条、950条世界儿童文学作品及形象、181种各国儿童文学奖等丰富内容，堪称世界上最新最全最权威的一部"世界儿童文学大典"。

蒋风在儿童文学对外交流的鲜明特色与宝贵经验是"以我为主"，以更多更快更好地向世界介绍宣传中国儿童文学历史、现状与未来为第一要务，以借鉴国际儿童文学发展成功经验为"他山之石"，以中国儿童文学融入世界儿童文学大潮中以中国特色和中国形象独树一帜为基本追求，实现从合作共赢到引领世界儿童文学潮流。蒋风无疑是中外儿童文学交流的开拓者、建设者和见证者。

七、中国儿童阅读推广的点灯人

阅读改变命运。蒋风与儿童文学结缘，源自童年时代的两次阅读。一是母亲在他幼小的心田里播下了文学梦的种子。蒋风6岁时到了上学的年龄却不肯上学，气得父亲把他的书包扔上了屋顶，是母亲给他讲大诗人李白幼年逃学遇到老妪把铁杵磨成针的故事，又给他念唐诗宋词，结合身边不同的情境教蒋风读不同的诗。就这样慢慢地，读诗吟诗成了蒋风的兴趣和习惯，从迷醉于诗，又慢慢扩及文学的各个门类，蒋风退休后坚持教孩子们学写诗，就是受到自己童年时候因母亲诗教而受益一生的启示。二是数学老师斯紫辉每周用一节课给学生讲《爱的教育》故事，用了整整一个学期把全书的故事讲完，故事里栩栩如生的人物形象让蒋风难忘，在期末的班会后，斯老师把这本意大利儿童文学作家亚米契斯写的世界儿童文学名著送给了蒋风，正是斯老师和这本书，决定了蒋风一生的命运，让蒋风明白了一个道理：书，对一个人的影响是无法估量的。有了小学时代养成的阅读习惯和打下的文学功底，中学时期的蒋风开始了广泛阅读文学经典，而且对苏联时期的儿童文学作品特别喜欢，如班台莱耶夫的小说《表》和奥斯特洛夫斯基的长篇小说《钢铁是怎样炼成的》，还有高尔基的《童年》《在人间》《我的大学》"三部曲"，都对蒋风坚定地走上儿童文学之路以及顽强地坚守自己的儿童文学理想，有着直接影响。当时又发生了一件加速决定蒋风人生命运的"阅读事件"——三个少年看了荒诞不经的连环画，结伴到四川峨眉山修仙学道，最后跳崖身亡的惨剧，从反面证明了一部坏书会引诱孩子走上歧途甚至失去生命。阅读优秀的儿童文学作品对塑造孩子们的人格和心灵太重要了，为了不让三个孩子的悲剧重演，蒋风决心献身儿童文学事业，帮孩子健康成长扣好人生第一粒纽扣。

从 20 世纪 50 年代至今七十多年来，蒋风只做一件事：推广儿童文学，让更多的人阅读、研究儿童文学，走上儿童文学道路。可以分作两个阶段，以 1994 年离休为界，之前是工作时间，之后是休息时间，但蒋风都一样在"努力撒播儿童文学的种子"。从广义上说，儿童文学教学与研究的本质也是在阅读推广儿童文学作品，而蒋风在日常教学与研究的同时，还有大量的儿童阅读推广社会活动。1963年起，蒋风接替著名儿童文学作家金近担任中国作协浙江分会儿童文学小组组长，20世纪80年代，儿童文学小组扩展为儿童文学创作委员会，蒋风又继续被选为主任，在这个岗位上一干就是30多年，直到离休。这期间通过设立全校性儿童文学兴趣小组、举办全国幼师普师儿童文学教师进修班，蒋风成为新时期以来中国儿童文学阅读的点灯人。

1994年蒋风离休以后，继续发挥余热，创建中国儿童文学研究中心，免费招收非学历儿童文学研究生，举办全国儿童文学讲习会，20多年来有600多名学员参加研究生班学习。也是从离休开始，蒋风创造性地开展"私人藏书公益化"的阅读活动，致力于推广儿童阅读和儿童诗教学，儿童文学从高贵的大学课堂和深奥的理论殿堂走出研究室、走出学院，走进社会、走进小学校园、走进乡镇、走进孩子心里，"蒋风儿童文学家庭文库流通站""蒋风儿童文学馆""蒋风儿童文学院""蒋风儿童文学社"以及蒋风创建的"儿童文学特色小镇（村）"，这些以蒋风的名义与名声开展的儿童文学阅读推广活动，已经融入学校日常教育、融入孩子的阅读生活、融入新农村文化建设，对孩子的健康成长起到了潜移默化的作用。

蒋风有自己的阅读理论，他认为，孩子的阅读越早越好，甚至可以从胎儿期有听觉的时候开始，准爸爸准妈妈们就可以对着腹中胎儿讲故事念儿歌。蒋风强调，科学的阅读应该是语言教育与审美教育，而非识字教育。在孩子学前阶段，让孩子在听故事和阅读中学会说完整的话并感知话语的情感温度是最重要的，识字是孩子上小学以后的事情，因而幼儿阅读的最好读物是画本读物，图画最能激发孩子的想象力和创造力，给孩子带来无尽的乐趣，还能促进孩子个性化的发展。从一定意义上说，蒋风不建议家长一开始就给孩子阅读古代文学，毕竟很多传统文化中存在一些糟粕，而孩子还不具备辨别能力，全盘吸收对孩子的成长不利。同时，蒋风提醒广大家长切勿急功近利，兴趣是最好的老师，只有让孩子感觉读书是非常有趣的事情，他才会渐渐学会自主阅读，学会自主选择优秀的读物，而家庭的书香氛围对孩子的阅读兴趣和阅读习惯的培养尤为重要，在家里设书房，在幼儿园设图书角，都是很好的阅读环境，让孩子在潜移默化中闻着书香长大，与书结缘，终身为伴。

蒋风重视家长、老师等成人在孩子阅读全过程中的引导与辅导作用。在孩子学会自主选择读物之前，家长、老师的引导尤为关键，但现实生活中家长及老师的儿童文学素养不够高，甚至不少家长和老师自己都没有阅读的习惯，在引导孩子阅读方面就会力不从心。因而，蒋风一直在呼吁社会各界对儿童文学研究给予必要的重视，建议师范类院校要将儿童文学素养列入课程教授范围，建议有条件的学校等有关单位尽可能开设儿童文学素养培训课程，全面提升中国家长的儿童文学水平和社会的儿童文学意识，营造有利于儿童阅读的书香社会、书香学校、书香家庭等环境。

如何为孩子选择儿童读物？蒋风认为，要首先明白"儿童阅读的目的是让孩子与书终身结缘"，从此进一步提出选书"三大原则"：一是适龄性，即选择适合孩子成长阶段的书籍；二是趣味性，给孩子感兴趣的书籍，家长也可以直接带孩子去书店，让孩子自己挑，家长只需在旁把把关；三是考虑一定的教育意义，让孩子在趣味阅读中得到道德成长，寓教于乐，是再好不过的阅读和成长。蒋风指出，当前中国儿童文学作品的明显缺陷是想象力不足，儿童的功利性、应试性阅读占上风，将儿童阅读与语文成绩和考试相挂钩，扼杀了孩子们阅读文学的兴趣和乐趣。对于儿童的阅读指导，过多地注重讲道理而忽视对孩子们想象力的培养；一味地强调服从性而剥夺了孩子自由选择阅读的权利，造成家长、老师与孩子情绪上的对立。因而蒋风提倡师生共读、亲子阅读，开展和学生、孩子"同读一本书"活动，在共同话题里开展自由的交流，既给孩子的情感和心灵以文学的滋养，又增加了师生、父子母女间的情感与互信。这也是蒋风为什么把"教孩子们写诗"作为推广儿童阅读的切入点和突破口的深层次原因。

蒋风倡导的儿童阅读不是"走形式"的读书运动，有一阵没一阵，而是融入儿童日常的"走心"生活，像一日三餐那样给孩子以精神营养。蒋风以亲身体会、言传身教、躬身笃行、德业双馨的榜样力量，做儿童阅读推广的点灯人、孩子健康成长的引路人。在孩子们心中，蒋风这位闻名世界的儿童文学大家，就是隔壁邻居家一位和蔼可亲的老爷爷，从蒋风身上，孩子们不仅感受到阅读改变命运的力量，更能坚信阅读会带给自己实现人生梦想的希望。阅读只有成为孩子的兴趣与乐趣，成为一生的习惯和坚守，才能发挥出阅读改变命运、提升人生的宏伟力量。

八、蒋风是中国儿童文学的宝贵财富

在叙写《蒋风评传》的日日夜夜，讲述发生在蒋风身上的每一件事，品读蒋风著作的每一个字，都深刻地感悟到蒋风身上有一种精神力量存在，这种精神是蒋风一生"为儿童健康成长"而前行的动力，也是中国儿童文学从弱到强、从小到大所拥有的"一种精神"。蒋风可以看作新时期以来中国儿童文学发展史的形象代言，也是世界认识中国儿童文学的一张名片，这种精神成为中国儿童文学的宝贵财富，必将化作中国儿童文学发展的精神动力，激励人们"像蒋风那样"为儿童文学的发展繁荣而努力奋斗。

这种精神究竟是什么？可以仁者见仁，智者见智，其基本内容是蒋风在为中国儿童文学事业奉献过程中形成的具有蒋风性格、蒋风气质、蒋风特色，而又代表了中国儿童文学工作者最可宝贵、最可珍惜、最可弘扬的一种精神力量、可贵品质和业界典范，至少可从以下五组词语中加以理解。

（一）梦想与奋斗。蒋风爱做梦，"有梦最美，因为有梦往往就有希望相随。"[①]1986年，蒋风赴日本参加儿童文学国际研讨会，参观大阪国际儿童文学馆后，就萌生了在中国创建国际儿童文学馆的想法，此后一直为此在全国奔波。1999年，蒋风出版了一本文集，名字就叫《未圆的梦》，第一篇《我还有一个未圆的梦——在中国创建一个儿童文学馆》。2007年5月25日，中国第一个国际儿童文学馆在浙江师范大学红楼举行揭牌仪式，83岁的蒋风，这位浙江师范大学首任校长，欣然出任国际儿童文学馆馆长。蒋风馆长和时任浙江师大校长的梅新林教授一起共同揭开了"国际儿童文学馆"牌上的红绸，动情地说："我做了21年的梦圆了。"蒋风将自己收藏的8000多册珍贵的儿童文学资料捐赠给了国际儿童文学馆。梅新林校长说："老校长喜欢做'梦'，也善于圆'梦'，大至宏伟理想，小至普通心愿，他都喜欢称之为'梦'，然后就

---

① 蒋风.未圆的梦：后记[C].北京：国际文化出版公司，1999:310.

是执着于圆'梦'之旅，并最终实现之。"① 圆梦来自不屈不挠 r
奋斗，也就是先生 1986 年给学生的信中所教导的："理想的琴弦
只有叩动奋斗的琴键才能奏出人生美妙动听的乐章！"先生为这
样的儿童文学梦想，他的人生梦、中国梦，生命不息，奋斗不止。

（二）信念与毅力。蒋风自述："从 1943 年在报上发表童话《落
水的鸭子》开始，我与儿童文学就结下了不解之缘。1947 年在报
上看到三个孩子因受迷信荒诞的'小人书'的影响，结伴到峨眉
山修仙学道的报道，更坚定了我要为中国儿童文学事业贡献微末
力量的决心，半个世纪来在儿童文学创作、教学、研究岗位上坚
持不懈，从不动摇，尽管在人生道路上受尽轻蔑、鄙薄，甚至在'文
革'中还为此关了三年'牛棚'，仍义无反顾，终生不悔。今已
退休进入古稀之年，又在当地政府关怀下，创建中国儿童文学研
究中心，义务招收非学历儿童文学研究生，为培养儿童文学人才、
繁荣儿童文学事业贡献余热。"② 蒋风从事儿童文学事业 70 多年，
心无旁骛，始终如一，这源于他对儿童文学事业的坚强信念和由
此爆发出的无比顽强的毅力，用一生的心力做一件事，把它做到
极致、做到完美。回顾走过的人生，蒋风百感交集："我享受过
成功的欢乐，我吟味过失败的苦恼；坎坷的道路，曾使我几乎走
向绝境，但从未动摇过我的信仰。"③ 蒋风认为："判断人生道路上
的这场胜负，在于用毅力换来的成绩，正如判断一棵果树的优劣，
要看它结的果子是否丰硕，而不是看它的叶子是否葱郁。成功者

---

① 梅新林.序[M]//陈兰村.蒋风评传.北京：作家出版社，2010:1.

② 蒋风.未圆的梦[C].北京：国际文化出版公司，1999:1.

③ 蒋风.未圆的梦[C].北京：国际文化出版公司，1999:94.

常常用毅力写胜利的传奇。"①蒋风坚信："有志者，可以在石山种出青松来，也能在深海里抓出鱼来。有志者，再长的路一步一步走，徒步也能到达罗马城；再硬的石头一点一点抠，徒手也能凿出井眼来。无志者，千难万难，来到面前的全是困难。一个缺乏意志的人，好似一条没有罗盘的船，它会随风行驶，不断改变自己的方向。"②

（三）包容与专注。蒋风说过："该做的事实在太多，即使人有两次生命，也永远做不完。别让自己在我是你非、你短我长的琐事冗论中浪费生命。朝前看，扯起生活的风帆，迎着璀璨的朝霞，驶向自己梦想的明天。"③蒋风经历的三大人生波澜，正是最好的诠释。一是 1967 年至 1970 年的三年，蒋风因为出版了《中国儿童文学讲话》（江苏文艺出版社，1959）等几本儿童文学书，被戴上"反动学术权威""反动文人"牌子，成为"文革"中的第一批"牛鬼蛇神"，抄家毁稿，批斗游行。蒋风实在受不了人格上的莫大侮辱，多次萌发自杀轻生念头，都因他想到心爱的儿童文学，想到决不能让孩子重演上峨眉山学仙跳崖的悲剧而放弃。作为家长、教师、儿童文学家的现实责任感，又让他忍辱负重，笑对人生逆境，开始在牛棚里总结自己创作儿童诗、教授儿童诗的体会，构思他的《儿歌论》，待到"文革"结束，蒋风就出版了我国"文革"后第一部儿童文学理论著作《儿歌浅谈》（四川人民出版社，1979）。蒋风后来在《我的三部曲》里回忆说，"牛棚"三年，精神没有被摧垮，力量来自搞儿童文学，自信来自"我要

---

① 蒋风.未圆的梦[C].北京：国际文化出版公司，1999:83.
② 蒋风.未圆的梦[C].北京：国际文化出版公司，1999:82.
③ 蒋风.未圆的梦[C].北京：国际文化出版公司，1999:79.

尽可能为孩子们多做一点工作"的责任心。从"牛棚"出来后，蒋风对曾经迫害过他的人、批判过他的人、误解过他的人，不仅不记仇，相逢一笑，而且在之后的工作中，在他力所能及的范围内，都给予尽可能的关照。二是工作后蒋风突然由一名普通的教师直接被任命为浙江师范学院院长，1985年学校升格为浙江师范大学时续任校长。蒋风提出"唯实"校训，拟定"十大思路"，重视国内外学术交流，培育儿童文学学科，把一所新办大学搞得生机勃勃，特色鲜明。同时也有人对蒋风的治校理念、治学方法，甚至是蒋风培养研究生的方式，有不同意见，甚至是刺耳的言论，蒋风不是不知道，不是没有委屈，但他认真地听，从不浪费时间去争论。蒋风曾经对学生说，每个人看问题的角度不一样，想法自然会不一样，有不同意见，甚至是反对意见很正常，人人都有发表意见的权利，对待各种声音，要有包容的心态，有则改之，无则加勉，不要去辩论，如果事事斤斤计较，就会失去别人提意见这面镜子，把有限的时间用到工作上，不要纠缠于一时一事的纠纷，而忘记今生肩负的重任，只有专注于自己的人生选择，才能不枉每人只有一次的生命。蒋风经历的第三次转折是1994年退休。70岁了，从工作岗位上退下来，感觉轻松多了，自己可以静心、尽心地做自己心爱的儿童文学了，于是自我加压，从头开始，继续担负起培养儿童文学新人、推广儿童文学阅读的重任。他个人创办了"中国儿童文学研究中心"，自己担任导师、招生员、资料员、档案保管员、收发员，多职兼于一身，并以"中国儿童文学研究中心"的名义，招收免费的"非学历儿童文学研究生"，创办并自费编辑、印刷、出版、邮寄《儿童文学信息》报，至今已经坚持了20多年。有人对蒋风的行为不理解，为什么要自找这种吃力破财伤神的"傻事"？即便是几百人的学员也各有自己的想法和盘算，蒋风每每听到这些议论，都会一笑了之。"如果一个人的活动总是以周围的舆论为转移，那么他是什么事情也做不成的。"蒋风总是把包容放在心里，把责任担在肩上，专注选择，笑对是非，鞠躬尽瘁。

（四）学习与创新。蒋风说："没有一个人是带着功勋出世的。"[①] 蒋风是活到老学到老的典范，退休后不仅开办"免费的大学"，更有时间到孩子们中间去，向孩子学习，永不满足，即使是90多岁高龄，也仍然坚持每年参加由他创办的在全国各地巡回举行的全国师范院校儿童文学研究会，而且每一次都从头到尾，认真上好每一课，认真听每位老师的交流发言，认真记学习笔记，每一次都将学习心得写成文章，在《儿童文学信息》上和学员交流。此景此情，感动激励着每一个人，每每有人向蒋风表达敬佩之情，蒋风总是笑呵呵地说，我们老年人更需要学习。蒋风自比平凡的小草、渺小的水珠，勉励自己要"年年萌发新绿"，"保持晶莹、纯洁"，"为美化世界添点什么"；"要不断创新，做一点超越自己能力的工作"。[②] 蒋风以敢为天下先的创新精神和勇气，创下十个第一。蒋风不断学习、不断创新，以一系列融开创性、奠基性与代表性于一体的理论成果，为中国儿童文学理论建设树起了一座丰碑。

（五）童心与奉献。蒋风是天生的儿童文学家，他有一颗纯洁无瑕的童心，做事较真，待人以诚，对事业专心。儿童式的单纯、

①　蒋风.未圆的梦[C].北京：国际文化出版公司，1999:81.
②　蒋风.未圆的梦[C].北京：国际文化出版公司，1999:1.

率性、真诚、善良、透明、阳光，一直相伴一生。如今即将百岁高龄的蒋风，还经常和孩子们一起写诗画画，一起讲故事听故事，是孩子们的好玩伴、好爷爷。蒋风说："我心理上一直很年轻，至今没有年老的感觉，是孩子给我的力量。"① "人只能活一次，时间和精力都很有限，只能选择一项最有意义的事业，我选择了儿童文学。面对大千世界，芸芸众生，我从不羡慕他人的荣华富贵，也不为自己的半生清寒而失意感叹。我专注地向往自己的一方蓝天——为孩子们工作，为明天更美好而工作，这就是我应该走的路。这就是我的事业，值得我热爱并为之献身。"② 蒋风爱儿童才爱"为儿童的"文学，才把自己的一生奉献给儿童文学事业，自我燃烧，无怨无悔，这种忠诚与奉献的精神是蒋风最宝贵的品格。"我向往美好的未来，我热爱儿童，我要为他们工作。在我前进的道路上，我没有注视自己的名字，但我注视着自己所从事的事业。我的名字是微不足道的，但我所献身的事业却是威严壮观，无比瑰丽的。当我为自己献身的事业流血流汗、耗费心机的时候，我从不去考虑个人得失。我想，我也许会失败，但失败也是光荣的，或者说是伟大的。"③ 蒋风的伟大还在于他无怨无悔："我虽因自己的选择而过了大半辈子清苦的生活，但我终身无悔，要是能年轻 40 岁，刚走进生活的大门口，我仍然还会选择儿童文学作为我终生的事业，所不同的，也许是我会更有计划、有步骤地从

---

① 蒋风.是孩子给我的力量：我与儿童文学[C]//蒋风主编.新世纪的足迹：蒋风的儿童文学世界.合肥：安徽文艺出版社，2014:372.
② 蒋风.未圆的梦[C].北京：国际文化出版公司，1999:192.
③ 蒋风.未圆的梦[C].北京：国际文化出版公司，1999:94.

事这一不朽的事业，可以把工作做得更好一些，更有成效一些。"①童年时代，儿童文学给了蒋风快乐与梦想；为儿童文学发展繁荣，蒋风鞠躬尽瘁，奉献一生。蒋风说："人的生命是短暂的。寿命再长也不过百岁左右。儿童就是我们生命的延续。为儿童工作就是为未来工作，也就是延续了我们的生命。'未来'是一个充满希望的名词，它体现了老一辈对下一代的期望，也蕴含了老一辈对下一代寄予的理想。为了孩子，就是我们老一辈对未来岁月的热望。"②

蒋风身上的这精神应该有更高度、更凝练、更准确、更易记的科学概括。它应该包含蒋风为梦想为信仰而奋斗的斗争精神，包容他人与专注事业的职业精神，不断学习与敢为人先的创新精神，挚爱儿童与选择儿童文学的奉献精神。它应该有更丰富的内容和更深刻的内涵，更能体现蒋风与时俱进的人生观、幼者本位的儿童观、坚持导向的文学观、筑梦未来的事业观，这份重要的中国儿童文学的宝贵财富，应该得到业界的关注、研究、学习与推广，形成中国儿童文学的精神财富，激励人们为儿童及儿童文学的美好未来而奋斗。

① 蒋风.未圆的梦[C].北京：国际文化出版公司，1999:278.
② 蒋风.未圆的梦[C].北京：国际文化出版公司，1999:275

第一部　童年

（1925—1942　1—18岁）

蒋风评传

Jiangfeng Pingzhuan

童年是美丽的，也是迷人的。

这是一生中最美妙的阶段，是一个个童稚的游戏，是一串串天真的欢笑，是充满活力的生命。生活中的任何色彩与变化，都吸引着那颗童真的心，留下永远不会忘怀的记忆。

——蒋风：《未圆的梦》，1999

我与儿童文学结缘，可以追溯到我的童年时代。每个人都有一个童年，童年的经历是令人难忘的。每当我回忆过去的时候，便会记起那些早已逝去的暗淡的岁月。

——蒋风：《寻梦之旅》，2012

第一章 书香门第

（1925—1936）

一、出生于教师家庭

1925 年 10 月 8 日，农历八月二十一，蒋风出生于浙江金华一个小知识分子家庭。[①] 父亲蒋彝（1890—1970），号沸泉，是祖父蒋莲僧（1865—1943）原配夫人的第二个儿子。从"七师"（金华师范前身）毕业后，一生大部分时间当小学老师，先后在金华、上海、衢州等地教书，后来在绍兴、衢州法院做过书记员，一直工作到新中国成立前夕。蒋风后来回忆说："我父亲是个旧制师范学校

全家福。左一为蒋风母亲范舜华，左一为蒋风父亲蒋彝，右一为蒋风

① 蒋风出生年月日，有多种说法。本书采用的说法是求证蒋风本人并由蒋风书面提供其曾祖父、祖父、父亲、母亲生卒年月时一并确认的。

毕业的小知识分子，在旧社会到处受冷遇，当过小学教师，也做过小职员，为了谋生养家糊口，长年在外奔波，家里留下母亲和姐弟五人，全靠母亲操劳，日子过得既困苦又艰难。"[①] 父亲一人收入要养活全家六口人，很是不易。蒋风读小学的时候，家里买米只能一斤两斤买，不能像人家买米一担一担买，最困难时，母亲把自己的衣服洗净晒干去当，调换米吃。

母亲范舜华（1897—1985），是位勤劳的家庭主妇，虽然出生在读书人家，却没有上过学。她的父亲是考上举人的读书人，但没有做官，一直当教师，还在金华开过小店。母亲聪明好学，识字不多，不会写字，但在这样的教师家庭，耳濡目染，也达到能读诗文的程度，经常讲诗背文给小时候的蒋风听，在蒋风的幼小心田里播种下了文学的种子。

蒋风虽然出生在小知识分子家庭，生活很是艰难，但蒋家仍

蒋风祖父蒋莲僧

然是本地有影响有地位的人家，居住在金华城东四牌楼火神庙下 11 号（即今四牌楼文明巷 21 号）。这得从蒋风的祖辈说起。

曾祖父蒋绳武（生卒年月无法查考）是清朝海军驻浙江玉环的总兵，承担海防的重要任务。祖父蒋莲僧，学名蒋瑞麒，字莲僧，号莲道人。自幼聪颖好学，清光绪年间秀才，民国初年曾经出任金华府议

① 蒋风. 未圆的梦[C]. 北京：国际文化出版公司. 1999:6.
（蒋风有一个姐姐叫蒋素贞，后嫁到江西。还有两个弟弟。大弟叫蒋寿强，毕业于哈尔滨外语学院俄罗斯文学研究班，杭州大学中文系外国文学教师。小弟蒋寿恺，上海交通大学毕业后在沪东造船厂工作。）

会的议长，后长期从事图画教学工作，在金华文化界和我国美术界都有名望，也是蒋风一生引以为傲的长辈。

蒋风在《我的祖父蒋莲僧先生》一文中介绍，蒋莲僧是位自学成才的画家，年轻时与著名画家黄宾虹（1865—1955）一起在丽正书院读书学画，互相探讨，交情深厚；又与著名画家张大千（1899—1983）交往甚密，达到两人每月交换一幅画的友情。有《蒋莲僧画册》《蒋莲僧山水画册》等传世，收入上海人民美术出版社出版的《中国美术家辞典》。

蒋莲僧不慕虚荣，多次刻意躲避官场应酬，潜心艺术教学和创作。他对故乡有深厚的情感，不愿离开故土远行，志愿建设美好家乡，做了很多有意义的实事，获得当地人的尊敬和赞誉。主要事情有五：一是在浙江第七中学担任图画老师，培养了张书旗[①]等著名画家；二是创办金华贫民习艺所，自任所长，安排贫民学艺就业，为贫民解困，他指导工人制作的工艺品，曾获巴拿马万国博览会金奖；三是集资在金华城首创电气公司，担任经理，解决全城照明和工业用电问题；四是主持金华北山名胜管理委员会，开发金华旅游资源；五是担任金华佛教会会长，弘扬佛法。可惜在日本侵略者攻陷金华后，被日本兵打伤，活活气死，享年78岁，葬于金华城北河上桥村。

祖父志行高洁、潜心艺术、淡泊名利、热心公益、回报桑梓

---

① 张书旗（1900—1957），名世忠，字书旗，号南京晓庄、七炉居。浙江浦江人。其花鸟取法于任伯年，作花鸟喜用白粉调和色墨，画面典雅明丽，颇具现代感。1922年考入上海美术专科学校，拜在绘画大师、艺术教育家吕凤子门下，曾任南京中央大学教授、安徽大学教授。与徐悲鸿、柳子谷有"金陵三杰"(金陵三画家)之称，有《书旗花鸟集》《张书旗画集》传世。

的精神以及对日本侵略者的仇恨，都对蒋风今后人生道路的选择、成长和追求产生了深远影响。

二、双溪在窗前流过

1983 年 5 月 7 日，蒋风在《金华日报》发表过一篇散文《双溪，在我的窗前流过》，其中写道：

> 双溪，在我的窗前流过。
>
> 武义江在潺潺地流淌，义乌江在叮咚歌唱。溪水淙淙，清澈见底，望得见水底每一颗鹅卵石；溪水明净，晶莹澄碧，望得见倒映在水面上的每一朵白云。欢乐的溪水，充满着生机，给人们带来了希望，每一朵浪花，都是一首感人的歌；每一个涟漪，都凝聚着一片浓郁的乡情。
>
> ……
>
> 啊！双溪！在你粼粼的银波里，融化了人们多少深沉的爱；在你闪耀的浪花上，牵引着人们无尽的情丝……明净的双溪，在我窗前流过；它在崛起的高楼和长长的防洪堤边静静地歌唱……

蒋风写这篇如诗如画、如痴如醉的散文时，已是年近花甲的老人了，美丽的诗句、美好的情感仿佛是一首写给双溪、写给童年的情歌，如泣如诉、如梦如幻，他是用心灵在歌唱，用生命在歌唱。双溪养育了他，双溪是他的生命之溪，他的生命也像双溪那样是"一首感人的歌"。

　　蒋风的成长不仅与他的文人家庭密切相关，而且一辈子深受双溪孕育的金华文化的影响，在蒋风身上有着古老金华文化现代化的生动缩影。蒋风以知识分子的使命与儿童文学的人生传承并发扬了金华文化。

　　蒋风的家离双溪只不过几百米。古时候的双溪就是现今金华市区的燕尾洲。燕尾洲是北边的武义江和南边的义乌江汇合形成的一片三角洲，位于金华城南。《浙江通志》卷十七《山川九》引《名胜志》："双溪，在（金华）城南，一曰东港，一曰南港。东港源出东阳县大盆山，经义乌西行入县境，又汇慈溪、白溪、玉泉溪、坦溪、赤松溪，经石碕岩下，与南港会。南港源出缙云黄碧山，经永康、义乌入县境，又合松溪、梅溪水，绕屏山西北行，与东港会与城下，故名。"

　　双溪汇成婺江，婺江又称金华江。金华古称"婺州"，金华城又称婺城，今天的婺城区就是金华古城。金华历史悠久，春秋战国时期属越国地。康熙《金华府志》据《太平寰宇记》载："梁武帝改置金华郡"，并注有"《玉台新咏》序云：金星与婺女争华，故曰金华"。隋文帝开皇时期置婺州，始称婺州，简称婺。婺江从金华城区中间穿过，是金华的"母亲河"。

　　一方水土养一方人。水是生命之源，也是人类文明之源。一个城市有了水，就如同一个人有了灵魂，一个城市的灵魂就是她的文化。临江而居的金华人，用勤劳和智慧，不仅创造了丰衣足食的物质文明，还形成了历史上有名的金华学派。

　　金华学派是我国南宋时期重要的儒家学派之一，在当时的思想界影响较大，为浙东学派先声之一。浙东学派包括婺州学派和永嘉学派，又以婺州学派为最盛。

　　婺州学派简称为婺学，是以旧金华府属地域为纽带组成的一个学派集团，包括以吕祖谦为代表的金华学派和以陈亮为代表的永康学派，他们各抒己见，自成体系，对当时全国的思想界、学术界曾产生过不小的影响，在我国学术文化史上占有一页。金华也因为婺学兴盛，讲学风起，学者云集，学术活跃，人才辈出，逐渐成为全国的理学中心，享有"小邹鲁"的美誉。

　　吕祖谦（1137—1181），婺州（今金华）人，南宋著名思想家、史学家、文学家、教育家。为学主张明理躬行，治经史以致用，反对空谈阴阳性命之说。他博采众说，熔于一炉，独树一帜，创立金华学派。以其讲学兼容并包，四方学者归趋心服，推为"金华学派之祖"。吕祖谦创立的婺学与朱熹（1130—1200）创立的闽学、陆九渊（1139—1192）创立的四明之学并称为全国理学三大学派，在全国学术文化界占有重要地位。当时全国书院盛行，浙江书院数量居全国第三，有48所，金华占了大半还多，其中最为著名的就是吕祖谦创办并主讲的丽泽书院。丽泽书院和陈亮（1143—1194）主持的龙川书院、五峰书院和叶适（1150—1223）主持的石洞书院，当时号称金华"四大书院"。

　　丽泽书院原名丽泽堂，亦叫丽泽书堂，设于南宋乾道五年（1169年）秋，是金华最早的书院，至明末因遭兵火而渐荒废。吕祖谦开创了金华学派，又称丽泽学派、婺州学派，吸引不少著名学者前来切磋学术。宋代朱熹曾慨叹道："岂非天旋地转，闽浙反为天下之中。"明人章潢（1527—1608）高度评价这时期南方的学术地位："邹鲁多儒，古所同也，至于宋朝，则移在闽浙之间，而洙泗寂然矣。"清人全祖望（1705—1755）说："乾、淳之际，婺学最盛。"

　　蒋风从小生活在文化氛围浓郁的故乡金华，而且最终定居在金华，金华是他实现人生理想的地方，金华学派对他的影响是一辈子的。蒋风读小学时的学校就在吕祖谦创办的丽泽书院的旧址上，那里曾经是吕祖谦讲学会友传播金华学派思想的地方。蒋风长期在金华的中学、大学教书，担任过金华市文联秘书长、市作协主席、浙江师范大学校长，一辈子从事教育工作，而他现在居住的浙江师范大学的教师公寓就叫做"丽泽楼"。

　　关于蒋风的儿童文学研究与吕祖谦的金华学派之间的联系，蒋风在浙江师范大学的同事、教授、传记文学作家陈兰村（1938— ）在《蒋风评传》中这样写道：

　　　　蒋风成年后虽然没有研究吕祖谦曾经研究过的儒学和历史，但金华学派的研究风格却无形中成为他以后从事儿童文学研究的学术因子之一，这在介绍和研究蒋风儿童文学的文章中尚没有人注意到。如果拿金华学派的学术风格去观照蒋风的学术成就与活动，可以发现两者之间有某种相通的联系。

　　　　蒋风的儿童文学研究，也可概括为三个特点：一、博采中西，自成一家；二、经世致用，走向儿童；三、重史研究，创新传统。……都可以看到故乡金华学派的学术因子的无形影响。①

---

① 陈兰村.蒋风评传[M].北京：作家出版社，2010:8.
（陈兰村在上述引文之前有一段讲到蒋风对金华学派的认识："据蒋风了解，以吕祖谦为代表的金华学派显著的特色有三点：一、主张博采众说。吕祖谦本人博学多识，不私一说，兼取诸家之长。二、经世致用。吕祖谦为学务实致用，不尚空言。三、重史研究。吕祖谦留有历史著作《大事记》《十七史详节》等。"）

三、妈妈教我背唐诗

蒋风的文学启蒙首先来自没有上过学的母亲。

蒋风 6 岁上学时，进的是一所名叫金华成美的教会学校。这所学校离蒋风家很近，便于家人照顾。蒋风兴高采烈地来到学校，见到的老师却是从来没有见过的满头卷发的外国人，蒋风很不习惯，心里有些害怕，看到老师上课很凶的样子，吓坏了，第二天就不肯上学，气得父亲把他的书包扔到了屋顶上。

蒋风赖在家里不肯上学，父亲打骂没有用，母亲劝说也没有用，姐姐哄他也没有用，家里人一时拿蒋风一点办法也没有。

一天晚上，蒋风躺在床上要母亲给他讲故事听，母亲就讲了李白小时候逃学遇到老妪把铁杵磨成针的故事。母亲没有上过学，是位不识字的家庭妇女，但在家庭耳濡目染下，凭借自己的努力，竟然也能背诵不少唐诗宋词。母亲讲完李白的故事后，借着窗外的明月，触景生情地背诵了一首李白的《静夜思》："床前明月光，疑是地上霜。举头望明月，低头思故乡。"此情此景，把小小的蒋风带到了美妙的诗情画意里，蒋风对诗人李白有了兴趣。母亲发现儿子对诗有天生的领悟力，就常常让蒋风跟着她背诵唐诗宋词。

蒋风曾经用诗一样的语言，描绘他们母子徜徉在诗词海洋里的幸福时光：

春天的早晨不知不觉地天亮了，有时一觉醒来，听到窗外枝头上小鸟儿叽叽喳喳叫得欢，孟浩然的诗句就会浮上她的脑际："春眠不觉晓，处处闻啼鸟。夜来风雨声，花落知多少。"她自己低声吟诵了一遍，便教我跟着她一遍又一遍地吟诵，直到我能背出来为止。

秋的夜晚，仰望星空，银河两岸牛郎织女相对闪烁，偶有萤火虫从近处飞过，又会唤起母亲的记忆，于是她便带我跟着她低吟杜牧的名篇："银烛秋光冷画屏，轻罗小扇扑流萤。天阶夜色凉如水，卧看牵牛织女星。"

夏日酷暑难当，汗流浃背，但母亲和我还是常沉浸在诗的意境之中，一起背诵着："赤日炎炎似火烧，野田禾稻半枯焦。农夫心内如汤煮，公子王孙把扇摇。"

冬天的寒夜，躺在暖和的被窝里，更是我跟母亲学习吟诵古诗的大好辰光。冷月从窗棂照进卧室，月光洒满一地，母亲就会脱口而出："床前明月光，疑是地上霜。举头望明月，低头思故乡。"那时候，我还年幼，不尽了解诗意和内涵，只是跟着一遍遍背诵，从那悦耳的旋律和节奏中得到一种美感的满足。也许母亲由床前的明月光，思绪飞越到千里之外的亲人身上，有着诉不尽的离愁和别绪，遗憾的是少年的我尚不知此中孤愁的滋味。

一首首从母亲记忆中听来的诗篇，熏陶了一颗稚嫩的心，就是这样不知不觉中在我的生命中播下了第一颗文学的种子。①

后来，耄耋之年的蒋风回忆起这段童年经历时，写下了下面这段感恩母爱的深情文字，可见母亲的"情景教诗法"不仅让他受益终身，一生难忘，也给今人的"诗教"和快乐教育以启示：

---

① 蒋风.未圆的梦[C].北京：国际文化出版公司，1999:7.

我妈妈教我读唐诗，从来不是死板地当功课教，而是触景生情，因情诗出，都是生活中的自然流露。有时一觉醒来，不知不觉天亮了，听见到处有鸟儿鸣叫，她就会说："孩子，让我们来背一首孟浩然的《春晓》好不好？"她用悦耳动听的音调吟诵起来："春眠不觉晓，处处闻啼鸟。夜来风雨声，花落知多少。"接着我也被诗情画意所陶醉，跟着妈妈一起吟诵起来。

我母亲教我学诗，从不把学习变成一种命令，强迫我学，也从不强迫我背诵她教过的诗篇。往往是在一种放松、愉快的心境中学的。这样，在一种十分随意、非常快乐的情绪下，我能够学得很快，只要吟诵一两遍，便牢记在心。每当看到我一学就会，母亲就喜形于色，给予我热情的关注，令我倍加鼓励。

今天回想起来，我长大后首先迷醉于诗，慢慢扩及文学的各个门类，而且终生与诗结缘，最早的影响就是母亲的诗教。[1]

四、第一位文学启蒙老师

蒋风拒绝上教会学校，但一直在家里不上学也不是事情。1932 年，在家跟随母亲自学唐诗两年的蒋风，随在义乌教书的父亲，插班到稠城绣湖小学二年级读书，但毕竟在外地，有些不方便，

---

[1] 蒋风.寻梦之旅[C].上海：上海三联书店，2012:6.

这样读了一个学期，1933 年，在祖父的介绍下，蒋风又回到老家金华，在金华中学附小，也就是现在金师附小的前身，插班读三年级。三年级的班主任兼语文老师名叫徐德春，是一位爱好文学的老师，他的夫人斯紫辉也是一位爱好文学的数学老师。这对喜爱文学的夫妻成为蒋风最初接触儿童文学的启蒙老师，并影响蒋风最终走上儿童文学之路。

徐德春老师不仅是一位痴迷的文学爱好者，爱书如命，而且热心文学传播，总是愿意把自己读过的心爱的书推荐给学生看。他发现蒋风非常爱读书，就把他喜欢的高尔基（1868—1936）的《童年》推荐给蒋风。

《童年》是高尔基自传体小说的第一部，是作者对童年生活的回忆。最初发表于 1913 年，以第一人称"我"的口吻，讲述小主人公阿廖沙在外祖父家度过的 8 岁以前的童年生活，充满童趣。高尔基用儿童纯真无邪的眼光，通过思考和感悟，抒发童年的欢乐和初涉人生的艰难苦楚。比如，他始终记得父亲下葬时被活活埋入墓穴的一只小蛤蟆；他喜欢在雪地上观察小鸟，喜欢在花园里营造自己的一角；他常常在夏夜的星空下沉思和阅读《安徒生童话》，并不时有所感悟，等等。特别是阿廖沙有位善良的外祖母，常常给他讲许多好听的故事，教给他做人的道理。蒋风感到这位外祖母多么像教他背诗的母亲，非常亲切，情不自禁地爱上了"外祖母"。蒋风被"外祖母"那快乐的、温暖的光芒所吸引，不知不觉地走进了书里，又被书里好听的故事所迷醉，流连忘返。正如小说中所描写的："她一出现，就把我叫醒了，把我领到光明的地方，用一根不断的线把我周围的一切连接起来，组成五光十色的花边，她马上成为我终生的朋友，成为最知心的人，成为我最了解、最珍贵的人。——是她对那世界无私的爱丰富了我，使我充满了坚强的力量以应付困苦的生活。"

阅读《童年》的特殊感受，让书成了蒋风终生的朋友，一位知心的朋友。书里丰富的知识和温情，温暖了蒋风的心灵，教会蒋风做人，给了蒋风无尽的力量，克服人生道路上一切困苦和艰难。蒋风爱读《童年》，徐德春老师看在眼里，又把自己珍爱的高尔基的自传体"三部曲"的另外两部作品——《在人间》《我的大学》借给蒋风看。那是 20 世纪 30 年代，高尔基的作品才刚刚翻译过来，先在杂志上连载，徐老师就是从杂志上，将连载的小说一期一期剪下来，自己装订成册的。徐老师的厚爱给了蒋风极大的激励，高尔基小说的精彩故事让蒋风如痴如醉。读完高尔基自传体"三部曲"，蒋风又对高尔基的童年人生有了了解，联想到自己的童年生活，从此"高尔基精神"成为激励蒋风成长的不竭的精神力量，这与蒋风后来从事儿童文学事业时，自觉以苏联社会主义儿童文学奠基人高尔基的儿童文学思想来指导自己的儿童文学实践，有着必然联系。

徐德春老师将蒋风领进了后来对中国儿童文学发展有着十分重要影响的苏联社会主义儿童文学的殿堂，他的爱人，数学老师斯紫辉，又让蒋风看到了世界儿童文学又一片温暖如春的爱的风景。斯老师教数学课非常特别，每周都要安排一节故事课。四年级的一天，斯老师给学生们讲了意大利作家亚米契斯（1846—1908）的《爱的教育》里的故事。

《爱的教育》是意大利作家亚米契斯创作的长篇日记体小说，首次出版于 1886 年，1923 年被介绍到中国，在《东方杂志》上连载，受到教育界广泛欢迎。《爱的教育》是一部世界公认的儿童文

学名著,一部最富爱心及教育性的经典读
物,一部人生成长的必读书。小说采用日
记体的形式,讲述了一个叫安利柯的四年
级小男孩在一个学年期间的生活故事,因
而书名又叫《一个意大利四年级小学生的
日记》,内容主要包括发生在安利柯身边
各式各样感人的小故事、父母在他日记本
上写的劝诫、启发性的文章,以及老师在

斯紫辉老师

课堂上宣读的精彩的"每月故事"。小说的意大利书名是"Cuore",
直译过来是"心"的意思,用"真诚的心和平等的概念"来对待你
身边的每一个人,就是这部书的教育主题,而这个主题的呈现寄托
在一个个充满童趣的小故事里。

斯老师给同学们讲《爱的教育》的故事,蒋风在 77 岁时写
的一篇文章《从小便是小书迷》中,讲述了当时的情形:

斯老师用她那动情的语调讲述裘里亚为了不触动父亲的
心,甘愿忍受父亲由于误会而对他产生的恼怒,使得我为这
位小小抄写员抱屈而愤愤不平。但斯老师讲《万里寻母记》
时,我又为马尔柯病倒在旅途奄奄一息而焦急、担心。在斯
老师那有声有色的讲述中,代洛西的妈妈靠卖菜维持生计,
她刻苦读书,尽力不让辛劳的妈妈失望。小驼背奈利常被同
学嘲笑,勇敢正直的卡隆便站出来呵护他:"谁敢再碰一下
奈利,我就用拳头打得他在地上转三个圈子。"多年带病工
作的女教师,早该在家休养,为了孩子们的课业,仍带病坚
持着,本想拖到学年结束,却在功课结束前三天撒手人寰。

还有相貌凶恶的考谛老师，身材高大，声若洪钟，样子有点吓人，也常用"再不听话，就把他撕碎"的话语来恫吓调皮的孩子，但他从不责罚学生，相反，却常常在微笑着，只不过因为有胡子挡着看不见罢了。……这些极其平凡的人物和故事不禁深深打动了当年我那稚嫩的心灵。如今，六七十年过去了，斯老师娓娓道来的那些故事中的人物，仍栩栩如生地留在我的记忆里，还那么紧紧地抓住并震撼着我的心弦。也许，这就是诱引我走进文学世界的最初魅力吧。从小学中年级开始，我就迷恋上课外儿童文学读物。[1]

斯老师不仅给同学们讲《爱的教育》里的故事，而且别出心裁地将小说中的人物与班级同学联系起来，将作品中个性鲜明的儿童人物讲述成同学们身边熟悉的人。在《路是这样走过来的》[2]一篇回忆文章中，蒋风讲了这样一件刻骨铭心的故事。

学期结束了，《爱的教育》里的主要故事也讲完了，斯老师就把全班学习好、表现好的同学，分别用书中人物的名字来给他们命名，激励同学们好好学习，做个正直、善良、有爱心、讲道德的人。蒋风可能因为哪次学习成绩不好，或是平时表现一般，没有收到斯老师用书中人物命名的特殊嘉奖，小小的心灵感到十分委屈，眼里含着泪水，又强忍着没有哭出声来。蒋风表情的细微变化，早被斯老师真切地看在眼里，等命名班会一结束，斯老师就把蒋风叫到她的宿舍里，以温暖柔情并带有自责的口吻对蒋

① 蒋风. 寻梦之旅[C]. 上海三联书店，2012:7—8.
② 蒋风. 寻梦之旅[C]. 上海三联书店，2012:11.

风说："斯老师粗心了，竟把你忘了。其实你比西西洛善良，比卡隆正直，比马尔勇敢，你将来一定能成为一个有用的人。现在，老师把自己最心爱的书《爱的教育》送给你吧！"说完，斯老师还在书的扉页上写下一句话："不要怕做平凡的人，但要永远记住，让自己那颗平凡的心，随时闪现不平凡的光彩来！"

蒋风被这突如其来的好事惊呆了，不知所措，当他从老师手里接过《爱的教育》时，一股热流涌上心头，眼泪夺眶而出，从此《爱的教育》成为他不断阅读并珍爱一生的"宝物"，蒋风在心里也将斯老师认作是他"第一位文学启蒙老师"。

蒋风是幸运的，他在小学读书时遇到了徐德春、斯紫辉这对夫妻老师，是他们带蒋风走进了儿童文学世界，得到了代表世界儿童文学两大类型——来自社会主义国家的苏联儿童文学和来自资本主义国家的意大利儿童文学——同样属于世界儿童文学经典作品的熏陶和滋养，高尔基和亚米契斯两位作家对蒋风的影响也是一辈子的，这从蒋风儿童文学观的形成以及蒋风的儿童文学人生中，都可以看到其持续恒久的锻造力量。或者说，童年阅读改变了蒋风的人生，他从母亲那里得到的传统诗学的熏陶，以及从老师那里得到的世界经典儿童文学的滋养，促使他后来走上了儿童文学的人生之旅，也形成了蒋风儿童文学理论体系的三大基本底色：传统诗学的意境、苏联社会主义儿童文学的主题和西方儿童文学的情趣。这又从一个侧面启示人们，给儿童阅读文学经典的价值和意义。

五、童年趣事

虽然儿时蒋风家中生活较为艰难，但小孩子天性顽皮，向往光明，会自己发现很多有趣的事情，蒋风在这些趣事中把童年的四季过得充实而快乐。

（一）放风筝

鲁迅在《风筝》一文里说过："游戏是儿童最正当的行为，玩具是儿童的天使。"家境困苦的蒋风，没有钱买玩具，看见别人放风筝，就自己动手做风筝。

春天是放风筝的最好季节。金华人称风筝叫纸鹞，每年二月春风吹拂、天气回暖的时候，按照民间习俗，金华人要放风筝，而放风筝也是孩子们最快乐的游戏。在晴朗的天空中，飘动着各色各样色彩斑斓的风筝，有大彩蝶，有长蜈蚣，有老鹰鹞，有八卦鹞，真是五花八门，令人眼花缭乱。蒋风常常看着天空沉思，惊叹人们手中那只放飞天空又被自如掌控的风筝，他多么想能自己去放一次风筝啊。

像那些精巧、巨大、漂亮、工艺复杂的风筝，都是专业的制作，是大人们的作品，需要去买。巨大的好奇心和发自内心的渴望驱使蒋风自己动起手来。最简单的风筝，就是用几支竹篾，扎成一个"由"字形的架子，然后糊上一张桃花纸，再在下面粘上三条纸飘带，用来在风中舞动时，调整整个风筝的平衡和姿态，借助风力把风筝送上天空。蒋风就做了这样一种简单的风筝。

蒋风和弟弟们一起动手，用了一天的时间，终于把风筝做成了，他再从妈妈的针线盒里找来一团纱线做风筝线，让弟弟将风筝高高举过头顶。蒋风喊"一、二、三",弟弟赶紧放手,蒋风拉着风筝线快跑,没跑几步,风筝就一头扎到了地面。就这样试了几次,都失败了。蒋风把风筝拆开,思考失去平衡的原因,重新再做,再失败,再做,终于成功地飞上了蓝天。看着自己做的风筝在天空遨游,蒋风和弟弟们激动得手舞足蹈,每人抢着都放一会儿。手里拉着神奇的风筝线,看着一个劲往天空上飞的风筝,蒋风和弟弟们唱起了童谣:

正月灯,

二月鹞,

三月上坟船里看姣姣……

（二）喂虎娃

夏天的中午,太阳毒辣辣的,晒得人头疼发晕,地面像冒着火焰,热气腾腾。大人们劳累了,找个有树荫的地方休息,蒋风本来就热得心慌,又被几只飞来飞去的苍蝇扰得心烦意乱,干脆找来一块旧窗纱,一根竹篾,做成一个简易的苍蝇拍。

啪！打死一只苍蝇。啪！又打死一只苍蝇。蒋风把打死的苍蝇堆放在一起,突然发现苍蝇动了起来,起初还以为苍蝇活了,仔细一瞧,苍蝇下面有一群蚂蚁,原来是蚂蚁在搬动它们的"粮食"呢。这引起了蒋风莫大的兴趣,他蹲下身子,眼睛盯得紧紧的,一路追踪到蚂蚁的"家"。

这个发现让蒋风兴奋不已。第二天中午,蒋风又打死了好几只苍蝇,特意送到蚂蚁的家门口,等蚂蚁出来觅食。蒋风一边等,一边唱道：

> 虎娃，虎娃，出来，出来，
>
> 我有美餐，款待，款待……

金华人把蚂蚁叫作虎娃，这个俗名怎么来的？蒋风想可能是蚂蚁的形象有点虎头虎脑吧。蒋风唱了一遍又一遍，却没有一点动静。是不是蚂蚁发现了他在跟踪，连夜搬家了？蒋风一边想，一边东张西望，发现离蚂蚁窝不远的地方，有一只虎娃在急速地赶路，就赶忙将一只苍蝇放到蚂蚁前面。蚂蚁警惕地停下来，用触须试探了一下，感觉没有危险，就大踏步地上前，要把比自己大十多倍的食物搬回窝里。只见它用头顶去推，推不动；用嘴去拱，拱不动；转到左边，拉不动；转到右边，也搬不动。它停在那里好一会儿，仿佛在思考什么，突然拔腿就跑，不一会儿，来了一队蚂蚁，那只蚂蚁在前面带路指挥，蚁群一拥而上，有推有拉，大伙齐心协力，前呼后拥，把苍蝇运回了家。

这个被金华人叫作虎娃的蚂蚁，给蒋风留下了深刻印象，不仅给清贫的童年带来快乐，还让蒋风想到一个道理，集体的力量是强大的，只要齐心协力，就能做成大事。

（三）捉蟋蟀

夏天苍蝇的嗡嗡声让人心烦，但秋夜的蟋蟀声让人感到特别亲近。

听到窗外蟋蟀的叫声，蒋风蹑手蹑脚偷偷溜到后园，倾听着，循声寻找着，蟋蟀仿佛一会儿在东，一会儿在西，一会儿在前，一会儿在后，就像在和蒋风捉迷藏似的。蒋风只好站起身，停下来，让自己心静下来，这时他听到清亮的鸣叫声从一丛茂密的野草中传来，蒋风用手轻轻拨动野草，一只蟋蟀跳了出来，三步并作两步，又消失在另一片野草丛里。几个回合下来，蟋蟀逃进了一处乱石堆中，仿佛是钻到了地底下，无影无踪了。蒋风顺着石头一个一个翻过去，在一块大石头下，一只威武的黑头蟋蟀，一动不动地卧在那里，仿佛死了一样。是不是装死来欺骗呢？蒋风心里想着，快捷地逮住了蟋蟀，把它带回家，放在一个瓦罐里，当作心爱的宠物养了起来。

隔壁的小明听说蒋风逮了一只"黑头将军"养在家里，一定要用他养的那只"青龙撞"蟋蟀来一比高下，他三番五次地向蒋风发出挑战。决赛的时刻到了，"黑头将军"仿佛懂得蒋风的心，一上场就摆出一副常胜将军的气势，先振动翅膀发出威胁声，再发出进攻的号角，却又原地不动，等待来犯之敌。"青龙撞"一点也不惧怕，勇敢地冲撞过来，黑头将军只侧身一闪，就听砰的一声，"青龙撞"撞到了瓦罐壁上，接着马上稳住阵脚，又向"黑头将军"发起正面进攻。双方头顶头，脚对脚，相持两三个回合后，"青龙撞"渐渐体力不支，败下阵来，"黑头将军"此时把住机会，一鼓作气，猛烈进攻，打得对方没有招架之功。这场战斗以小明认输提前结束。

"黑头将军"的威名从此传出，四面八方慕名而来要求决斗的也络绎不绝，蒋风都没有答应再让"黑头将军"上场厮杀。是不忍心看到"青龙撞"惨败的样子，还是心疼"黑头将军"？抑或担忧"黑头将军"落败？也许三种心理都有。没有常胜将军，但在蒋风心里，"黑头将军"就是常胜将军,他要维护自己的名誉和威信,不留一点遗憾。

（四）迎龙灯

冬天里最让孩子们开心的事，就是元宵节看龙灯了。

金华的年俗，就是从元宵节起，要迎三夜龙灯。

迎灯的日子，天还没有黑下来，一家人就早早吃了晚饭，赶到大街上去等候。夜幕降临，华灯初上，每家每户都点亮了自家门头上的两盏红灯笼，远处传来迎灯的鞭炮声，就听见有人在喊："来啦！来啦！"

蒋风和家人一起向前想看个究竟。只见一对火球飞舞过来，那是为龙灯队伍开路的，路两边的人群纷纷向后退，留出一条宽敞的大道，紧随火球之后的，就是远近闻名的东关牡丹灯。

东关就是离城东边不远的郊区，那里以牡丹灯闻名天下，是金华人最期待神往的地方。每年到了闹元宵迎龙灯的时节，都由东关的牡丹灯打头阵，带领一路龙灯，到城乡各地拜年、祈福、迎春。

一支支竹竿上，横斜出许多枝丫。枝丫上扎满朵朵红艳艳的牡丹花，故名牡丹灯。花有大有小，一般直径二尺左右。每支竹竿就是一棵牡丹树，每棵树上的牡丹花，少则二三十朵，多至五六十朵，还在花朵间扎上绿叶，栩栩如生，像真的开满牡丹的花树，不同的是，每朵花的花蕊中都点上了蜡烛，映得牡丹花美艳绝伦，繁华如梦。更让人惊叹的是，这样一棵牡丹树，插在一位年富力强的壮汉腰围的肚兜里兜着走，一晚上要在城乡坎坷不平的路上走数十公里，不是大力士和有韧性的人，是做不到的。

紧接牡丹灯后的，有各色各样、惟妙惟肖的动物灯，如兔子灯、老虎灯、牛灯、羊灯、马灯、鸡灯……五花八门的灯队后面，便是孩子们最喜欢看的"台阁"。所谓台阁,就是选取金华戏曲中大家耳熟能详的经典片段,由真人如舞台上演员一模一样地装扮好,多是由小孩子扮演剧中的人物,固定剧情中的某个特定瞬间,站在一个小舞台上,让两个大人或四个大人抬着走,像轿子一样。表演的场景有《楼台会》《打金枝》《凤仪亭》《琵琶记》等经典戏曲。人群疯狂簇拥追赶,孩子们特别羡慕台阁中扮演人物的小孩子。

就在这时,后面传来雄壮嘹亮的号声,还有鞭炮的噼噼啪啪声。"哈哈——嘟——哈!"四支先锋一同吹响,有排山倒海之势。所谓先锋就是一种长长的铜号。铜号那穿透夜空的高亢声,一下子把人群吸引过来,人们都明白,在铜号队之后,就是长长的龙灯了,那才是元宵夜灯会的高潮。

金华龙灯的美妙在于它不是由长长的筒状布条连接起来的龙身,而是可以组装的一连串的龙身片段连接起来,形成长长的龙身。这样的长龙灯,有时长达两三百节,绵延数百米。具体做法是:在一段木板上面,扎成一段龙身,糊上白纸,再用彩笔画上龙纹。龙体内可以点燃两根蜡烛照明。每户人家都可以做一节这样的龙身,每节木板两头都有一个圆孔,到迎龙灯那天,用一支支木棍连接起来,共同组成长长的龙身。龙身与龙头相连,龙头用木头雕刻而成,用数十盏乃至上百盏琉璃彩灯装点起来,非常壮观好看。龙尾则是用竹筋扎成,点上蜡烛,虽然不及龙头那么豪华,但也非常好看。龙尾的特殊功能是可以控制和指挥龙身的进退和变化。

龙灯队还没有进入村庄前,舞灯的人都默默地走在人群里,突然有人发一声呐喊,舞灯的人各就各位,一条长长的龙灯就立刻出现在人群面前，人群一阵阵惊呼，纷纷向两边退去，留出一条宽阔的通道来。

最有趣的是龙身"拔河"的游戏。像拔河时喊"加油"的号子一样，龙尾带着后半截龙灯，拼命把龙身往后拉，由一节一节木板组成的龙身，像弹簧那样被拉开。这时龙头的前半截，为护卫龙头，不至于成为光杆司令，拼命拉着龙身往前走，无形中成了一场拔河比赛。人群也兴奋地加入游戏，喊着"拉啊！拉啊"，为各自眼前的龙灯队伍加油。但结果大家都心知肚明，龙尾一番挣扎之后，就会乖乖地被龙头吸了过来，于是他们聚在一起，欢笑打闹着往前走，待到下一个村庄，他们又会如法炮制地表演一番。当最后的龙尾从孩子们面前走过时，孩子们忍不住要伸手摸一下，这时龙尾后的锣鼓队就会起劲地敲打起来，像是给孩子们鼓励，又像是在给孩子们警告，孩子们伸出去的手又缩了回来，又惊又喜地看着龙灯队伍慢慢远去，也恋恋不舍地回家了。

六、最美妙的童话

小孩盼过年，这是每个人童年时都有过的体验。

在蒋风心里，"过年，就是一个季节即将转移的美的童话，尽管岁月不断流逝，这件事仍以它特有的魅力在我心里占据着一个牢固的位置，常常在记忆里流淌……"

过年时有两个与吃有关的事情最为孩子们惦记，一是小年送灶君菩萨；二是大年的年夜饭。

民间有"过了腊八就是年"的说法，意思是进入农历十二月，家家户户都要为过年做准备了。蒋风的父亲长年在外谋生养家，家里全靠母亲忙里忙外，掸灰尘、买年货、切笋干、制糖糕、做新衣……有忙不完的事，金华人称之为"十二忙月"。

"十二忙月"的第一件大事，就是送灶君菩萨，俗称"送灶神"，有的地方称"灶王爷"回天庭，也叫"过小年"，是历史悠久的中华民俗活动。这一天南北有别，北方是农历十二月二十三日，南方是农历十二月二十四日。

蒋风听母亲说，灶神是玉皇大帝的女婿，被玉皇大帝派遣下凡，到人间查看每户人家的日常生活。如果发现他所在的人家有不好的事，就会在灶头墙上画个黑圈，过小年这一天，灶神就凭着这些记号，回到天庭向玉皇大帝汇报这一家人的善恶，让玉皇大帝赏罚。因此，在金华民间，每年农历二十四夜前，家家户户都要进行一次彻底的大扫除，叫作"掸尘"，名义上是打扫干净准备过年，实际含义是要清除灶神在墙上留下的黑圈记号，免遭玉帝惩罚。送灶神时，要先在灶头的灶神像前祭拜一番，点上蜡烛，供上水果、糖糕、汤圆等甜的祭品，双手合十，虔诚地拜上三拜，请灶神吃这些甜的食品，有的地方甚至用火把糖糕融化了，涂在灶神的嘴上，这样灶神就不会在玉皇大帝面前说这家人的坏话。其实，送灶神寄托了人们一种辟邪除灾、迎祥纳福的美好愿望，在人们心里，灶神是保佑来年"五谷丰登，财源广进"的菩萨。那时年幼的蒋风还不能明白其中的寓意，他最感兴趣的是祭拜的供品，这些好吃的甜食，是他们平时吃不到的，而在祭拜过后，蒋风和弟弟们就可以品尝美味了。

在孩子们的眼里，过年就是有很多好吃的东西。过了小年，就盼着过大年，大年的年夜饭是一年中最丰盛的。每年的年夜饭，母亲都要准备很长时间，不辞劳苦地做很多好吃的菜。这时，长年在外谋生的父亲也回来了，一家人围着桌子坐好，共享天伦之乐。

吃年夜饭有很多讲究，其实都是包含着人们对来年幸福生活的祈祷和期盼。母亲想方设法做很多的菜，就是不让孩子们因为菜不够吃，说出"没了""吃光了"这类不吉利的话来。如果谁不小心说漏了嘴，母亲连忙"呸呸"几声，又拿出纸来擦谁的嘴，意在童言无忌，不要当真，祈求神灵和祖先宽恕。

蒋风清楚地记得，他家的年夜饭，每年都有三道菜不可少。一是青菜，取其谐音，清清洁洁，平安度日。二是炒年糕，吃了年糕，象征一年比一年高。三是最后一道菜，必然是一盆全鱼，而这盆全鱼是不能吃的，把它作为最后一道菜上桌，就是让家人感到已经吃饱了，再也吃不下了，其实是有意不吃，图个"年年有余（鱼）"的吉利。

年夜饭后，就是守夜，按金华风俗，不过半夜子时，都不得睡觉，意思是辞旧迎新。大人们围在一起拉家常，总有说不完的话。孩子们最开心的，就是长辈们发压岁钱，还有放鞭炮玩。家家户户其乐融融，等候新年的到来。一旦零点的钟声传来，家家户户争着第一个放"开门炮"，在一长串的鞭炮声中，人们满怀喜悦地迎来新年，仿佛已经看到了好运到来。放完鞭炮人们才心满意足地进入梦乡。

过年是一家人难得的团圆日子，童年时代的蒋风就能从中感受到父母对这个家的爱。团圆的幸福来自父亲的操劳，更来自母亲的持家，没有父母的辛苦和付出，就没有一个团圆温馨、其乐融融的年夜饭。在蒋风的心里，过年是一年四季中最美妙的童话，也是他一生中留在记忆里的"最美妙的童话"，每当回忆起悠悠往事，蒋风最难忘的还是过年时一家人团圆的情景，让他对过年的认识在美食之外，有了强烈的家的温馨，爱家也成为蒋风一生中最基本的生活准则。

第二章　半工半读

（1937—1942）

一、防空洞里度童年

要是有人问蒋风，你童年最深刻的印象是什么？蒋风会不假思索地说，是战争带来的灾难——"凄厉的警报声，敌机灭绝人性的狂轰滥炸，血淋淋的尸体，还有禽兽般凶恶的日本鬼子。"蒋风回忆说："我的童年，没有游戏，没有玩具，也缺少欢乐。我的童年，没有花，没有草，有的是恐怖，有的是没日没夜的空袭，我的童年，是在防空洞里度过的。"[①]

1937 年，卢沟桥事变后，全面抗战爆发。金华作为东南军事要地，经常遭到日军飞机的轰炸，或投掷炸弹，或用机枪向地面扫射，甚至散播细菌病毒。凄厉的防空警报声，常常一天之内多次响起，人们仓皇跑向防空洞躲避，经常看到被日机扫射死在路上的乡亲。人命如草芥，这次躲过了，谁也不知道下次还能不能活下来。

逃警报、躲飞机、钻防空洞成了那年月的必修课。让蒋风一

---

① 蒋风. 寻梦之旅[C]. 上海三联书店，2012:15.

辈子也不能忘记的，有三次大的空袭。

第一次是 1937 年 9 月 26 日，敌机第一次入侵金华，这也是蒋风第一次面对空袭的惊恐经历。那天是个休息日，初一的同学鲁兵[①]正在蒋风家玩，突然听到凄厉的防空警报声，还没等他们向屋外逃跑，就听到敌机俯冲而下的吼叫声和炸弹的爆炸声，此起彼伏。蒋风和鲁兵惊慌失措，他们钻到屋子里的大方桌下，直到空袭警报解除，都不敢出来。这次虽然不是钻真正的防空洞，却是第一次有钻防空洞的体验。

防空洞是紧随其后的事。敌机的空袭越来越多，空袭时间没日没夜，城里的屋子肯定不安全了。母亲和所有的金华人一样，带着蒋风姐弟四人到城郊的后城去租房住。所谓后城就是金华城北郊的一个小村子，周围是大片的黄土丘陵，虽然与金华城也不过两里多地，敌机从空中看下来，也和金华城连成一片，但这里的黄土比城里的松软，可以挖防空洞。蒋风家就在这里请人帮忙，挖了一个猫耳洞，空袭时一家 5 人可以挤在一起。每天因为空袭，蒋风一家要进进出出好几次，为了不让这个特殊的"家园"太拥挤，相对宽敞些，更安全些，母亲给蒋风姐弟 4 人分工，在空袭结束后，继续挖洞。他们轮流用小手锄，一锄一锄地挖，再将挖下的黄土一粪箕一粪箕地往洞外搬，虽然很累，都不肯停下，他们心里都知道，这是一家人的救命洞。终于在他们的辛苦劳动下，

[①] 鲁兵（1924—2006），浙江金华人，比蒋风大1岁的童年伙伴。原名严光化，鲁兵是他1946年发表作品时用的笔名。编辑过《中国儿童时报》《小朋友》等报刊。新中国成立后一直在少年儿童出版社做童书编辑工作。著名儿童文学作家，代表作品有《唱的是山歌》《老虎外婆》《小猪奴尼》等。主张"儿童文学就是教育儿童的文学"。

竟然把雇人挖的防空洞扩大了一圈，而且在靠洞壁的一方，挖出了几级台阶，又用泥将台阶面糊光滑，待风干了，就成了一排排可以坐的长凳子，这样以后躲空袭时，不像之前一家人挤在一起，不能动弹，现在可以宽松地坐在泥凳上，心情也轻松了很多，心里也觉得安全了很多。

第二次是 1939 年 5 月中旬的一天半夜，日本侵略者突然改变了以往白天空袭的做法，对正在熟睡中的金华城实施突袭。凄厉的防空警报划破寂静的夜空，人们从睡梦中惊醒，纷纷外逃，挤满了出城的上浮桥。年久失修的上浮桥，突然拥上很多飞奔的人群，不堪重负，连接浮桥的铁链突然断了，桥上逃难的人掉到了河里，一次就淹死了 40 多人，现状惨不忍睹。

为着不让这样的悲剧落到自家身上，也为着蒋风可以有继续读书的机会，父亲带蒋风到绍兴的稽山中学上学，就住在山脚下。但那时的绍兴也几乎天天遭到敌机轰炸，学校为安全考虑，要求学生白天在家自学，一听到警报就躲进附近的防空洞，晚上到学校上课。蒋风要自北往南，穿过整个绍兴城才能来到坐落在城南的稽山中学。

有一次，蒋风从金华去绍兴的途中，看见 9 架敌机从头顶飞过。第二天就传来消息，那 9 架敌机就是去金华轰炸的，蒋风家坐落在四牌楼文明巷 21 号的老屋，就是在这一次空袭中化为废墟的。这让蒋风心中燃起了熊熊的仇恨之火。

第三次是 1940 年 8 月 13 日，那是蒋风记忆里最触目惊心的一次空袭。日本侵略者占领萧山等地后，绍兴随时有沦陷的危险，父亲只好带着蒋风又回到金华。那时的金华虽然还没有沦陷，但空袭已是家常便饭，人们有时整天都在防空洞里度过。

这一天，蒋风在玉山临中读书的弟弟蒋寿强要回家，敌机突然对金华狂轰滥炸，好像从来没有这样猛烈过，每一声巨大的爆炸声，都直接刺痛了蒋风一家每个人的心。母亲在防空洞里不停地念叨着："阿强呢？有没有到金华？在火车上，还是到车站了？阿强一定要平安回来啊。"听着母亲的祈祷声，家人们也在默默祈祷。等防空警报一解除，母亲就冲出防空洞，蒋风也跟着母亲一起，发疯一般地向火车站跑去。

还没到火车站，一路的惨状已经让蒋风不敢再看，到处是轰炸的弹坑，被炸死的人躺在血泊中，有的血肉模糊，有的残肢断臂，令人心惊肉跳，后背发凉。就是这样，蒋风也和母亲一起，不得不仔细辨认着，看看人群中有没有阿强，蒋风那时的心情是多么的惧怕而绝望。从弹坑的轨迹看，这次轰炸的主要目标是金华铁路大桥。蒋风和家人从火车站沿着铁道线，一路寻找到铁路大桥边，没有发现被害人里有弟弟阿强，大家的心情轻松多了，但这次空袭造成的伤亡惨景，永远镂刻在蒋风的心里。

当蒋风和家人回到家里时，已经深夜了，他们惊喜地发现，弟弟阿强已经在家门口等他们了，劫后余生，一家人紧紧抱在一起，久久不想分开。原来，他所坐的那列火车，得到敌机空袭的警报，就早早停下来，铁路已经被炸坏了，旅客都下车散了，弟弟是走回家的。

蒋风后来回忆说："空袭警报、炸弹、防空洞、血肉模糊的尸体……成了我童年时代不尽的记忆。在我那美好的童年时代，就

小学时代的蒋风

这样过着心惊肉跳的日子，过了整整八年。"[1]

二、小老师

战争改变了人们正常的生活，也打乱了孩子们正常的学校教育，让孩子们更早地接触了社会，在社会这所学校里早早成熟。

卢沟桥事变后不到半年，日军侵占了浙江省会杭州，距杭州两百公里的金华市，风声鹤唳，人心惶惶。

蒋风的爸爸还在外地谋生，妈妈带着蒋风等 4 个孩子逃到了县城外三十多里的北山玲珑岩村，人生地不熟，一日三餐都成了困难。听说村里要找个教师，给村小学的孩子们上课，原来的老师是外地人，杭州沦陷后，他也没有心思教书，辞职回老家了，五六十个孩子也失学了。

急于找到工作，让家人稳定下来，蒋风的妈妈来不及和蒋风商量，就把这个小学老师的工作替蒋风答应下来了。

"好啊，让阿康来试试吧！"

蒋风和妈妈一起去拜见村长，村长并不了解蒋风也还是个 12 岁的孩子，看他高高的个子，文质彬彬，是个初中生，教小学孩子应该没有问题，就爽快地答应了。

村长知道蒋风一家是逃难而来，生活很困难，就主动说："这年头，你家也困难。这样吧，阿康吃种饭，再每学期给薪俸三百斤谷子，好不好？"

蒋风和妈妈听到有报酬，非常开心，不管有多少，总能补贴

---

① 蒋风.寻梦之旅[C].上海：上海三联书店，2012:18.

家里一点。那时，他们并不知道三百斤谷子能值多少钱，还有"吃种饭"是什么意思。

村长解释说："种饭就是由学生轮流供应伙食，在每个学生家里吃一天。"

"好啊！好啊！"妈妈满口答应，谢过村长，带着蒋风高高兴兴地回家了。蒋风却紧张了，自己还是个学生，突然要变成老师教学生了，他的内心又紧张又激动，对即将到来的教师生活，充满期待。

第二天，蒋风就上任了，让他没有想到的是，全校就他一个老师，不仅要教语文，还要教数学，自然、历史、地理、音乐、体育，美术老师也是他，他同时还要兼任校长、教师和校工三种岗位。

玲珑岩村是有百多户人口的山村，分上下两村，相距一里地左右，上下村之间的山路旁，有一座孤零零的祠堂，小学就设在这座祠堂里。祠堂分内外两进，外进是教室，内进是老师的卧室和厨房。

这所小学的 50 多个学生，分成六个年级，每个年级有八九个学生，一个年级坐一排，进行复式教学，六排学生就构成了一个完整的小学。学生中最大的年龄有二十四五岁，比蒋风还要大一倍。这样复杂的学校情况，是蒋风始料未及的。

刚开始几天，蒋风先做校工，打完上课铃后，进入教室就是老师，不知道该如何教这个有六个年级同班的学生，心里总是怦怦直跳，想到教不好就会失去工作，就暗暗对自己说："要镇静，不能心慌意乱，为了全家人的生计，也为着不让学生失望，一定要教好书，保住这个来之不易的饭碗。"好在山村的孩子，大多朴实忠厚，又受过私塾老师的严格管教，已经形成了遵守课堂纪律的好习惯。遇到学生注意力不集中，课堂上有些乱，蒋风就发挥自己平时多读书的优势，给孩子们讲故事，学生们一听故事，就又安静下来了。

一个学校总有几个调皮的学生，往往也是很聪明的学生，喜欢出风头，搞点事。一次语文课上，有个五年级的学生，大约20来岁，当蒋风让他朗读课文时，他故意将课文许地山的《落花生》中的一段话即兴"篡改"。原文如下：

> 我们屋后有半亩隙地。母亲说："让它荒废怪可惜，既然你们都那么爱吃花生，就拿来做花生园吧。"

那位学生却阴阳怪气地念成：
> 我们屋后有半亩**雪梨**。**老师**说："**管它花的白的怪好吃**，既然**老师**那么爱吃**花的**，就拿来**种花梨**吧。"

被"篡改"的文章惹得学生哄堂大笑。一、二年级学生本来在专心做老师布置的作业，听到笑声，也都莫名其妙地笑起来，课堂一下子炸锅了。面对这个突如其来的"事件"，蒋风一下子面红耳赤，不知道怎么应对，课堂气氛一时尴尬极了，好在很快就下课放学了。

放学后，蒋风把这位学生留了下来。这位学生慌了，心知理亏，担心老师会狠狠地骂他，就是打他一顿，他想也要忍了，谁让自己课堂上出老师洋相呢，只要不告诉家长就行。

没想到，蒋风叫这位同学和他一起打扫起教室和庭院来，农家孩子都有劳动的好习惯，做起事情来，特别卖力气，也许是想通过劳动来表达自己的歉意吧，他很快就打扫好了。这时他的心里又七上八下起来，不知道老师葫芦里卖的什么药，一下子拘谨起来，呆呆地站在院子里，等待接受老师的批评。

蒋风叫他一起，结伴回村去，两人谁都没有说话，各有心事。路过一片杉树林，蒋风先说话了，他问学生："种过树吗？"

"种过。"

"种上一棵树得花费多少心血啊！松土、育苗、施肥、修剪……才能长成大树。"

"是的。"

"你爸妈节衣缩食送你上学，也不容易，也是想让你好好学习，将来有出息。"

这个学生是很聪明的，他明白老师话里的意思，低下头，没有说什么。

两人又默默走了一段路，到了学生家门口。学生突然说："老师，今天是我不对，以后不会了。"

蒋风笑着和学生告别。

从那以后，那位学生到处说蒋风老师的好话，说他和蔼可亲，从不打骂学生；说他上课认真、有趣，学生们都喜欢听他讲故事。很快，蒋风在学生中有了威信，不仅课堂纪律好，而且学生们都愿意帮老师一起打扫教室和庭院，都喜欢和老师一起放学后回家，尤其和之前那位严肃有余的老先生比，蒋风更受学生欢迎。在学校这份"小老师"的工作，也算稳定下来，得到村长和学生的认可，蒋风的信心也更足了，他把心思和精力都用到学校管理和教学上。这段一个人管理一个学校的宝贵经历，为蒋风今后从事老师工作和学校教育，积累了宝贵经验，也是他将一生奉献给孩子的伟大事业的开始。

蒋风一直记着这个小山村。改革开放以后，蒋风去双龙开会，还多次去过玲珑岩村。进入新时代，当年的小山村已经融入金华市区，一派城市风光了。

三、小先锋队员

一晃半年过去了，蒋风不得不依依不舍地和学生告别，回到金华城的家里。

原来，日本鬼子侵占杭州后，并没有越过钱塘江向南进攻，慌乱一阵子的金华城，又稳定了下来，逃到山里去避难的居民也陆续回城安家。蒋风回到自家时，家里已经住了一位汤叔叔，叫汤逊安，浙江余姚人，公开身份是国民党军事委员会东南工程处办事员。

过了些日子，蒋风就隐隐约约地知道了他的真实身份，他是从延安陕北公学毕业分配到金华来做地下工作的共产党员，很快他们就相处得很亲密。汤叔叔那里有很多书，比如蒋风在小学老师那里已经看过的高尔基自传体三部曲《童年》《在人间》《我的大学》，这时又有机会重新读一遍，这三本书是对蒋风人生成长影响最大的读物。蒋风八十高龄时回忆自己一生走过的道路，就用《童年》《我的大学》《在人间》为题，可见其影响深刻。还有些是蒋风没看过也看不大懂的政治理论读物，如《大众哲学》《机械唯物论批判》等，这类书蒋风也喜欢读，不管能不能看懂，先看一遍再说。

杭州沦陷后，金华实际成了浙江东南前线最繁华的文化城，从上海、南京、杭州等沦陷区撤退下来的进步文化人士，云集金华，如邵荃麟、葛琴、骆耕漠、骆宾基、冯雪峰、杜麦青、刘良模、严北溟等，都在金华进行抗日救亡文化活动，当时只有5万人口的金华城，就有二三十种报刊出版发行，可见当时抗战文化活动十分活跃。当时有一个叫《浙江潮》的刊物，经常举办时事报告会和读者座谈会，汤叔叔经常带蒋风一起去，蒋风也因此认识了不少文化界人士，如《浙江潮》的编辑翟议、报刊联合资料室主任杜麦青、《刀与笔》主编姚思铨（笔名万湜思）等。他们都当蒋风是小弟弟，蒋风也就成了他们工作室的常客，他们也经常来蒋风家里找汤逊安谈事情，每当这个时候，蒋风都自觉地坐到大门外望风，有可疑情况，就干咳几声，算是通风报信。有时，汤叔叔也让蒋风帮忙做些跑腿的活，比如到新知书店、生活书店、浙江潮社等地方，去送个信、取本书，久而久之，蒋风成了他们之间的"小联络员"。

蒋风送信联系最多的地方，是金华城东鼓楼里醮楼巷9号，那里住着一位钱叔叔，叫钱孙蔚，金华人。钱家在金华城算得上富有人家，有一座带花园的西式洋楼，乡下还有很多田地。钱叔叔有位哥哥在上海的一所中学当校长，他在哥哥那里接触到一些进步青年，后来结伴去了延安，进了陕北公学，毕业后和汤叔叔一起来金华从事地下工作。蒋风对自己能够帮助他们做些事情很开心，但随着交往的深入，蒋风开始思考起来，在交往过程中，也敢于主动请教问题了。

有一天，蒋风好奇地问汤叔叔："你们经常开会，都说些什么呀？"

"呵，小鬼头也关心起大人的事来啦！"

"我还小啊，我当过老师，教过20多岁的学生呢，别小看人。"

"了不起，了不起啊！"汤叔叔笑着说。

"那就告诉我，你们开会讨论些什么？"

"讨论抗日救亡的国家大事！"

"能让我也参加听听吗？"蒋风激动而盼望地说。

"好，下次就带你去。"

那天以后，汤叔叔说到做到，真的带蒋风一起参加报告会、座谈会、歌咏会、演讲会、街头剧演出，等等。蒋风接触社会的面广起来，他看到的世界也大起来，懂得的革命道理就多起来，他感觉自己有了从没有过的充实。

有一次，蒋风给钱叔叔送信，钱叔叔突然问蒋风："日本鬼子侵略我们中国，我们该怎么办？"

"把侵略者赶出中国去！"蒋风坚定地说。

"好！靠谁呢？"

蒋风一时答不上来。

钱叔叔看着蒋风的眼睛说："要把全中国人民都组织起来。上次你问汤叔叔，我们经常开会讨论些什么事情，就是讨论如何组织一支打鬼子的救亡队伍，这支队伍就叫中华民族解放先锋队，你愿意参加吗？"

"我愿意！我愿意！"蒋风听着钱叔叔的话，热血沸腾，坚定地回答钱叔叔的话，感到自己拥有了前所未有的力量。

这天过后不久，汤叔叔带蒋风来到钱叔叔家，钱叔叔递给蒋风一份自愿加入"中华民族解放先锋队"的志愿书，一份新队员登记表，让蒋风填写，介绍人一栏写着汤叔叔、钱叔叔的名字。

接着钱叔叔把蒋风领进里面的一间屋子，墙上挂着一面红旗，钱叔叔、汤叔叔带领蒋风，面对红旗举起右手，庄严宣誓。蒋风正式成为"中华民族解放先锋队"的队员。

当时的"中华民族解放先锋队"，简称"民先"。1937 年 2月，中共中央决定共青团中央结束工作。同月，"中华民族解放先锋队"在北平召开第一次全国代表大会，正式成立民先队总队部。这是中国共产党领导下的以抗日救亡为奋斗目标的先进青年的群众性组织。迫于复杂的斗争形势，"民先"工作实质上已经转入地下，住在蒋风家里的汤叔叔原来就是中共金华特委领导下的民族解放先锋队总负责人。蒋风加入先锋队后，蒋风家就成为先锋队的机关，蒋风也就成为机关的一名秘密"小交通"了。

随着形势的变化，"民先"工作的环境越来越险恶。1939 年下半年，蒋风离开金华到父亲工作的绍兴继续读书，与汤逊安、钱孙蔚的联系也就此中断。1941 年 1 月，皖南事变发生后，"民先"在金华的活动就停止了。汤逊安的女朋友林秋若，当时在《浙江妇女》刊物工作，突然被捕，组织上把汤逊安紧急转移到四川的一个煤矿，继续开展地下工作。钱孙蔚后来在金华被捕，新中国成立后曾担任金华市百货公司副经理，后调到金华罗店疗养院工作。

四、金华战地服务团

1939 年下半年，蒋风跟随在绍兴法院当书记员的父亲，来到绍兴稽山中学读初二。

蒋风的中学时代因为日本侵华战争被彻底打乱了。从 1936

年至 1942 年 6 月的 6 年多时间，本该是蒋风读中学的时期，但因为 1937 年全面抗战爆发，实际上蒋风初中只读了两年，在金华初中读初一，到绍兴稽山中学读初二，其间逃难到玲珑岩村，做过半年的小学老师，又回到金华休学在家，做了"小交通员"。

在绍兴稽山中学读书期间，绍兴经常遭到敌机轰炸，白天不能安全上课，就改到晚上。蒋风住在绍兴龙山附近，到学校有很远一段路程，要穿过当时的绍兴南街，那里有很多旧书店，这些书店成为蒋风经常驻足的地方。他和一位绍兴本地的同学莫日达一起结伴逛书店，买到了苏联著名作家，也是儿童文学作家班台莱耶夫（1908—1987）的小说《表》《远方》《文件》，他特别喜欢《表》这部儿童文学名著，在早年阅读高尔基《童年》《在人间》《我的大学》的基础上，又进一步加深了对苏联文学的印象，为蒋风后来从事儿童文学教学与研究时非常重视苏联儿童文学播下了"种子"。

回到金华后，1940 年下半年，蒋风考进了金华战地动员委员会下属的金华战时服务团，办公地点就在当时的金华县政府。服务团的工作有工资，解决了吃饭等基本生活需求，主要工作是参加各种抗日动员活动、开会时做记录、抄写文件、张贴宣传标语口号等。有了"小老师"和"小交通"的社会活动经验，蒋风已经很熟悉和适应做宣传服务工作，他为自己能参加抗日活动感到自豪和兴

1940 年，蒋风参加金华战时服务团时与友人合影。从左至右为蒋风、范治、朱侃

奋，每一件事情都努力做到最好。虽然在金华战时服务团工作了不到一年，蒋风却感到自己已经"长大了""懂事了"。

1941 年下半年，蒋风以同等学力考进了绍兴稽山中学的高中部，但这时学校已经搬迁到了武义县明招寺。蒋风在那里只读了一个学期的高一，1942 年 2 月，就转学到常山临时中学读高三，也只有 3 个月。所谓临时中学，是指当时的浙江省政府为沦陷区的中学生在浙江的常山县乡下办的临时中学，简称"常山临中"。沦陷区来的学生的课本、食宿都免费，还发了一本世界地图，蒋风后来保存了很长时间，作为那段学习生活的纪念。

1942 年四、五月间，日本侵略者攻打浙西，临中已经不能正常上课，蒋风又开始了逃难，回到金华，准备筹措旅费去报考东南联大。没想到当时家里空无一人，在衢州工作的父亲逃难到了衢州乡下，没有消息；弟弟在江西玉山临时中学读书；母亲和姐姐、最小的弟弟逃难到金华乡下了。蒋风谁也联系不上，只好走了两天路程，回到常山临中。此时学校已经名存实亡，一片混乱。蒋风约了四五位同学，准备从常山走到福建建阳去。

五、"蒋风"和第一篇儿童文学作品

蒋风，原名蒋寿康，"蒋风"是他 1938 年给《东南日报》投稿发表文章时用的笔名，此后一直沿用至今，现在人们都知道"蒋风"，倒不知道他的本名了。

1937 年杭州沦陷后，金华成为许多进步文化汇聚的抗战中心，各种抗战报刊如雨后春笋般涌现，掀起了抗战文艺运动的高潮。1938 年《东南日报》从杭州迁到金华，该报有副刊"壁垒"。

同年《浙江日报》在金华创刊，也有副刊"江风"。蒋风开始给这两个副刊投稿，用笔名"蒋风"，是受到作家胡风名字的影响。抗战爆发后，胡风主编《七月》杂志，编辑出版"七月诗丛"和"七月文丛"，形成中国文学史上重要的创作流派"七月派"，在抗战初期有很大影响。蒋风崇拜胡风，就在自己姓氏的后面加一个"风"，表达向胡风学习的态度和决心。同时，《浙江日报》副刊"江风"的名字，因为读音相近，蒋风很喜欢，也曾用过"江风"做笔名。这样，小学、中学时期，蒋风都用蒋寿康做学名，发表文章时开始用笔名"蒋风"。后来考上暨南大学，读大一时，他就用笔名正式代替本名，从那以后，不论发文、著书，还是学习、工作，都用"蒋风"这个名字，一直至今。

蒋风发表的第一篇文章，是 1934 年小学五年级时写的一篇秋游作文，叫作《北山游记》。北山离金华市区不远，是名扬全国的风景区，是金华中小学生每年春游、秋游的目的地。叶圣陶《记金华的两个岩洞》写的就是他 1957 年春游金华北山的经历。蒋风曾回忆："这篇习作，一是经过实地观光，有些感受；二是兴之所至，对这一美景深有感情；三是用了一些平时课外读物学会的描写自然景观的词语。因此写得有点文采，也富有感情，得到了老师的赞赏，在讲评时给全班同学朗读了一遍。这样一来，大大激励了我写作文的兴趣。"正巧那个时候，上海儿童书局出版的《儿童杂志》举办全国儿童作文比赛，蒋风就带着试试看的心态，把这篇作文抄了一份，又请父亲修改润色了一下，投给了杂志参赛，结果评上了第十名，发表在《儿童杂志》上，给了蒋风意外的惊喜。蒋风说："这一件事，在我人生道路上成了一个关键性因素，因为从那以后，我常常大胆地投稿，也不时得到发表，大大地培养了我写作的兴趣。"①

1945 年，蒋风的第一篇儿童文学作品《落水的鸭子》在台州的《青年日报》发表，用童话诗的形式，讽刺当时落网的汉奸。从此以后，蒋风从创作到教学，从教学到研究，从研究到办学，始终坚定不渝地在儿童文学岗位上，生命不息，奋斗不止，为中国儿童文学建设和发展付出了全部心血，实现了他人生最大的梦想——向安徒生那样，为"争取未来一代"工作到生命最后一刻。

六、三个梦想

蒋风从小学、初中到高中，没有哪一个阶段的学习是正常的、持续的、完整的，反倒是逃难、代课、送信，参加金华战时服务团和给报刊投稿，让蒋风在一半读书一半社会实践中，比同龄人更早地走向成熟。对家庭、社会、国家了解得越多，蒋风对自己的人生之路思考得就越多，渐渐形成了比较清晰的"三个梦想"。

蒋风后来回忆说："记得小时候，有人问我长大后要干什么，我的回答是：第一，当记者；第二，当作家；第三，当教授。"②

首先是记者梦。金华作为战时浙江的文化中心之一，很多进步文化人士云集金华，带来了抗战文化的兴盛，出现了很多报刊。蒋风与报刊记者有了很多接触，如《浙江日报》副刊"江风"的编辑马骅、《东南日报》副刊"壁垒"的主编，以及当时设在金华的 13 家报刊联合资料室的主任杜麦青，蒋风和他们都有经常

---

① 蒋风.寻梦之旅[C].上海：上海三联书店，2012:12.
② 蒋风. 未圆的梦[C]. 北京：国际文化出版公司，1999:24.

性往来，并且这种文人间的友情一直保持到新中国成立后，可见当时记者职业对蒋风的影响。他非常羡慕，渴望自己长大了也能当一名记者，像他们一样，可以及时反映社会情况，表达人民的诉求，伸张正义，反对侵略，为国家富强和民族解放做些力所能及的事情。

其次是作家梦。作文受到老师表扬，又在《儿童杂志》发表，激发了蒋风的荣誉感和写作激情。后来给报刊投稿，读进步作家的作品，特别是苏联社会主义文学奠基人高尔基的《童年》《在人间》《我的大学》"三部曲"，还有意大利作家亚米契斯的《爱的教育》等世界经典儿童文学作品，蒋风初尝创作和阅读的"甜头"，对自己有了信心，希望能成为一名诗人或作家。

第三是教授梦。与记者梦、作家梦相比，教授梦较为懵懂模糊，它代表着读书人的一种美好的向往和理想境界。这在当时可能是遥不可及的幻想，但心中有了这个教授梦，人生就有了奋斗的方向。

童少年时代的三个愿望，蒋风都如愿以偿。蒋风选择教师职业，从事儿童文学事业，始终重视对青少年进行理想教育，强调儿童文学对儿童成长教育的方向性，都与他童年的经历息息相关。

第二部 我的大学

（1942—1994 18—70岁）

蒋风评传

Jiangfeng Pingzhuan

大学,是个多美的名词,也是我向往的一个去处。……进大学的梦始终激励着我:一定要跨进大学的门。

——蒋风:《我的大学》,1999

一所仅 6 个专业的学院,正式更名为大学,恐怕在世界教育史上,也算得上是个奇迹。……浙江师范大学从要求更名那天开始,经过几代师大人的拼搏,在中国共产党的领导下,到今天已经从一个仅仅 6 个专业的微型学院,发展成为具有 16 个学院 61 个专业的系科齐全的省属重点大学。

——蒋风:《生命中最实在的律动》,2011

第一章 大学生

（1942—1948）

一、从东南联大到暨南大学

还在读初二的时候，蒋风从《译报》上看到延安抗大招生广告，不受学历限制，就激发了他对大学的向往。1942年春转学到常山临时中学读高中，不到三个月，日本侵略者发动浙赣战役，6月初学校被迫解散。蒋风听说当时成立于金华的东南联大，此时已经搬迁到福建建阳，就和四五位同学约好，从金华走路到福建建阳，整整走了一个月。

东南联大全称国立东南联合大学，是抗日战争期间上海沦陷区高校撤离上海后在福建建阳联合组建的大学，学校仅维持了一年半时间。1942年1月，国民政府教育部决定将所有尚未撤出上海沦陷区的高校全部合并，撤退至浙江境内组建"国立东南联合大学"，由暨南大学校长何炳松（1890—1946）担纲主持。具体经过大致如下：

1941年12月8日，珍珠港事件爆发的第二天，日军进占上海租界，租界内的公私立高校大多宣布停办，大量青年学生失学。1942年1月15日，国民政府教育部为"维护上海高等教育，招致大学人才"起见，决定在浙江省内筹设国立东南联合大学，用来收容从上海内撤回的各专科以上学校师生，同时要求上海各大专学校除在内地已设有分校外，一律并入东南联合大学。按照教育部的指令，上海成立了东南联合大学筹备委员会，委员大多是上海公私立大学校长和金华当地地方官员。3月24日，东南联合大学办事处在金华酒坊巷金华中学正式成立，收容了上海专科以上学校学生200余人。5月15日，日军突犯浙东，浙赣战争爆发，金华一带遭到敌机袭扰，军政教育各机关被迫向西撤离。17日，东南联大撤至浙江江山，6月24日全部撤至福建建阳。东南联大筹委会设在建阳童游奎光阁新建楼房里，何炳松同时担任暨南大学和东南联大的校长，上午在暨大办公，下午在联大办公，两校办公处相距三华里。12月29日，国民政府行政院第606次会议决定，东南联合大学归并国立英士大学。1943年6月，东南联合大学的文理商三学院和先修班并入国立暨南大学，法学院和艺术专修科并入国立英士大学（1949年被裁撤并入浙江大学、复旦大学），7月底，存在了一年五个月的东南联合大学结束，从此"东南联合大学"成为历史陈迹。

1942年8月下旬，东南联大招收新生86名，其中先修班38名。蒋风9月17日接到正式通知，录取到东南联大先修班。

所谓先修班，相当于大学的预科，主要是补高中的课程。先修班是对沦陷区学生的一种特殊政策。考虑到战时高中学习很难完整，肯定会影响学生报考大学的成绩，凡是没有被大学录取的考生，都可以在先修班读一年，成绩在前一半者，第二年可以免试进入大学；更重要的是，入学可以享受贷金等待遇，这对家境贫寒的学生最为重要，等于解决了生存问题。另外，当时规定，大学生所修学科，如果三分之一以上不及格，需要留级；达到一半以上不及格，就要被退学。所以，设立先修班，对那些学习基础不好的同学，是一次重新补课打基础的机会，避免在大学学习期间有留级和退学的情况发生。

蒋风读先修班的原因，主要是中小学阶段都没有系统地学习。6年小学读了3年半，6年中学读了2年半，高中没毕业就去考大学了，考试成绩不理想，要想继续大学梦，必须先上先修班，把学业的基础补一补。

这一届先修班12月初开学，1943年暑假结束，实际只有一个学期，但蒋风学习认真，进步很快，终于在9月的考试中，顺利地考取了暨南大学文学院。其实也就是此前的东南大学，因为东南联大的先修班，早在1943年6月就并入国立暨南大学了。蒋风这是对口升学。

二、国立英士大学

蒋风如愿以偿地考入暨南大学，还没有高兴个够，就被现实猛击一掌，转喜为悲。原来暨南大学文科学生的公费名额很少，只占10%，蒋风没有入围。没有公费资助，蒋风一个流亡学生，在举目无亲的福建建阳，本来就无法生存，更不用说有钱缴学费了。蒋风在暨南大学读了半个学期，再也坚持不下去了。

正在失望、伤心、无助之时，蒋风听说刚刚由省立改为国立的英士大学，到建阳来招生。蒋风看到农学院的公费名额比较多，占学生人数的80%，便跃跃欲试。为了能够继续上大学，又没有生存困难，他毅然报考了农学院。1943年11月，蒋风考取了英士大学农学院的畜牧兽医专业，后来，因为畜牧兽医专业涉及许多化学知识，蒋风没有化学基础，第二年他便争取到了转系，转到英士大学农学院的农业经济系，直到毕业。

当时英士大学设在浙江省云和县小顺镇，没想到这次改考英士大学，让蒋风有了意外之喜，就是从福建建阳回到自己的家乡浙江。但由于战乱，读书也像打游击，四年换了四个地方：大一在云和小顺，大二在泰顺司前，大三在温州城里，大四回到金华，并将金华作为永久校址，蒋风终于回到了自己的家乡。

英士大学在当时是与浙江大学齐名的一所重要高校，曾拥有80多位教授，初名为"浙江省立战时大学"。抗战爆发后，原设在浙江的国立浙江大学、国立杭州艺术专科学校、省立医药专科学校和私立之江文理学院相继内迁。浙江省内高中毕业生继续教育成为难题。鉴于此，省政府于1938年夏决定筹建"浙江省立战时大学"，考虑到蒋介石有设立大学纪念辛亥革命先驱陈其美（字英士）的想法，1939年5月，浙江省政府决定将大学改名为"浙江省立英士大学"。

三、"从诗神那里乞求火种"

1942年金华沦陷前夕，听说搬迁到福建建阳的东南联大在招生，蒋风不顾一切地朝建阳奔去，一点也没有想过这将是多么艰难的生活，虽然有吃苦的心理准备，但还是大大超出了他的预期。

从浙江常山临时中学到福建建阳，因为战乱，交通中断，蒋风背着简单的行囊，整整步行了一个月。蒋风身上穿的一条长裤，因为沿途休息时席地而坐，屁股上也磨出一个大洞。而在这一个月里，白天要躲避日军空袭，很多时候不得不夜行。晚上也不安全，有野兽、土匪出没，还有六月暑天多变的天气，喝水吃饭都不能正常。偏偏祸不单行，蒋风左脚在路上碰破了，伤口可能感染了日本鬼子从飞机上投下的细菌——那时浙赣闽一带很多人都被细菌感染，烂脚、残废，甚至失去生命——蒋风的左脚也腐烂了，还没有到建阳，就烂成一个大洞，严重时可以看到创口里有蛆虫在蠕动，还有血淋淋的脚骨头。直到考取东南联大后，才有机会到医务室看医生，前后烂了三年，1943年才逐渐痊愈，疤痕则留在蒋风脚上一辈子。

伤痛之外，更难熬的是饥饿。到建阳时，蒋风身上只剩下一角钱纸币。读书人爱面子，不肯乞讨，实在是饥饿难忍，蒋风用四分钱买了点大饼充饥，但很快又饿了，剩下的六分钱是蒋风全部家当，不敢用完，实在挺不住了，就到茶店里花两分钱泡一壶茶，用水充饥。第二天又到茶店再花两分钱，以茶水代饭，就这样他度过了一生中最难熬的两天时光。第三天，设在城北小学的流亡学生收容站开始运转，蒋风分到每天三张粥票，才得以维持生命。蒋风就是在这样困苦的情况下，坚持在先修班学习，终于考上了暨南大学文学院。此刻如释重负的蒋风，一头扎进了诗的王国里，他要用诗歌来表达自己的情感和志向。

苦难出诗人。蒋风本来就对诗歌感兴趣，立志当一名诗人。此时便咏物抒怀，写下了《红叶》《桥》这样短小隽永、意象美好的小诗：

红　叶

> 早晨跑遍秋的山头，
>
> 摘回一片红枫叶，
>
> 陪伴我，缀在案头，
>
> 她以鲜艳的红唇，
>
> 向窗外蓝天，
>
> 吹送战斗之歌。

桥

> 有了你的启示，
>
> 人们得着智慧了。
>
> 你担负起自身的苦难，
>
> 引人走向幸福的彼岸。

《红叶》象征诗人内心的激情和斗志，《桥》表达了诗人对苦难价值的肯定，两首小诗都反映了诗人乐观心理和超越精神，赋予红叶、桥以生命的力量和美好的意境。蒋风后来回忆当时的情形说："诗神让我忘了饥饿，忘了疲困，忘了颠沛流离的苦难……"文学史家王嘉良、叶志良在《战时东南文艺史稿》中，评价"蒋风也是暨南大学的青年诗人。"①

正当诗神让他忘了一切的时候，新的苦难又接踵而至。因为没能在暨南大学享受到公费读书的待遇，蒋风不得不放弃自己的

---

① 王嘉良、叶志良.战时东南文艺史稿[M].上海文艺出版社，1994:183.

文学梦，改考国立英士大学农学院，从福建建阳回到了浙江的云和。"从荒凉的闽北山城，回到了山清水秀的故乡"，乐观的蒋风又把经历的苦难踩在了脚下。他在日记里写下这样的诗句：

　　没有气馁，也没有叹息；
　　没有哀怨，也没有伤感。

　　困难的学习环境他可以承受。当时学校借用了云和铁工厂的一个大车间当宿舍，300多张高低铺，成了700多名同学共住的大寝室，年轻人热热闹闹一起，倒也充满朝气活力。当一个人独处，沿着镇前的小溪散步时，想到自己只身一人流亡在外，不知道家人是否安好；因为交不起学费，不得不放弃自己的文学梦，又因为自己没有化学基础，不得不转到农业经济系。蒋风心里的苦涩伤感只能在写给自己的诗里倾诉：

四月小唱

　　让艳阳照亮青春，
　　让霉雨葬送年华；
　　年轻的心境有如死水，
　　不会有些微的感应；
　　无心再听远地歌唱，
　　任凭莺飞草长；
　　只见窗外江南浅草，
　　有杜鹃哭遍山野。

　　然而，即便这样贫困而平静的生活也不能长久。不仅敌机经常来云和轰炸，而且敌人的骑兵也出现在云和小顺镇上，英士大学被迫再次南迁，来到浙南崇山峻岭之中的泰顺，农、医、法、艺、工各院系也不得不分散开学，分别在司前、里光、百丈口三个地方。蒋风所在的农学院在司前。

　　1944 年暑假，思家心切的蒋风曾偷偷跑回金华，想看看沦陷区的家人，但很快被敌人的鹰犬发现，把他作为"危险分子"，蒋风慌忙出逃，回到学校所在地司前。

英士大学司前总部

　　蒋风的心境很差。在绿色群山起伏的山村，常常是阴暗的天，蒙蒙的雨，给寂寞单调的生活更多的压抑感。想到自己有家难回，敌寇占据了自己的家，还炸毁了自己的家，有仇无法报，就感到怨恨和气愤。而这一年大山里的生活，有诉说不尽的苦难和痛苦。《在泰顺》[①] 一文里记录了蒋风当时的情况：

　　　这一年生活真是太苦了。整整一年就是吃三样菜。春天吃毛笋，早餐是盐巴煮毛笋，中餐还是毛笋，晚餐也是毛笋，连油花也难见到一两朵。吃到夏天，毛笋都已长成毛竹，啃不动了，就吃蕃芋丝，三餐清一色，一个样。蕃芋丝吃到秋末芥菜上市，于是又是早餐芥菜，中餐芥菜，晚上还是芥菜，变也不变。吃到后来，双眼不仅因灯光微弱近视加深，而且

―――――――――――
① 蒋风. 未圆的梦[C]. 北京：国际文化出版公司，1999:18.

因缺乏营养患了夜盲症，太阳下山，眼前就一片模糊，什么
也看不清了。

有时，我感到悲愤，生活对待我太残酷了，欺骗了我的心，
踩蹦了我的身，它竟没有一丝怜悯，也没有一丝同情。

我生活在寂寞里。我生活在痛苦中。我只得在诗的王国里寻
找慰藉。

诗有一片自己的蔚蓝的天。

司前村边有一座古朴典雅的石拱桥，那里是蒋风经常漫步的
地方，写下《回澜桥上》，在诗的王国里寻找快乐、希望：

回澜桥上

看桥下流水瞅着你，
掠过笑影而去。
百转千回都不要，
你说一句话。
俯视流过去百丈，
回头忘了问她：
"你去了回不回来？"
再远望那边，
流水流着嬉笑，
流去那岸边一树桃花。

在村边的山坡上，席地而坐，蒋风写下了《期待》：

期　待

在严寒煎熬中的土地啊，
没有了生命的绿色，
没有了含苞的花朵，
也没有了生机。
可要让小苗孕育，
在温暖的怀里呀，
来春，我要用生命之泉，
哺育小花苗苗壮成长。

在艰难的岁月里，蒋风从诗神那里乞求火种，点燃了他的心，照亮了前进的路。是诗给了他快乐，给了他力量，让他正视前途的艰辛。他要用诅咒送走昨天，用抗争对待今天，用欢呼胜利迎接明天。

这一天来到了。1945 年日本战败投降。1946 年秋天，英士大学选中金华作为永久校址，蒋风可以回到阔别已久的故乡上大学了。他带着一颗兴奋激动的心情，带着青年诗人特有的多彩的幻想回来了！然而，蒋风没有想到，日本投降了，战争还没有结束，金华城又陷入了另一场白色恐怖，正如他在《苦闷的年代》里写道：

苦闷的年代

有嘴不能说话，
做了哑巴。

有眼不能看，

自己爱看的书。

生活在这样一个年代，

做瞎子哑巴的，

也难过日子呀！

因为，

米涨，柴贵，

所有的物资，都上了火线，

变成枪弹。

大伙儿

挨冻，

挨饿……

有什么办法？

大伙儿在相望，

一个明天，

一个阳光泛滥的春天。

四、上了"黑名单"

抗战胜利后，1945 年 11 月，英士大学从泰顺县司前村迁往温州。温州是当时浙南最繁华的城市，但多年战争已经让整个社会经济到了崩溃的边缘，普通老百姓仍然吃不饱穿不暖，生活特别困苦。

1946 年春节前后，物价飞涨，货币贬值，特别是关系百姓生活的米价，由原来的每千元十八九斤，涨到每千元只能买六七斤，而且是全城没有米卖，被商人囤积起来，待价而沽，引起公愤。1946年2月，无法生存的市民，开始捣毁米店米厂，开始闹米风潮。6月8日，温州市无米供应，上万人游行抗议，当局出动军警镇压，死伤11人，英士大学等学校师生自发上街游行声援。

生活让蒋风思考。在闹米风潮之初，1946年3月10日，上海《文汇报》就发表了蒋风的新闻报道《温州也打米店》，文后还加了编辑的"公开征稿"："蒋风先生，大作甚佳，以后尚希源源赐稿为盼。"受到鼓励的蒋风，一口气写了《生活悲剧在温州，白米与畚斗齐飞》《春荒三月话温州》《浙南的高利贷》等长篇通讯报道，这成为蒋风日后走上记者生涯的开始。

闹米风潮在英士大学有着不同的反应，学生们将社会上无米可卖和学校里吃不饱肚子联系起来，发现了校长杜佐周（1895—1974）在庇护一帮"硕鼠"，于是向杜校长发起当面质问，发起"倒杜运动"，1946年6月杜校长引咎辞职。

"倒杜运动"的胜利，极大地鼓舞了学生的斗志，学校的民主意识和学生的斗争意识明显增强，蒋风成为当时学生活动的积极分子。1946年秋，英士大学定址金华后，回到家乡的蒋风更是如鱼得水，早年在金华为汤叔叔、钱叔叔跑腿送信、参加"民先"的情景，总是不断在蒋风脑海里浮现，激励蒋风走在了"反饥饿、反内战、反迫害"的前列。1946年底，蒋风参加了学校抗美反暴大游行，抗议美军强奸北大女生的兽行。1947年春，英士大学爆发迁校请愿运动，历经千辛万苦终于到达南京。5月20日，沪宁苏杭16所大专院校6000多名学生为"挽救教育危机"在南京示威请愿，遭到反动军警镇压，制造了"五·二〇"血案，激起全国人民抗议的浪潮，形成了声势浩大的"反饥饿、反内战、反迫害"运动。1947年5月23日，新华社发表题为《蒋介石的末路》的社评指出，"这次群众运动的规模气概为以往任何时期所未有"，"以蒋介石的师傅陈英士和蒋介石自己命名的浙江英士大学和江西的中正大学，过去是没有参加过学生运动的，这一次却站在了斗争的前线。"5月30日，新华社发表毛泽东关于目前时局的评论《蒋介石政府已处在全民的包围中》，指出"中国境内已有两条战线。蒋介石进犯军和人民解放军的战争，这是第一条战线。现在又出现了第二条战线，这就是伟大的正义的学生运动和蒋介石反动政府之间的尖锐斗争。学生运动的口号是要吃饭、要和平、要自由，亦即反饥饿、反内战、反迫害……学生运动是整个全民运动的一部分。学生运动的高涨，不可避免地要促进整个人民运动的高涨。"

当年，英士大学还没有党的地下组织。英士大学曾经有的两个地下党支部，分别是1948年4月和1948年12月成立的。英士大学的"第二条战线"是由学生自发的进步组织民主学社发动和领导的。蒋风后来回忆说："1947年下半年之前，其实学校的学生组织一直都还没和党接上头，学生活动都是自发组织的。那时候我们还经常一起到学校的操场听新华广播电台。尽管如此，那时候的热血学生们已经开始积极响应党的号召，展开了一系列爱国民主运动：利用各院民主墙刊出时事论坛，宣传党的方针、政策；编印《新华社简讯》，传播革命胜利的喜讯；成立歌咏团大唱革命歌曲……"①

英士大学民主学社成立于1946年2月，由黄旭为首的9人组成理事会开展活动。蒋风是1946年秋由胡宪卿介绍参加民主

---

① 王丽、厉光明.金华往事[N].钱江晚报，2007-10-09.

学社的。1946年冬，理事会改选，宋无畏当选社长。在民主学社的带动下，英士大学的进步学生运动，不仅轰轰烈烈，而且走在全国学运的前列。

作为当年学生运动的积极分子，民主学社的社员之一，蒋风因为民主学社经常为群众发声，也受到了国民党特务的监视，还一度被打上"乱党分子"的标签，上了"黑名单"。多年以后，蒋风在金华市档案馆看到一份《国立英士大学共党嫌疑分子名单》，在这份77人黑名单中，蒋风的名字赫然在列，备注栏中这样描述他："蒋风，高个子，戴深度近视眼镜，民盟情报员，《大江通讯》社记者。"当年国民党怀疑民主学社是民主同盟组织的，其实蒋风并不是民盟成员。

国民党浙江省主席沈鸿烈给警保处的密电：

警保处竺处长勋鉴特密：

据报国立英士大学奸伪分子蒋风近纠合余党筹组大江通讯社，企图以此为掩护从事校（内外）活动，并正在应用人事关系，请求金华县政府登记等，请即希望该通讯社登记表件到达贵处时不予登记为妥。

沈鸿烈

浙江省警保处就沈鸿烈密电致第五科的密电：

> 本件除摘录饬属侦查外相应拾同原件拜交贵（处）查明
> 主政荷。
> 　　此致
> 第五科
>
> 　　　　　　　　　　　　浙江省警保处调查室
> 　　　　　　　　　　　　十月二十三日

蒋风虽然感到了危险的存在，但他没有被吓倒，也没有向困难屈服，仍然气昂昂抬着头，坚强地拿着笔，为黎明唱着赞歌。

五、1947 年，大学毕业

1947 年，是蒋风一生中非常重要的一年，这一年他大学毕业，开始以一个大学生的身份走向社会，选择自己的职业。其间发生了很多意料不到的事情，在当时看来是偶然的"小事"，却成了决定后来人生道路的"大事"。

1947 年 7 月，蒋风从英士大学毕业。从这年暑假开始，蒋风就为工作四处奔波。那时，他小学时代的老

1947 年国立英士大学毕业照

师徐德春在浙江仙居的台州师范学校任教务主任，蒋风去投奔恩

师。在徐主任的推荐下，蒋风终于获得了一份心仪的稳定工作，台州师范学校聘任蒋风担任台师的博物、园艺教师。这时蒋风却做出了一个令人意外的重大决定，将好不容易得到的工作机会，让给他的同学宋无畏，因为当时的宋无畏已经被学校开除后，无处栖身，随时都有被特务逮捕的危险。

前文说到宋无畏是英士大学民主学社的社长，是民主学社社员蒋风的领导，蒋风对他很是崇拜，曾经在会议文章中写道："宋无畏在领导学生运动中，充分显示了他的政治组织才能，思维敏锐，善于团结群众，讲究斗争策略，善于掌握形势发展动向，深获大家爱戴，在同学中有很高的威信。"[1] 在宋无畏的领导下，英士大学的进步学生运动开展得如火如荼，在浙江省乃至全国学界都有影响，自然引起了国民党政府的高度关注。

早在 1947 年 6 月，英士大学新任校长汤吉禾上任。汤吉禾是有国民党军事背景的政治教授，1947 年 6 月以军事委员会秘书长的身份兼任英士大学校长。

汤吉禾上任后，暑假期间就开始整顿重组大学领导班子，加强中统、军统特务力量，解聘范云迁等进步教授，除控制国民党、三青团等反动组织外，还收买青年军联谊会、苏北流亡同学会等反动组织，以此加强学校的反动统治。9 月新学年开学，便以"煽动学潮"的罪名，张贴布告开除宋无畏、朱正宪、蒋本仁、黄垂庆、邓祖绶、胡普承、叶绍书、黄颐荪、王工等 9 名学生。9 名被开除的学生中，除王工外，全是民主学社的成员。被开除的学生都由便衣特务押解离校返乡，校园里也到处都有特务的身影，一时

---

① 蒋风. 寻梦之旅.[C], 上海三联书店，2012:28.

间白色恐怖笼罩全校,导致 1948 年五六月间,爆发"迁校复医罢汤运动",坚持要求迁校、恢复医学院和重派新校长。

再说宋无畏被开除后,仍然被特务跟踪,处于不安全的境况。仙居比较偏僻,便于隐蔽,蒋风决定让他到台师代替他代课,有一个暂时的栖身之地。为避免引人耳目,宋无畏改名宋虞父。但是不到一年时间,他的进步思想还是被校长察觉了,遭到学校解雇,他不得不返回故乡象山,参加当地的地下斗争。象山是浙江大陆最后解放的一个县,宋无畏却在象山解放的前一个晚上被捕,被反动派带到定海枪杀了。就像他的名字一样,面对死亡,他一点畏惧也没有,在黎明前夜献出了自己年轻的生命。

在宋无畏之外,蒋风还帮助过另一位被开除的民主学社成员黄垂庆。黄垂庆被开除后回到家乡福州,改名黄岑,一直没有找到工作。蒋风介绍他为《申报》撰写通讯,被聘为通讯员、记者,总算也得以暂时安生。

国立英士大学毕业合影,前排左四为蒋风

蒋风虽然没有到台州师范教书,但台州师范的通讯录上,仍然有蒋风的名字，籍贯一栏写的杭县。原来1942年蒋风以同等学力考取稽山中学读高一，但稽山中学因绍兴沦陷，迁到武义。正好这时创建常山临时高中，免费招收沦陷区的学生，于是蒋风便将籍贯改为杭县，转学常山就读。可见那个时候，蒋风一心想读书，不想失去上学的机会。

六、追寻第一个梦想

走出大学校门，首先要解决的是生计问题。蒋风把工作让给急需找到职业掩护的同学宋无畏后，很长时间也没有找到工作。

家境的贫困不允许蒋风赋闲在家，想起自己曾经在一年前，温州发生"打米店"风潮时，曾给上海《文汇报》写过通讯报道，受到报社的鼓励，于是重操旧业，做起了新闻报道工作，给在上海的报刊写稿，以稿费来维持生活。这段时间，蒋风"用真情和耐心寻找可以写作的素材，写下了一连串长篇通讯：《挣扎在死亡线上的金兰农民》《浙东农村高利贷内幕》《浙南天地间》《拥塞了的浙赣铁路》《兴修金武轻便铁道》《氟石的王国》《金华斗牛风炽》《浙东桐油亟待复兴》《农业推广在金华》《闲话兰溪蜜枣》《兰江上的茭白船》《义乌红糖墨守成规》《芳草夕阳大学城》……"① 从上述篇名中可以看出，蒋风写作的内容非常广泛而杂乱，但都是在真实地反映现实生活。功夫不负有心人，蒋风的勤奋得到《申报》主笔的赏识，很快就被聘为《申报》驻金华记者，每月底薪25元，按生活指数发给，另外按发表的字数再发稿费。

---

① 蒋风.未圆的梦[C].北京：国际文化出版公司，1999:23—24.

收入尽管微薄，但已经够蒋风个人起码的生活开支。因而，当蒋风拿到《申报》记者聘书时，为实现少年时代就追寻的第一个梦想——当记者——而高兴了好一阵子。

蒋风同时还兼任了《文汇报》《新闻报》通讯员。但在国民党政府控制下的上海报刊，不敢发表揭露国统区阴暗面内容，而强烈的正义感又鞭策蒋风必须把看到的写出来，于是他便把这类稿件投寄给多年由范长江（1909—1970）领导的国际新闻社，蒋风也被聘为香港国际新闻社驻浙江特约记者。

梦想还在继续。一批失业失学的知识青年，集聚在金华，如陈临权、周文骏、金思衍、陈刚庸等，集资创办了《浙中日报》，新民书馆老板江崇武任社长，陈临权任总编，聘任蒋风为采访部主任。蒋风利用这一舆论阵地，采写了一些能为群众关心的社会新闻，还常从外地报刊上剪辑一些材料，转载或改写，提供读者更多信息。那段时间，蒋风仍然和英士大学保持联系，常从英大进步教授范云迁那里得到一些进步报刊。1948年秋，蒋风从香港《华商报》上剪下一篇《苏北行脚》——报道苏北解放区情况的长篇报道，发表在《浙中日报》上。这下闯了大祸，当天就引起了国民党政府的关注，传讯了当时的报社领导，并且要追究责任，抓捕编辑及有关工作人员。为《浙中日报》提供电讯的浙西师管区电台倾向进步的报务员杨学定赶来通知蒋风等人，反动派准备抓人，蒋风和几个主要人员不得不逃出金华，暂避风头。这期间，金思衍在报社一位周姓工作人员的枕头下面发现一张小纸条，上面写着"注意蒋、金行动"，这让蒋风更加感到处于十分危险的处境。虽然社长亲自出面处理这件事情，这份民营进步报刊也没能逃脱被政府控制的命运，由浙西师管区接管，并入师管区的《浙西周报》，改为《浙西日报》，蒋风也在这次《苏北行脚》事件中，悄然离开报社。

七、关注儿童文学

有人好奇地问蒋风："你这么大个子为什么被一些小娃娃的书迷住了？"

蒋风回答说："这是一条消息的召唤！"

蒋风说的这条消息，是1947年《申报》上的一篇报道。有三个孩子，受到荒诞不经的连环画读物的迷惑，偷偷逃出家门，结伴到四川峨眉山去求仙学道，最后自以为成仙能飞了，跳崖身亡。

"鲜活的生命，就这样没了，太让人心痛了。"当时的蒋风被孩子的悲剧命运震惊了，没有想到一本坏的儿童读物，就可以将孩子引入歧途。那么一本好的儿童读物，不是也可以引导孩子走上正道吗？蒋风第一次对儿童读物对青少年行为的影响有了新认识，认为童年时代读的第一本书，往往会成为人生的教科书，因为童年时期处于一生的成长阶段，社会经验少，世界观没有形成，特别容易接受形象化教育，生动形象的儿童文学作品就成了孩子成长的引路人。蒋风后来回忆说："由于这一声召唤，我从一个儿童文学爱好者开始走向为儿童文学事业献身的教育工作者。"①

蒋风说自己是一个儿童文学爱好者，不仅因为母亲在他幼小的心田里播下了唐诗宋词的文学种子，小学斯紫辉老师给他讲意

---

① 蒋风. 寻梦之旅[C]. 上海三联书店，2012:13.

大利儿童文学名著《爱的教育》里的故事，还因为蒋风已经迷上了安徒生童话。这位童话大师所走的"充满光荣荆棘之路"，成为蒋风向往的道路。蒋风非常敬佩安徒生在他的小说《即兴诗人》博得文坛崇高声誉后，毅然做出将自己的主要精力转移到为孩子们写作童话的决定。1835年，安徒生在给一位朋友的信上写道："我现在要开始写小孩子们看的童话了。你要知道，我要争取未来的一代。"安徒生是这样说的，也是这样做的。从那一年开始，安徒生在每年圣诞节来临之前，都要写一本给孩子们的童话作为圣诞礼物。

蒋风对安徒生的言行印象深刻，特别是"我要争取未来的一代"这句话，在蒋风耳边不断回响，联想到《申报》上三个孩子求仙学道的报道，蒋风想到，我要向安徒生学习，应该写一点东西让孩子们看，让他们从中受到好的影响。他在心里对自己提出了要求：今后要多多关注儿童文学，要多多提笔为孩子们写点健康有益的作品，并萌发了献身儿童文学事业为下一代服务的心愿。

第二章 大学老师

（1949—1984 上）

一、在明朗欢快的歌声中回到金华

蒋风说："我是在金华解放一个多星期后才回到金华的，这时金华城中到处可以听到'解放区的天是明朗的天'的歌声。"

早在 1947 年英大迁回金华，蒋风不是回到家乡了吗？

原来，蒋风在金华黎明前最黑暗的时刻——1949 年 4 月中旬，曾被迫匆匆逃离金华，搭上一辆国民党部队的南逃军车，逃离了生他养他的故乡。

事情还得从少年蒋风在党的地下组织引导下参加革命活动说起。

抗战时期，蒋风家里住进了一位党的地下工作者汤叔叔，他经常帮汤叔叔送信给金华城里的一位钱叔叔，并由汤叔叔、钱叔叔介绍，蒋风秘密参加了中华民族解放先锋队，不仅蒋风的家成为"民先"的机关，而且蒋风也成了"民先"机关的"小交通"。这段特殊的经历，蒋风非常珍惜而自豪。

考入英士大学以后，动荡的社会现实和日本侵略者的倒行逆施，给蒋风上了一堂堂生动的"政治课"，蒋风更加坚定了坚持革命斗争的勇气和决心，加入了英大的进步学生组织民主学社，作为组织的骨干力量，参加学校的反饥饿、反内战、反迫害运动，"在上了'黑名单'，被特务追捕中戴上学士帽走出学校大门。"[①]

走出校门以后，蒋风在金华就职于有进步倾向的《浙中日报》兼任采访部主任。1948年秋，蒋风因为转载了香港《华商报》上的《苏北行脚》一文，报道了苏北解放区情况，引起国民党政府的注意，不仅《浙中日报》被政府兼并为《浙西日报》，蒋风也不得不悄然离开报社。其时，辽沈、淮海、平津三大战役先后打响，一批进步学生，利用晚上文娱活动时间，在英大农学院一间偏僻的小屋里，偷听新华社广播。蒋风虽然已经从农学院毕业，但几乎每晚都赶去收听，被英大特务跟踪侦查，破坏了这个新华社广播偷听点。

1949年初，英大民主学社社友董服官来到蒋风家里，带来中共路北县工委派来接替施姬周担任英士大学党支部书记的朱育茂，其时，朱育茂已经是工委派到义南区的区委书记、金华城区特派员，主要任务是动员一批英大进步学生到金萧地区去参加游击斗争。从此，蒋风家里又恢复了党的地下工作联络点，蒋风也向朱育茂表示，愿意去金萧地区参加游击队，但得到的答复是要求他继续以《申报》记者的身份做掩护，做好联络点的安全工作。

有一天，民主学社社友吴复元和郑鸣雄在四牌楼十字路口叫住蒋风，把蒋风带到一个僻静的地方，告诉他，英大特务已经注意到他，要他担心特务下毒手，最好尽快离开金华，避避风头。蒋风后来才知道吴复元是路北县工委派驻英大的党支部书记，他

① 蒋风. 未圆的梦[C]. 北京：国际文化出版公司. 1999:22.

的消息是准确的，蒋风当时已经感到身边的威胁。新中国成立以后，蒋风还听当年国民党金华总工会主席丁自诚告诉他，自己曾经在一次国民党金华党政军联席会议上看到一份名单，上面就有蒋风的名字，在名下备注栏内注明："高个子，戴深色近视眼镜，民盟情报员。"原来国民党政府一直把英大民主学社误以为是中国民主同盟的分支机构。这一误会，一方面说明民主学社开展的革命活动有影响力，同时却也加大了民主学社社员的安全风险。在新中国成立前夕这样特殊政治背景下，为防止反动派狗急跳墙，蒋风被迫匆匆逃离了家乡金华，到在衢州工作的父亲那里躲避。

1949 年 5 月 7 日，金华解放。蒋风 5 月底回到金华，看到金华人民沉浸在刚解放的欢乐中，他也急切地希望能尽快投入建设金华的工作中去。

蒋风找到原《浙中日报》的同事，他们大多参加了浙东行署金华办事处新闻组主办的《简报》编辑部工作。蒋风赶到《简报》社联系过去的同事，他们送给蒋风刚出的《简报》第 1 号，还有 1949 年 5 月 6 日出版的《金萧报》第 39 号。

《简报》第 1 号可以说是金华解放后出版的第一期报纸，头版头条刊登了"南京军管会成立，主任刘伯承将军"，报道了上饶、龙游、贵溪、嘉兴均已先后解放的消息，还刊登了浙东行署三区专署金华办事处的第 3 号通告和《告金华社会人士书》。

《金萧报》第 39 号出版于金华新中国成立前一天，可以说是金华新中国成立前最后一张报纸，头版头条报道是《大军到达钱塘江边，杭州已经解放了》，还有长篇报道《京杭道上游——南京国民党匪军狼狈逃窜的情景》，此外还用了两整版篇幅刊登"整军整风特辑"，迎接金华解放。

　　这两份报纸成为金华解放的重要历史文献，一直被蒋风珍藏，历经变动都未散失。

　　两份报纸报道的胜利消息，极大地鼓舞了蒋风，希望早日为新生的家乡建设工作。在民主学社成员、当时已经在解放后成立的金华专署军管会文教科工作的胡宪卿介绍下，蒋风在参加了学习培训后，由文教科派到私立婺江商校担任教导主任，这样蒋风又重新开始了教书生涯。没想到，此后虽然经过多次工作变动，蒋风最终还是选择教师作为终身职业，为金华、浙江，乃至新中国的师范教育事业，作出了突出贡献。

　　在新中国成立后的 6 年时间里，蒋风的工作变动非常频繁。在商校工作半年，1950 年 1 月，省立金华人民文化馆筹建，蒋风被派到文化馆工作，主要从事戏曲改革工作，业余时间收集民间剪纸。1952 年，金华师范缺教师，蒋风被调到金华师范当语文教师，认识了后来成为他妻子的卢德芳，卢德芳当时是金华师范的学生。这一年，蒋风担任了金华文学工作者协会主席。

　　1953 年，金华新建金华二中，蒋风被调到二中教语文。他是第一个到二中报到的教师。在二中三年，先是教语文，后教政治，还兼任了三年的校工会主席，一直到 1956 年调到杭州老浙江师院，成为一名大学教师。

蒋风（右一）在省立金华人民文化馆工作时留影

二、研究民间剪纸艺术

1950年，金华地区文联（文学艺术界联合会）成立，蒋风被推选为秘书长。1952年，金华县文协（文学工作者协会）成立，蒋风被推选为主席。1953年艾青第一次回故乡金华，蒋风以金华文协主席身份接待，并受艾青之邀陪他在畈田蒋生活了20多天，结下深厚情谊。1954年，蒋风以金华地区正式代表出席浙江省第一次文代会。在1952年至1956年的5年间，作为金华文协主席，蒋风把主要精力投入到金华的文化和教育工作中，科研与教学两结合两促进，成为蒋风人生的第一个"黄金期"。

《浙东戏曲窗花》（1954）

新中国成立后安全稳定的生活和工作环境，让蒋风能够集中精力做好自己的工作。他像一颗螺丝钉那样，放在哪里，就在哪里生根。蒋风非常珍惜来之不易的工作。解放后，蒋风第一份相对固定的工作，是在文化馆从事戏曲改革，由此对婺剧的窗花产生了浓厚兴趣，结出了丰硕成果。在短短几年间，先后在北京、上海两地出版了《浙东戏曲窗花》（北京朝花美术出版社，1954）和《金华民间剪纸选》（上海出版公司，1955）两本书，这在刚刚解放的金华，是多么难得的研究成果。而且，对婺剧和窗花的爱好和研究，蒋风相伴一生，2013年还由人民美术出版社出版了《浙江民间剪纸艺术》。

婺剧本是金华的地方剧，俗称"金华戏"，是浙江省地方戏曲剧种之一。它以金华地区为中心，流行于金华、丽水、临海、建德、淳安以及江西东北部的玉山、上饶、贵溪、鄱阳、景德镇等地；是高腔、昆腔、乱弹、徽戏、滩簧、时调六种声腔的合班，因金华古称婺州，1949 年正名为婺剧。

金华人对婺剧有着浓烈的情感，民间素有"锣鼓响，脚板痒"的谚语。每当农闲时节，各村镇都会请戏班、接亲友，做戏看戏。婺剧最为繁盛的时候，金华地区大大小小的民间戏班达数百个。心灵手巧的农村妇女，"往往是天才的"①，她们在看过一台戏后，凭借着自己的观察能力，就能将戏曲故事用剪纸的形式活灵活现地表现出来。

浙东戏曲窗花

1950 年 1 月，金华地区专员杨源时派金华本地画师劳坚清老师筹建省立金华人民文化馆。新中国成立前，劳坚清摆书摊，蒋风是他那里借书的常客，他对蒋风的勤奋好学印象深刻，就把蒋风从商校要了过去。其时金华地区文联成立，蒋风被选为秘书长。蒋风在 1950 年和 1951 年整整两年的时间，在文化馆和文联两个岗位的工作，都是金华戏曲婺剧改革。蒋风写过《婺剧介绍》等文章，在 1950 年代的《戏曲报》发表，曾引起著名戏剧家周贻白教授的关注，并多次在论文中引用蒋风的文章，使得婺剧这个名

---

① 蒋风. 婺剧窗花，值得追寻的踪迹[N]. 金华日报，1997-07-08.

称渐渐地为学界所接受。此后，不少研究婺剧的学者登门拜访，向蒋风请教婺剧的来龙去脉，每一次蒋风都认真解答。

《浙江民间剪纸艺术》（2013）

蒋风是因为关注金华戏进而爱上窗花剪纸的。蒋风在《浙江民间剪纸艺术》序言中回忆说："我与剪纸结缘是在解放初期。金华解放不久，我的老朋友、画家劳坚清奉命筹建省立金华人民文化馆，一再邀请我帮助他参加这项全新的群众文化工作。1950 年，我调到浙江省立金华人民文化馆……记得有次下乡宣传，偶然在一家农户的窗棂上，发现洁白的窗纸糊上一幅暗红色的戏曲窗花《西施浣纱》。这其实是一幅刻纸，用刀片刻出来的，并非用剪刀剪出来的。民间艺人用巧手刻了一个动人的故事——西施在溪边浣纱，遇见了越国士大夫范蠡。窗花利用优美的线条刻画出越国美女西施，并用溪边的柳条反映了秀丽的江南水乡风光，也衬托出西施的美。这种名叫'窗花'的剪纸，使我深深着迷，于是开始了我与窗花剪纸的漫长历程，同时也开始了我研究这种民间艺术的经历。"

蒋风利用自己在文化馆工作的方便，对金华地区民间剪纸状况进行调查研究，广泛收集民间剪纸。1952 年，蒋风被调到金华师范学校教语文，虽然离开了群众艺术工作岗位，但却为他创造了另一种机遇，得到来自金华各县农村学生的热心帮助，如程雪蓉、卢德芳、卢玉如、胡美如、应法土、程寅初、李振明、曹位根、

卢学礼、陈淑琴、楼麟书、王雪贞、陈荷仙、徐妙莲、胡丽儿、
胡兰蕉、柳霞如、卢淑卿等学生，得知老师喜爱剪纸窗花，纷纷
深入各地农村收集到大量作品。
在短短的两三年间，蒋风共收
集到各类剪纸窗花三千余件。
为了便于保存，蒋风在教学之
余，开始整理研究，将收集到
的有代表性的 70 幅剪纸，分为
"花草·禽兽""人物""戏曲窗
花""装饰图案"四个部分，编
选了一本《金华民间剪纸选》，
经金鼓、斯民两位先生介绍，
1955 年在上海出版公司出版。

《金华民间剪纸选》（1955）

　　在选编中，蒋风发现浙江民间剪纸中有特色的还是戏曲窗花，
如他曾收集到一套《白蛇传》戏曲窗花，把剧情内容做了淋漓尽
致的刻画。如《水斗》一折，仿佛使人看到白娘子与法海和尚谈
判宣告破裂，法海的耀武扬威、白
娘子与青儿被激怒的神情，使人想
到顷刻之间，即将风浪大作，开展
一场恶战。画幅之外的情景全部呈
现在眼前，其艺术效果不只限于尺
幅的纸面之上。这是农村妇女的智
慧在思想和技巧上的高度表现，令
人感到惊叹！蒋风由此萌发了另外
编选本《浙东戏曲窗花》的念头，

金华民间剪纸

最后精选 53 幅戏曲窗花，由北京朝花美术出版社 1954 年出版。

遗憾的是，因工作变动，蒋风于 20 世纪 50 年代中期调到大学里去教儿童文学课，面临新的工作压力，不得不暂时放下了这份爱好。这也与当年的政治气氛有关。蒋风不得不把自己苦心收集起来的数千张民间艺术瑰宝，装进一只大藤箱，偷偷地藏在天花板顶上。等到"文革"结束，蒋风从天花板顶上取下这箱瑰宝时，却发现早已成了老鼠的安乐窝，这些窗花被老鼠撕咬成碎片纸屑，成了一个永远无法弥补的损失。

三、在畈田蒋的日日夜夜

1952 年在蒋风的人生里是一个重要的年份，有三件大事：一是蒋风被推举为金华市文学工作者协会主席，人生从此踏上文学舞台；二是蒋风在家乡的金华师范学校第一次开设儿童文学课，开启了他的儿童文学教育人生；三是蒋风认识了金华师范的学生卢德芳，找到了志同道合的终身伴侣。可以说，这一年，成为新中国成立后蒋风新生活新人生的新起点。此后发生在蒋风人生河流中的很多重要事情，都可以从这里找到源头。

蒋风与诗人艾青的友谊就是许多重要事情中的一件。

因为蒋风是金华地区文联秘书长、金华市文协主席，1953 年春天，诗人艾青回到故乡金华时，接待艾青就成了蒋风义不容辞的工作，然后才有蒋风与艾青在畈田蒋朝夕相处的 20 多个日日夜夜。

畈田蒋是金华城外东北角一个极其平凡的小小的乡村，因为诞生了一位伟大的诗人而闻名世界。这位诗人就是艾青。

　　艾青（1910—1996），原名蒋正涵，号海澄，浙江金华人。中国现代诗的代表诗人之一，被称为"中国诗坛泰斗"。1933年发表成名作《大堰河——我的保姆》，奠定了他诗歌创作的基本艺术特征和他在现代文学史上的重要地位。这是一首献给保姆大堰河的诗篇，诗人叙述了这位普通中国妇女平凡而坎坷、不幸的一生，表达了对这位伟大母亲由衷的感恩之情。大堰河，也是千千万万中国母亲的代表，尽管她受尽欺辱，满身疮痍，历尽沧桑，然而却永远不失母性和母爱的伟大光辉，诗歌饱含深情，反复咏唱，如泣如诉。爱好文学和诗歌的蒋风，早已读过艾青的这篇成名作，对这位大诗人仰望已久，一直没有机会拜见。而且蒋风和艾青的两位弟弟蒋海济、蒋海涛是同一年考进金华中学，蒋风和蒋海济是初一（乙）班的同学，蒋海涛分在初一（丙）班。1953年春天，艾青新中国成立后第一次回到故乡，蒋风以金华地区文联秘书长、金华市文协主席的身份，迎接这位从畈田蒋走出的诗人归来，又因为热爱诗歌，和艾青的弟弟们是要好的同学，蒋风虽然和艾青初次见面，却感到分外亲切。那时蒋风正在家休息，他患上了严重的神经衰弱症，不久前曾晕倒在讲坛上。艾青听说后，动员蒋风说："走，跟我一起到我老家休息几天。"因为这个偶然的机缘，蒋风来到畈田蒋这个小村庄，与大诗人艾青一起生活了20多个日日夜夜。当时，除了蒋风和艾青外，中共金华地委书记李学智为了保护艾青的安全，特派了一位警卫员随行。

　　蒋风虽然是金华人，却没有去过畈田蒋，只从艾青笔下的诗句里，神游过这个小小的乡村：

　　　　它被一条山岗所伸出的手臂环护着，

山岗上是年老的常常呻吟的松树，
还有红叶子像鸭掌般撑开的枫树，
高大的结着帽子的果实的榉子树，
和老槐树，主干被雷霆劈断的老槐树，
这些年老的树，在山岗上集成树林，
荫蔽着一个古老的乡村和它的居民……

还有"外面围着石砌的围墙或竹编的篱笆"的果树园，还有"村路边的那些石井"，村子里"用卵石或石板铺的曲曲折折窄小的道路，它们从乡村通到溪流、山岗和树林"、乡村中间有个平坦的广场，"大人们在那里打麦掼豆、扬谷筛米……长长的横竹竿上飘着未干的衣服和裤子"，离这广场不远处就是诗人的故居。

艾青出生的老房子已经不复存在了，现在三间两厢的两层楼房是在原址重建的新居，坐落在这小小的村落的中央。在那半新的大门上钉着"光荣人家"的小牌匾，标示诗人是一位赶赴革命圣地延安的老革命。

蒋风和艾青都被安排住在左侧楼下的厢房内，因为艾青就诞生于这间西厢房，虽不是原屋，却是原址原样重建的。室内除了一张三尺二宽的单人床外，就是靠窗朝天井的一张半方桌和一对木靠背椅，别无他物。蒋风和艾青就是在那三尺二宽的单人床上合睡了20多个夜晚。

当年，畈田蒋没有通电，夜晚照明用的是煤油灯。为着节省煤油，每当夜幕降临之前，用过晚餐，蒋风就陪艾青在村道上边聊天边散步，走一圈回来，干脆熄了灯，两人并头共枕躺下聊天。

"摸黑聊天"成了他们日常功课，也是打发时光的好方法。

艾青把蒋风这位家乡同姓的文学青年当作知己，和他讲自己的地主家庭出身、胆小怕事的小知识分子父亲，讲他出生时母亲难产，算命先生说他"克父母"，于是父母将他送给一个贫苦农妇家抚养。这位用乳汁喂养他长大的保姆名叫"大叶荷"，就是后来艾青成名诗作《大堰河——我的保姆》中的主人公。那年代贫苦的农妇连名字也没有，大堰河的名字就是生她的村庄的名字，那村庄本叫"大叶荷"，当地的乡音"大叶荷"与"大堰河"完全一样，艾青写诗时就用谐音改动了一下，她是从大叶荷村以童养媳身份嫁到畈田蒋来的。

艾青每次讲到他的保姆大叶荷时，都流露出无比感激的深情。他在大叶荷家过的童年虽很凄苦，却很温暖。听了艾青的深情诉说之后，蒋风真正懂得了《大堰河——我的保姆》之所以成为不朽诗篇的缘由。艾青告诉蒋风创作《大堰河——我的保姆》的经过：1932年，艾青从法国留学归来，在上海参加左翼美术家联盟，被反动派逮捕关进监狱，在牢房小小的窗口看到昏暗中飘着雪，想起了这位用自己乳汁无私奉献的农妇，想起了寒冷的雪花也覆盖了大堰河那"黄土下的紫色的灵魂"，便用忧郁的声调讲了一个情思深厚的故事。

阔别家乡16年后的艾青，踏上故土的第一件事就是找到大叶荷的儿子蒋正银，一起到大叶荷的坟上去扫墓。在蒋正银的带领下，沿着窄小的田埂走向村后小山坡，终于找到茅草丛生的一个浅浅的小土坡，艾青在墓前沉默不语，眼睛湿润了……

艾青对蒋风讲得最多的是他的父亲，却从未提到他的亲生母亲。父亲是村里有头有脸的知识分子，是村里第一个剪去辫子的"维新派"信徒，对子女管教十分严格，希望作为长子的艾青能考上法政大学或去学金融经济，将来有一份体面的职业和丰厚的收入。可艾青没有听从父亲的教诲，选择了画笔，伤了父亲的心，又骗取父亲支持，允许他去艺术之光的浪漫之都巴黎学习绘画艺术。

艾青对蒋风讲他如何在巴黎一边学画，一边读哲学和文学的书；讲父亲断了供给逼他回国，他只好半工半读，在巴黎街头过了三年流浪生活……1931年"九·一八"事变发生后，不愿当亡国奴的艾青，终于向父亲屈服，写信要了一笔回国的旅费，踏上"懊丧的归途"。回国后在上海参加共产党领导的左翼文艺活动被捕入狱，就在这段监狱生活里，透过囚房唯一的小铁窗，在一个下雪天，艾青想起以乳汁养育过他的保姆，写下了传世名篇《大堰河——我的保姆》。

艾青对蒋风讲他在"七七事变"前夕获释出狱后，回到金华畈田蒋家中，由父母操办结婚的事；讲他随着抗日救亡队伍，从金华辗转到桂林的事；讲他在周恩来总理的引导和安排下，投奔革命圣地延安的事……蒋风后来回忆当时的情形说："也许那时的乡村生活实在太单调、太枯燥了。白天还可以到附近山野田间走走，一到掌灯时分，除了聊天就找不到别的消磨时间的方式。也许那段时间刚好他正在与夫人韦嫈闹离婚，内心有许多感情和苦恼要发泄，而身边只有我这个可以倾谈的朋友，他把郁积的情愫全化成故事向我倾诉。每到晚饭后散步归来，便早早躺在床上，聊呀聊到两人都进入梦乡为止。""我就像一个爱听故事的孩子一样沉迷在他那些真实的故事中，很少插嘴。""每个夜晚，我都好似听《一千零一夜》一样听着诗人谈自己的往事，度过了一个又一个畈田蒋之夜。"[1]

在畈田蒋 20 多个日日夜夜里，某种意义上，蒋风成了艾青的"倾诉对象"，艾青非常信任蒋风，可以说是无所不谈，包括艾青个人的情感经历。他们晚上睡在一张床上聊天，白天一起在故乡追寻童年的足迹。艾青去得最多的两个地方，一是畈田蒋西边的双周村，一是畈田蒋西北侧的双尖山。

双周村离畈田蒋不足百米，是个仅数十户人口的小村，艾青小时候常来村里爬树嬉戏。艾青最喜爱村口的一对大樟树，两株古樟相距十多米，西边这株更古老，得十多个人才能合抱。树干中间已成空洞，可容六七个人。洞口立一石碑神位。东边一株稍小，但也够六七人合围。艾青带了画纸来写生，他要画下这一片苍劲的童年绿荫；又用相机拍下他与大樟树的合影，开心时刻，漾开一脸童趣。

双尖山海拔有 800 多米，是金华山山脉的一支，距离畈田蒋约 20 里。艾青特地约了两三位童年时代要好的乡亲，由大叶荷的儿子蒋正银当向导，去爬双尖山。回乡后的第二年，艾青在北京写下长篇抒情诗《双尖山》，深情地唱出了"亲爱的双尖山 / 你是我的摇篮"。其实岂止双尖山，艾青的摇篮是他日思梦想的畈田蒋，是生养他的金华这片土地。诗人说："为什么我的眼里常含泪水，因为我对这土地爱得深沉……"。

1953 年春天，在畈田蒋与艾青近距离相处的 20 多个日日夜夜里，蒋风深刻感受到了诗人对家乡金华的爱，这份乡情深深感染了蒋风。此后，艾青分别于 1973 年、1982 年、1992 年三次回

---

[1] 蒋风.寻梦之旅[C].上海三联书店，2012:224—225.

过金华，蒋风都和艾青相见甚欢。1990年，金华市成立艾青研究会，蒋风担任首任会长。2011年，艾青诞辰百年之际，蒋风写下了《在畈田蒋的那些日日夜夜》八千字长文，回忆这段刻骨铭心的岁月，表达对艾青的深深怀念。此外，蒋风还写有一篇八千字长文的"艾青论"——《灼灼燃烧的生命——艾青的诗品和人品》。蒋风为儿童文学家之外的作家写如此长篇专论，这是独一无二的，也可见蒋风对艾青的感情。

四、新中国儿童文学的春天

当蒋风还在金华变换职业、为生计忙碌的时候，一场与蒋风未来命运密切相关的新中国儿童文学运动，在党中央的亲切关怀和重视下，正在迅猛兴起，其中毛泽东主席1955年关于儿童文学的重要批示预示着新中国儿童文学的春天已经到来。

1949年新中国成立后，以毛泽东文艺思想为指导，将文艺事业作为党的革命事业的重要战线，政府给予高度重视，成立了中国文联和中国作协专门组织机构，规划和领导新中国文艺事业。对于儿童文学的管理，沿袭党成立以来将其作为培养"未来同志"的重要手段，继续由共青团中央管理。1949年10月13日，共青团成立"中国少年先锋队"，将少年儿童作为党的后备力量来领导和培养；1950年成立"团中央出版委员会"，创办少先队机关报《中国少年报》《红领巾》等报刊，在上海、北京分别创建少年儿童出版社（1952）和中国少年儿童出版社（1956）。1953年9月，中宣部专门召开研究少儿读物出版的工作会议，会议认为儿童读物现状堪忧，一是读物奇缺，二是内容陈旧，已经不能满足新中国少年儿童阅读成长的现实需求，要求教育部管理儿童读物，出版社提高质量和数量，更多人加入儿童文学创作队伍。

从 1950 年到 1954 年的 5 年间，在《人民日报》《新华月报》《中国青年报》《光明日报》《解放日报》《文汇报》《人民文学》《文艺报》等党报和国家重要媒体上，发表了一系列建设新中国儿童文学的社论、决议和重要文章，如：

郭沫若：《为小朋友写作——在第一次全国少年儿童工作干部大会上的讲话摘要》，《人民日报》1950 年 6 月 1 日。

李伯康：《建设儿童文学——在北京市首届文代会上的发言》，《光明日报》1950 年 6 月 2 日。

杜高：《新的儿童文学的诞生》，《文汇报》1950 年 6 月 20、21 日。

《关于儿童文学发展的状况和任务——苏联作家协会理事会十三次会议决议》，《新华月报》1950 年 7 月号。

贺宜：《关于介绍苏联儿童读物的一些问题》，《人民日报》1951 年 5 月 27 日。

《注意儿童文艺的创作》，《人民日报》1952 年 6 月 1 日。

《文艺工作者应重视儿童文学创作》，《人民日报》1952 年 6 月 2 日。

贺宜：《给新中国的儿童更多更好的读物》，《人民日报》1952 年 6 月 2 日。

夏杨：《关于儿童读物的一些意见》，《文艺报》1952 年

14 期。

卡西尔：《苏联的儿童文学》，《光明日报》1952 年 12 月 19 日。

萨马尔斯基：《1952 年苏联的儿童文学》，《光明日报》1952 年 12 月 10 日。

韦君宜：《从儿童文学作品中看到的几个问题》，《文艺报》1953 年 13 期。

《中国人民保卫儿童全国委员会发起奖励儿童文艺作品》，《人民日报》1953 年 6 月 27 日。

钟洛：《给新一代以更多更好的文艺读物——关于目前儿童文艺读物的创作、出版等工作中的一些问题》，《人民日报》1953 年 8 月 14 日。

刘祖荣：《青年团的组织要认真指导儿童阅读文艺书籍》，《人民日报》1953 年 9 月 20 日。

《关于改进儿童文艺读物方面工作的意见》，《人民日报》1953 年 10 月 6 日。

苏尔科夫：《为优秀的儿童文学而斗争》，《解放日报》1953 年 10 月 16 日。

骆瑛：《从北京小人书摊反映出的一些问题》，《光明日报》1953 年 11 月 4 日。

金近：《争取儿童文学创作更大的发展》，《人民日报》1954 年 6 月 1 日。

……

这一时期出版的儿童文学理论著作主要有：

［苏］西蒙诺夫：《论儿童文学及其他》，生活·读书·新知三联书店 1952 年。

［苏］凯洛夫：《论苏联儿童文学的教育意义》，人民教育出版社 1952 年。

［苏］杜伯洛维娜：《在儿童的共产主义教育任务中的苏联儿童文学》，人民教育出版社 1952 年。

［苏］伊林：《论儿童的科学读物》，中国青年出版社 1953 年。

苏联大百科全书选译：《儿童文学、儿童影片、儿童音乐》，人民出版社 1954 年。

《苏联儿童文学论文集》（第 1 集），中国青年出版社 1954 年；

……

从上述汇编的报刊、著作目录可以看出以下特点：一是新中国成立后党和国家对建设新中国儿童文学高度关注并通过党报等重要媒体对新中国儿童文学发展进行舆论引导；二是新中国儿童文学发展与新中国社会主义建设取同一方向和统一步调，即"在学习苏联儿童文学的道路上前进"（陈伯吹语）；三是开始发现并关注解决新中国儿童文学创作、出版中发生的一些问题。新中国成立五年来的新儿童文学建设现状，正如 1955 年 9 月 16 日《人民日报》社论《大量创作、出版、发行少年儿童读物》中所描述的："少年儿童读物的质量有了提高，粗制滥造的状况大大改变。但是，少年儿童读物的出版合作至今存在不少问题，最严重的是少年儿童读物奇缺，种类、数量、质量都远远不能满足少年儿童的需要。解决这些问题就是目前少年儿童教育事业中的一项极其重要的任务。"

新中国儿童文学建设进程中出现的问题，引起了党中央、毛主席的重视。1955年8月2日中共中央书记处办公室编印的《情况简报》（第334号）刊载了一篇内部材料——《儿童读物奇缺，有关部门重视不够》，其中写道：中国少年报社最近召集有关部门座谈关于儿童读物问题，会上普遍反映儿童迫切需要的作品和中国儿童文学奇缺，许多应该有的读物没有，在仅有的读物中，又多半只适合小学四、五、六年级的学生阅读。材料分析造成上述情况的主要原因有四个方面：一是各地文化、教育部门和团委不重视儿童读物的创作和供应，各地出版社都没有编辑儿童读物的干部，也没有出版儿童读物的计划；二是一般作家不愿给儿童写东西，也有些作家觉得搞儿童文学，糊不了口，出不了名；三是全国多数书店不卖儿童读物，更没有面向学校和孩子们的书店；四是书价过高，孩子们没钱买。

这份《情况简报》由时任中共中央副秘书长、国务院第二办公室主任林枫向毛泽东主席报告，表示"过去未及注意此事。现即着手了解情况，集中意见，设法解决之。方案定后再报"。毛泽东主席在《情况简报》相关内容的旁边作了"书少""无人编""太贵"等批注。8月4日，毛泽东主席将这份《情况简报》批给林枫："林枫同志，此事请你注意，邀些有关同志谈一下，设法解决。"[1] 11月1日，毛泽东主席又批阅了林枫关于"设法解

---

[1] 中国出版科学研究所、中央档案馆编. 中华人民共和国出版史料 1955[C]. 北京：中国书籍出版社，2001:224—225.

决"少儿读物的来信。林枫在信中写道："关于改善少年儿童读物的创作和发行等问题，我们根据主席和中央的指示，曾和文化部、教育部、中国作家协会、中国保卫儿童委员会、团中央以及有关出版社的负责同志进行了座谈。现将中国作家协会党组关于改进少年儿童读物创作问题的报告、文化部党组关于改进儿童读物出版发行工作的报告及教育部党组关于少年儿童读物问题的报告送请审阅。"毛泽东主席批示："林枫同志，此信已阅，附件还来不及看。你们可以照你们的布置去做，不要等候我提意见。"①

以毛泽东主席 8 月 4 日和 11 月 1 日两次批示为中心，以1955 年、1956 年两年党报党刊以及文联作协对儿童文学的重视为例，可以看出毛泽东主席的重要批示对新中国儿童文学建设和发展的巨大影响。②

1955 年 8 月 15 日，团中央书记处向党中央呈报了《关于当前少年儿童读物奇缺问题的报告》，汇报了在河北、江苏、山东等地有关儿童读物的调研情况，提出"大力繁荣儿童文学"和"加强儿童读物出版力量"等措施，争取在最短的时间内，基本上改变少儿读物奇缺的状况，使更多孩子有更多的书读。8 月 27 日，党中央批转团中央《关于当前少年儿童读物奇缺问题的报告》，要求全国有关方面积极改善少儿读物的写作、翻译、出版和发行工作。

9 月 6 日，宋庆龄在《中国青年报》发表《源源不断地供给孩子们精神食粮》，号召文艺家们把儿童创作列入每年的创作计划。9 月 10 日，陈伯吹在《光明日报》发表《关于儿童文学的现

---

① 王大可主编. 新世纪新阶段中国妇女儿童工作研究（上卷）[M]. 北京：人民日报出版社，2006:156.

② 王泉根. 中国儿童文学史[M]. 天津：新蕾出版社，2019:308—309.

状和进展》，期盼作家、教师和辅导员一起推进儿童文学事业发展。
9 月 13 日，《中国青年报》发表社论《让孩子们有更加丰富多彩
的读物》。9 月 16 日，《人民日报》发表社论《大量创作、出版、
发行少年儿童读物》。同日，郭沫若在《人民日报》发表《请为
少年儿童写作》。9 月 24 日，中国作家协会创作委员会少年儿童
组干事会召开会议，会议成果以《关于少年儿童文学问题》为题，
发表在《作家通讯》1955 年第 5 期。同月，北京师范大学中文系
举办儿童文学进修班，导师为儿童文学教研室主任穆木天教授。

10 月 5 日，原文化部发出《关于少年儿童读物的出版情况和
今后改进意见的请示报告》。10 月 27 日，中国作协召开第十四
次理事会主席团会议，讨论并通过了《中国作家协会关于少年儿
童文学创作的计划》。之后在《文艺报》1955 年 22 期发表《中
国作家协会关于发展少年儿童文学的指示》。

11 月 24 日，中国作家协会召开少年儿童文学座谈会，张天
翼在会上做了《关于作家深入少年儿童生活问题》的发言。11 月
26 日，新华书店总店发出《改进少年儿童读物发行工作》的通知。
11 月，《长江文艺》11 月号发表社论《为孩子们拿起笔来》。《文
艺报》第 18 号发表专论《多多地为少年儿童们写作》。

1956 年 3 月，中国作家协会在北京召开"全国青年文学创作
者会议"，袁鹰在会上做了题为《关于少年儿童文学创作的一些问
题》的长篇发言，在介绍了 1953 年底中国人民保卫儿童全国委
员会同有关单位举办全国四年来儿童文学创作评奖后，指出："近
年来儿童文学工作上的另一件大事，就是去年秋天由于党中央和
毛主席的重视而掀起的重视儿童读物的高潮，"对今后的儿童文
学创作任务、主题范围和样式、儿童文学批评提出了具体要求。

1956 年 6 月 1 日，共青团中央在北京成立中国少年儿童出版社。

……

回望新中国之初毛泽东主席关于儿童读物的批示，可以更加清楚地认识到新中国儿童文学建设从 1955 年开始走上良性发展的快车道。这是一场自上而下推进的"儿童文学运动"，对此后中国儿童文学的发展具有里程碑意义和深远影响，由此奠定了中国儿童文学发展的领导体制和运行机制，也对中国儿童文学工作者的职业生涯和人生规划产生重大影响。

远在金华中学教书的年轻人蒋风，他的人生命运也与这个时代息息相关，即将迎来重大转机。

五、成为儿童文学教师

1955 年，毛泽东主席对儿童读物的重要批示，掀起了新中国儿童文学建设的新高潮，在全社会重视儿童文学创作、出版、发行的同时，儿童文学教育被提上重要的议事日程。在"学习苏联"社会主义建设背景下，师范院校开设儿童文学课程成为一种现象级新风尚，如北京师大的穆木天 (1900—1971)、东北师大的蒋锡金 (1915—2003)、华东师大的陈伯吹 (1906—1997)、浙江师院的吕漠野 (1912—1999)、广西师院的黄庆云（1920—2018）、安徽师院的宛敏灏 (1906—1994)、西南师院的孙铭勋 (1904—1961)、华南师院的欧外鸥 (1912—1995)、河北师院的方纪生（1908—1983）等，都在各自的大学里开设儿童文学。

当时，安徽师院开设儿童文学课的宛敏灏先生，是我国著名词学家，学校任命他为副教务长，急需有人接替他的儿童文学课程，了解到蒋风曾经在金华师范学校开设过儿童文学课，现在金华二中教语文，就来信征求蒋风的意见，希望能调蒋风到安徽师院教授儿童文学课。蒋风欣然同意，1956 年暑假到了安徽师院所在地芜湖，安徽师院也给蒋风排了新学期儿童文学课表。没想到，浙江省教育厅不同意安徽师院的调人要求，蒋风不得不从芜湖回到杭州，住在杭州板桥路一个小旅馆里，等了一个月消息，结果是浙江省教育厅下调令，派蒋风到杭州的浙江师院，接替吕漠野老师，与任明耀老师两人合教儿童文学，吕漠野改教中教法课程。就这样，蒋风加入了新中国第一批走上大学讲坛讲授儿童文学的先行者，没想到，这一干就是一辈子。

蒋风一直没有忘记安徽师院对他的赏识邀请之恩，后来多次到安徽师院即现在的安徽师范大学（后文简称"安徽师大"）开设儿童文学讲座。1994 年底蒋风退休以后，还与安徽师大联系，希望能再续前缘，报答 40 年前的一段知遇之恩，将自己退休后的全部精力投入安徽师大的儿童文学学科建设上，在安徽师大成立"中国儿童文化研究中心"，捐赠自己一辈子的儿童文学教学藏书，建立"蒋风国际儿童文学馆"。因为"蒋风与儿童文学"已经是浙江师大的品牌学科，是浙江省师范教育的品牌资产，浙江方面仍然不肯"放走"蒋风，加上还有其他原因，蒋风回报安徽的心愿没有能够实现。

蒋风非常珍惜进入浙江师院讲授儿童文学课的机会，一边学习一边教学，虚心向吕漠野、任明耀两位老师请教，结合自己童年时代阅读《爱的教育》《童年》《在人间》《我的大学》等体验，认真备课，很快得到学校和学生认可。1957 年 3 月，吕漠野、任明耀、蒋风三人合编的《儿童文学参考资料》由学校印行，作为参考教材。

在浙江师院讲授儿童文学课的三年间，蒋风为了教学的需要，自己搜集儿童文学资料，将自己的教课讲稿整理成教材，取得了第一批教学科研成果。1956 年寒假，蒋风开始整理一学期的教学讲稿，为下一学期教学准备。1957 年下半年，在上学期讲课的基础上，进一步修改完善，形成《中国儿童文学讲话》，准备作为1958 年自己讲授的儿童文学课教材，遗憾的是，由于"大跃进"运动，蒋风在 1958 年初被下放到浙江萧山农村参加劳动锻炼一年。可喜的是，当蒋风 1959 年初"下放"归来时，得到《中国儿童文学讲话》即将出版的好消息，蒋风连忙于 2 月 10 日赶写了《后记》，3 月《中国儿童文学讲话》就出版了，出版 2000 册。没有想到该书供不应求，三个月后（6 月）又加印 12000 册。

早在 1956 年，蒋风在讲授儿童文学课的过程中，因为教学需要，把散布在旧版《鲁迅全集》中有关儿童文学的言论摘录下来，稍加整理，分类辑录，编成《鲁迅论儿童文学》资料，作为研究儿童文学史的参考。1959 年，蒋风又根据人民文学出版社新版《鲁迅全集》《鲁迅译文集》和人民出版社出版的《鲁迅书简》作了补充校正，并在 1959 年 11 月出版的《儿童文学研究》第一辑发表了《鲁迅论儿童文学》。同时，又将鲁迅论述儿童问题的言论摘录编成《鲁迅论儿童和儿童教育》，并参照《鲁迅日记》等有关鲁迅研究资料，编成《鲁迅与儿童文学年表》《鲁迅翻译的儿童文学作品、论文目录索引》《关于"鲁迅与儿童文学"专题论文目录索引》。1961 年 9 月，蒋风将上述有关鲁迅与儿童文学的所有资料汇编成《鲁迅论儿童教育和儿童文学》一书，由少年儿童出版社出版。9 月首版印行 5000 册,11 月又加印 17000 册。

　　这一段时间，蒋风的工作单位仍然处于不断变化之中。1956年暑假从金华二中调到浙江师范学院。1958年2月下放萧山农村参加劳动锻炼。1959年初回到浙江师院时，浙江师院已经改为杭州大学，儿童文学课程因为学校课程改革被取消了，蒋风改教写作课和民间文学。1960年金华师院成立，为支援家乡办大学，蒋风从杭州大学又调回老家的金华师院。1962年，浙江省高校改革，由杭州师范学院、浙江教育学院、浙江体育学院三校合并，成立新浙江师范学院，蒋风又回到杭州，调入新浙江师范学院。因为儿童文学课没有恢复，所以继续教写作课，但蒋风在写作课教学中，有意识地融入儿童文学作品。这一年，浙江省作协儿童文学小组组长金近调回北京工作，蒋风接替了组长工作。20世纪80年代，儿童文学小组扩展为儿童文学创作委员会，蒋风继续任创委会主任，直至退休。

　　1965年暑假后，浙江师院奉命从杭州南迁至金华，据说理由是为着备战。这时的浙江师院试行半工半读、半农半读的新学制，校址选在金华城北边的高村一处黄土山坡上，是原来金华师范的旧址，也就是现在的浙江师范大学所在。蒋风还没有完全安顿下来，1966年6月，"文革"爆发，蒋风被打成"反动学术权威"，关进了"牛棚"，进行改造。

　　在这段动荡不定的时间里，蒋风完成了一件人生大事：和认识6年、在金华师范附小教书的卢德芳老师结婚成家。那是1958年10月10日，蒋风

蒋风与夫人卢德芳结婚照

从萧山农村回到杭州，学校分给蒋风一间房子，卢德芳从金华来到杭州，婚礼非常简单，没有办酒席，只给前来祝贺的同事发了喜糖。结婚后，蒋风仍然回到萧山农村劳动锻炼到年底，爱人卢德芳仍然在金华附小教书，直到1965年浙江师院迁到金华，他们一家人才能团聚。

一个成功的男人后面必有一个默默支持的女人。爱人卢德芳全力支持蒋风的儿童文学事业，把家里的事情全包下来，不让蒋风分一点神。他们之间有一个"君子协定"：一是为了能集中精力，多学习、多工作，整个家务就交给妻子。蒋风对爱人说：家务事我帮不了你的忙，请多多谅解。二是教育孩子的事，也请爱人代劳。卢德芳自己也是教师，把3个孩子都培养成人，老大女儿蒋晓波毕业于浙江大学半导体专业，成为高级工程师；老二儿子蒋左兵毕业于浙江职工大学无线电专业，在金华中心医院工作。老三蒋左航毕业于浙江大学计算机专业，在上海微软公司工作。三是蒋风自身的事绝不再麻烦爱人，包括洗衣、洗被、缝补等个人生活，蒋风都自己做。他们夫唱妻随，相濡以沫，风雨同舟，伉俪情深，执手偕老，为世人楷模。

蒋风对妻子的付出和爱，一直心存感激，平时极少表达。2008年，在金婚庆典上，蒋风第一次公开对爱人深情表白，发自内心，非常珍贵感动，不仅是他们甜美爱情人生的真实写照，也是世人羡慕学习的楷模。蒋风以《人生的最大幸福》为题，感谢爱人，歌颂爱情，感谢学校，歌颂美好生活：

　　新婚是新人，是新人的幸福；金婚无疑是老人，是老人的幸福。金婚是老人最高最大的幸福。在国泰民安的幸福日子来参加金婚庆典，真是福上加福。所以，首先让我代表与会参加庆典的 40 对老人，感谢校领导的关爱，感谢离退处全体同志为这次别开生面的庆典活动所付出的辛劳，感谢前来服务的志愿者的青年朋友，感谢参加庆典的每一位朋友。

这次庆典活动在我校是史无前例的盛举，隆重、热闹、喜庆，让我们参与其中的人，感到无上的幸福，无比的温馨。

在我们中国人的心中，婚姻是件终身大事，人人都很尊重，因为它是关系到一辈子的幸福和痛苦的事。它是爱情的延续，本身就是生活，就是知识，就是爱，就是美。金婚则更是最美的幸福。

因为它证明：这桩婚姻是情投意合的结合，是心心相印的结合，是互敬互爱的结合，是相忍相让的结合。

因为它证明：它不是三天两天鸡争鹅斗地过日子，也不是猜疑、冷漠中度年华。

走到这一步是很不容易的，尤其是我们这一代，从艰难困苦的烽火硝烟中走过来，从坎坎坷坷的政治运动中走过来，那种酸甜苦辣只有过来人才能体会到。历经艰辛仍能让牢固的婚姻走过半个世纪之久，可以说是久经考验；历经曲折仍能将爱情维系半个世纪之久，也可以说是海枯石烂。一对男女能够走到金婚这一天，应该说是百年好合，幸福无穷的一对了。

新婚要庆祝，金婚更应该庆贺，更值得庆贺。这是真正的爱情结晶，它说明爱情没有因时光流逝而淡化，而削弱，而烟消云散，反而是老而弥坚，越老越坚固，像金子一样闪闪发光。

在这里，我既为自己的金婚庆贺，更以三倍、四倍的诚挚，衷心地为参加金婚的全体老"新人"庆贺。

庆贺大家永远相濡以沫，相亲相爱；祝贺大家永远健康，长命百岁。期待并预祝十年后，大家仍带着喜庆的笑容健康相聚。一起来庆贺更有纪念意义的钻石婚庆典。[①]

六、"牛鬼蛇神"的岁月

1966年6月，"文革"爆发。蒋风被打成"反动学术权威"，关进"牛棚"三年，直到1970年从"牛棚"放出。而此时的浙江师院正在被"一分为三"，让蒋风感到非常心疼和失望。蒋风被留在金华新办的金华师专，继续教他的写作课。1974年，浙江师院经国务院批准重建，蒋风又回到了重建的浙江师院，此后赶上改革开放的大好形势，蒋风才稳定下来，一直在浙江师院工作，并且在蒋风担任院长期间将学校升格为浙江师范大学，最终在浙江师大退休，至今仍然为浙江师大的儿童文学建设发挥余热、贡献力量。

毫无疑问，这段岁月是艰难的、难忘的，蒋风一度非常痛苦、消沉，这时还是儿童文学"解救"了他。

蒋风生性比较拘谨，不苟言笑。三年中，别人在相互戏谑逗笑时，他大多在一旁静听，有时感到连听也无聊时，就去背诵唐

---

① 蒋风.人生的最大幸福——在金婚庆典上的讲话[J].师大老年.2008（1）.

诗宋词或童趣盎然的儿歌自娱自乐。渐渐地，蒋风心底那颗纯真的童心被触动了，童年时代母亲教给他的儿歌又一首首记上心头。蒋风突发灵感，想着有朝一日出"牛棚"时写本《儿歌论》。

有了这样的想法，就如同有了理想，心理也有了依托，生活也有了阳光。蒋风深信屠格涅夫一句名言："来自纯洁心田的愿望，即使没有成功，没有达到目的，毕竟也会带来很大好处的。"就这样，蒋风在"牛棚"里被关了三年，精神没有被摧垮，没有走别人自杀轻生的路，支持他活下来的力量，不仅有来自"我是清白的"的自信，还有来自"我要尽可能为孩子们多做一点工作"的纯洁心愿。

当走出"牛棚"恢复自由时，蒋风要做的第一件工作，便是写作在"牛棚"里初步构思的《儿歌论》。他在"牛棚"中思考的成果，以《儿歌浅谈》为名，在四川人民出版社出版时，蒋风在《后记》里写下这样一段话：

> 此刻回忆它产生的过程，不禁令人感慨万端！
>
> 那是十多年前的事了。因为我爱好儿童文学，曾写过百余篇文章，出过四五本书，林彪、"四人帮"大搞"文化专制"的时候，竟把我打成"反动学术权威"，关进"牛棚"达三年之久，在那些艰难日子里，我常常默诵记忆中的儿歌，排遣那噩梦般的岁月。在默念中学习儿歌，日积月累，略有所得，便想到要写一本关于儿歌的小书。到1979年，愿望终于实现了，刚从"牛棚"出来，我便着手把那些体会写成了初稿。

这本意外收获的《儿歌浅谈》成为蒋风在"牛鬼蛇神"岁月里最永恒的纪念。

七、难忘的 1978

蒋风多次说过："1978 年，无论从我的事业上看，还是从我的生命中来看，都是具有特殊意义的一年。"[①] 因为这一年发生了一系列意料不到的事情，其中最重要的一件事是，蒋风收到通知，邀请他参加这年 10 月在庐山召开的"全国少年儿童读物出版工作座谈会"，会议由国家出版局牵头，会同文化部、教育部、共青团中央、全国妇联、全国文联、中国作协、全国科协等中央单位联合主办，史称儿童文学的"庐山会议"。

"庐山会议"在中国儿童文学史上的地位，有人形象地比喻为儿童文学界的"十一届三中全会"，也有人比作儿童文学界的"遵义会议"，一个重要共识，就是"庐山会议"在"十年动乱"结束后，开启了儿童文学界的拨乱反正。虽然整个国家拨乱反正是以 1978 年 12 月召开的中国共产党第十一届三中全会为标志，但出版界却走在前面，而且是从儿童文学出版的拨乱反正开始的，其标志就是 1978 年 10 月召开的"庐山会议"，但变化显然在此前已经初露端倪，正如茅盾后来指出的："繁荣儿童文学之道，首先还是解放思想。这才能使儿童文学园地来个百花齐放。"[②]

率先解放思想的是"文革"时期儿童文学受害最深的童话界。

① 蒋风. 寻梦之旅[C]. 上海三联书店，2012:37.
② 茅盾.中国儿童文学是大有希望的[N]. 人民日报,1979—03—26.

1977年5月，《北京儿童》和《北京少年》在京举办童话座谈会，率先冲破儿童文学界的寂寞。严文井说出了童话作家的心声："我们现在有充分条件写出比过去的童话更好的童话来。"6月2日，《解放日报》发表韶文的《为孩子们多写好作品——揭批"四人帮"摧残扼杀儿童文学的罪行》。6月4日和18日，《光明日报》又分别发表了吴崎原的《"三突出"是儿童文学创作的绞索》和陈伯吹的《在儿童文学战线上拨乱反正》。这一年，北京的《儿童文学》、上海的《少年文艺》和《小朋友》也先后复刊。据统计，1977年全国出版的儿童读物已有192种，印数2653万册，终于打破了"文革"时期死气沉沉的局面。11月，《人民文学》发表了刘心武的《班主任》，开拓了新时期的儿童文学创作。但这一年，人们的思维定式还没有改变过来，一开始还是继续沿用过去搞"批判"的方法来"拨乱反正"，"书荒"现象也没有得到扭转。以1977年为例，全国有2亿多少年儿童，却只有20多名有影响的儿童文学作家、200多名儿童读物编辑，出版了200来种少儿读物，其中重要原因就是儿童文学作家队伍还没有得到恢复。"文革"期间，几乎所有儿童文学作家都受到冲击，个个被打成"牛鬼蛇神"关进"牛棚"。"文革"结束后，作家们又心有余悸，不敢动笔。"庐山会议"这个时候召开，可谓儿童文学的"及时雨"，不仅起到肃清流毒的作用，还为发展儿童文学创作出版作了思想上的动员和组织上的准备，迎来了中国儿童文学的春天。当时主持国家出版局工作的陈翰伯认为，保障少年儿童读者在成长阶段有好书可读对于国家的未来意义重大，决定先抓少儿读物出版的恢复，并亲自在会上做主题报告，号召出版界要尽快解放思想，多出好书。

这次会议上，陈伯吹、严文井、叶君健、贺宜、金近、包蕾，诗人任溶溶、鲁兵、圣野、张继楼、柯岩、金波等200多人应邀到会。叶圣陶、冰心、张天翼、高士其因故未能到会，也都作了书面发言。

陈伯吹在开幕式上作了题为《庐山在秋天里的春天》的发言。严文井在会上讲了一个有趣的童话故事：200多人上山寻宝，历尽千辛万苦，终于找到了宝——

"庐山会议"期间合影，从左至右依次为蒋风、贺宜、贺嘉

解放思想，敢于创新的宝，一个个高高兴兴，满载而归。诗人鲁兵则献诗一首："今年重九胜春光，小百花开满翠岗，牯岭秋阳初送暖，云天万里尽飘香"，以此表达自己的愉悦心情和真诚祝愿。在这次会上，冰心表示要当好两亿少年儿童的"炊事员"，努力给孩子们做出色、香、味俱佳的饭菜来。张天翼表示要多为孩子写作，把孩子们从精神饥荒中救出来。金近则为"小儿科"辩护，表示甘当"小儿科"大夫，努力医治十年浩劫在孩子心灵上留下的创伤。"四人帮""左"倾思潮设置的禁区被一一打破了。"只要有利于少年儿童德智体美的全面发展，什么题材都可以写"，"不讲母爱，难道讲母恨吗？"童心、情趣、年龄特征也都被认同了。[1]

---

① 束沛德. 儿童文学的庐山缘[DB/OL]http://www.China writer.com.cn 2010—11—22.

　　会议总结了新中国 30 年来儿童文学发展的经验和教训，明确提出：儿童文学"应该具有少年儿童的特点"，儿童文学作家"要了解儿童文学、熟悉儿童……照顾到孩子们的年龄和心理特征，考虑到孩子们的阅读能力、理解水平""写得生动、活泼、形象、幽默""富有趣味性"。同时强调要"坚决贯彻'百花齐放、百家争鸣'的方针""提倡题材、体裁多样化"。①"庐山会议"还就儿童读物的出版、评奖、交流、科研和教学等都作了认真、细致、具体的规划和部署，特别是制定了"三年内为孩子们出版 29 套丛书"的出版规划。束沛德认为："这次'庐山会议'结束了儿童文学创作、出版界百花凋零、万马齐喑的局面，揭开了我国新时期儿童文学的新篇章。有的论者认为'这是中国儿童文学界从长达十年的政治噩梦中复苏的第一个信号'；有的论者描述'庐山会议像一声春雷，迎来了新时期儿童文学园地百花争妍的春天'，是'中国当代儿童文学发展的历史转折点'。"②

　　会议结束以后，1978 年 11 月 18 日，《人民日报》发表社论《努力做好少年儿童读物的创作和出版工作》，1978 年 12 月 21 日，《国务院批转关于加强少年儿童读物出版工作的报告》（国发〔1978〕266 号），一致要求各级党委必须加强对做好少儿读物创作和出版工作的组织和领导，各级党委宣传部部门具体抓，把出版、文联、教育、科协、共青团、妇联等各方面力量组织起来，调动一切积极因素，尽快把这项工作促上去，努力开创少儿读物园地百花竞开，欣欣向荣的新局面。

---

① 尽快地把少年儿童读物出版工作促上去[N]. 出版工作，1979（2）.

② 束沛德. 儿童文学的庐山缘[DB/OL]http://www.China writer.com.cn 2010—11—22.

毫无疑问，"庐山会议"不仅是"中国当代儿童文学发展的历史转折点"，也是蒋风一生中"具有特殊意义的一年"。蒋风收到大会邀请，首先给他意外的惊喜。从会议名称看，"庐山会议"的主题是"少儿读物出版工作"，出席会议的大多是出版界代表，浙江省4位会议代表中，只有蒋风是作为高校儿童文学教师的代表，其他3位都是浙江出版界人士，而且在200多位会议代表中，仅蒋风"一个是大学儿童文学教师"。[①] 文化大革命结束后，作为国家召开的第一次全国性少儿出版工作会议，处在浙江中部金华城郊一个师范学院教写作课的青年教师蒋风能收到邀请，这让蒋风在惊喜之外，更增加了一份责任。虽然说蒋风不从事少儿出版工作，但他是少儿出版社的重要作者，曾经在20世纪50年代走上大学讲坛教授过儿童文学，而且在"学制要缩短、课程要精简"，儿童文学课程被学校"精简"掉的不利环境下，蒋风还是坚持他的儿童文学教学准备，编选《鲁迅论儿童教育和儿童文学》和编著《中国儿童文学讲话》等著作出版，而且两部著述很快再版，深受读者欢迎。成为新中国儿童文学教育最早一批实践者，必然会得到儿童文学界的关注，这样说来，蒋风受邀参加"庐山会议"，是理所应当、水到渠成了。

蒋风非常重视这样的学习机会。200多位以少儿出版界为主的代表，汇聚了"文革"结束后我国儿童文学保存下来的几乎全部核心力量，这让蒋风大开眼界，大饱眼福，有机会结识了儿童文学界许多著名人物，如严文井、陈伯吹、贺宜、金近、包蕾、叶君健、张乐平、任溶溶、黄庆云、屠岸、鲁兵、圣野、柯岩、

---

① 蒋风.寻梦之旅[C].上海三联书店，2012:38.

金波、胡奇、管桦、郑文光、袁静、杨啸、任大星、谷应、叶永烈、肖建亨、张建楼、刘厚明、丁景唐、施雁冰、李少白、王一地等。蒋风是个有心人,这些儿童文学界的代表人物,蒋风后来都一一联系,虚心请教,他们都对蒋风的儿童文学教学和研究给予过指导和帮助。蒋风有些遗憾的是,中国儿童文学的4位奠基人,他在《中国儿童文学讲话》中重点论述的叶圣陶、冰心、张天翼、高士其4位前辈,均因病未能与会,但蒋风很快就补上了这一课。1980年,蒋风在编著《儿童文学概论》时,一一登门拜访,得到很多指导、鼓励、肯定和帮助。值得欣慰的是,"庐山会议"后,4位老作家都焕发了青春,老树发新芽,为儿童创作了新作品,为新时期儿童文学发展起了带头示范和鼓劲推进作用。

"庐山会议"的主题是针对"文革"时期少儿读物出版工作不足造成严重书荒的现象,为恢复儿童文学创作、出版进行了思想上的动员和组织上的准备。与会代表提出一系列发展儿童文学的意见和对策,其中就包括在全国高校恢复开设儿童文学课,有条件的高校还应招收儿童文学研究生。同时,还有代表提出,新中国30年来,还没有一本系统的《儿童文学概论》。大会主席团严文井同志听了汇报后,特地召集蒋风和陈伯吹、贺宜、金近、包蕾、鲁兵、崔坪7人开了个小会,商议尽快编写出版一本系统性的师范院校教材《儿童文学概论》。因为参与这次小会的其他同志都是以儿童文学创作为主,大家一致推荐蒋风承担《儿童文学概论》的任务。

"庐山会议"结束后,正好接到教育部通知各高校恢复招收硕士研究生,又因为"文革"前后两年没有评职称,文件规定资深讲师也可以带研究生。蒋风及时向当时的浙江师院领导汇报了

"庐山会议"情况、高校恢复招收研究生政策，以及个人想法，恳请学院领导对儿童文学课程给予优先扶持。

当时还处在"文革"刚结束的特殊时期，不仅百废待兴，而且很多政策也没有出台，人们心里还有余悸。学校拨乱反正的工作千头万绪，哪里顾得上早已在学校课程中除名的"小儿科"儿童文学，何况蒋风也只是一位年轻教师，热爱儿童文学教育，仅仅参加了"庐山会议"而已。那一段艰难日子，蒋风在回忆中写道："1978年秋天，我从庐山出席全国首届儿童读物创作出版工作座谈会归来，带着会议的号召，一连向学校领导打了7次报告，口头反映无数次，终于获得领导的同意。"①

让蒋风感动的是，学校党委书记李子正非常重视蒋风的意见，并表示尽他个人和学院的力量支持蒋风，鼓励蒋风将能做的事情先做起来，都做起来。蒋风欣喜若狂，一口气向李书记提出了"六条计划"：

1. 当年就在浙江师院中文系恢复开设儿童文学课；

2. 筹建全国第一个儿童文学研究机构——儿童文学研究中心；

3. 当年发布招收儿童文学硕士研究生的招生消息；

4. 为儿童文学研究室积累文献资料，筹备全国第一个儿童文学专业资料室；

5. 为培养更多的儿童文学爱好者，在全校范围建立儿童文学课外兴趣小组；

---

① 蒋风. 未圆的梦[C]. 北京：国际文化出版公司，1999:27.

6. 着手编写新中国第一本系统的儿童文学理论教材。

李书记嘱咐蒋风，要放手大干，可以面向全国选调人才。蒋风非常感激李书记的知遇之恩，说干就干，在单枪匹马开始上述"六大任务"的同时，千方百计物色急需人才，经过两年的艰难努力，终于将在浙江省浦江农村的中学教师黄云生、云南边疆开远职工中学教师的韦苇两位老师调到浙江师院，结束了蒋风儿童文学研究室主任两年"光杆司令"的困难时期。正是这两年"孤军奋战"，锻炼了蒋风应付繁杂任务的工作能力，以及始终充满自信的精神状态，不仅为他的儿童文学事业人生打下了坚实的基础，也为后来他被"突然"被任命为浙江师范学院院长，埋下了伏笔。蒋风也对自己在 1978 年"大转折"关头应对困难局面的能力表现感到惊讶，自我评价是"为我的人生道路写下了不平凡的一页"。同时蒋风也清醒地看到，要完成上述"六条计划"，"不仅是我一个人的事业，也是浙江师大前身浙江师院的创新事业，在浙江师大校史上具有里程碑意义。"①

2008 年，蒋风写了一篇《难忘的 1978》的回忆文章，庆祝改革开放 30 周年。蒋风动情地写道："1978 年，作为中国人是谁也难忘的一个'春天的故事'。改革开放的大潮从这里开始汹涌澎湃地滚滚向前，从此进入一个新的历史时期。1978 年，在我的生命史上也是具有历史意义的里程碑。""要不是 1978 年那场伟大的改革开放的大潮，要不是我有机会出席那年秋天召开的

---

① 蒋风.寻梦之旅[C].上海三联书店，2012:38—39.

'庐山会议'，也许我的道路会另作安排。我虽早在 20 世纪 40 年代就已走上安徒生所说的那条'光荣的荆棘路'，但毕竟是盲目的，不是很清晰的。正如歌德所说的'时代在前进，但每一个个人都在重新开始'。随着时代的步伐，1978 年我有了一个重新开始。""我感谢 1978 年，我也感谢'庐山会议'带给我的好运，使我拥有已经拥有的一切。因此，1978 年成了我生命中最难忘的岁月。"①

---

① 蒋风.难忘的1978[N]. 金华日报，2008—11—11.

第三章 大学老师

（1949—1984 下）

一、"六个第一"

1978 年的"庐山会议"，重续了蒋风的儿童文学人生，从此他走在儿童文学这条大路上，鞠躬尽瘁，死而后已，把一生都奉献给"争取未来一代"的儿童文学事业。正如蒋风自己所说"1978年我有了一个重新开始"，在五六年的时间内，他全面完成了向李书记汇报的"六条计划"，开创了新时期中国儿童文学建设的"六个第一"辉煌业绩，将浙江师院的儿童文学教育和研究推上了第一个高峰。

（一）新时期第一个在高校恢复儿童文学课程

高校儿童文学课程是在 1958 年开始被"一刀切"地从课表中删除的。当时大学教学遵循"学制要缩短，课程要精简"的改革原则，首先被"精简"的就是被当作"小儿科"的儿童文学课，很多儿童文学教师像蒋风一样，改行教写作课或民间文学课。这样的情形一直延续了整整 20 年。1978 年召开"庐山会议"时，就有代表呼吁在高校恢复儿童文学课，蒋风第一个响应，在向学院领导汇报并得到同意支持后，1978 年冬，蒋风就在中文系恢复开设儿童文学课，浙江师院成为"庐山会议"后第一个落实会议精神、恢复开设儿童文学课的高校。当时学校只有蒋风一人从事儿童文学教学，但蒋风没有懈怠和等待，而是"以独木支大厦"的精神和勇气，要把"文革"耽误的时间夺回来，将自己之前在老浙江师范讲授儿童文学课的讲义修改成教材，以解燃眉之急。主要课程有"儿童文学概论""中国儿童文学史""儿童文学作品选"。

（二）新时期第一个招收儿童文学硕士研究生

1979 年 9 月，蒋风招收的第一届儿童文学硕士研究生吴其南入学。这是浙江师院招收研究生的开端，同时浙江师院也成为新时期全国最早招收儿童文学硕士研究生的高校。在中国高等教育史上，北京师大的穆木天教授早于 20 世纪 50 年代在北京师大办过儿童文学研究生班，但不颁发学位，而浙江师院 1978 年着手招收的吴其南成了中国第一名儿童文学硕士研究生，他于 1979 年跨进浙江师院大门,1982 年取得了硕士学位。

因为浙江师院地处浙江中东部金华市的郊区，办学条件十分有限，整个学院还没有取得批准的研究生招生资质，蒋风是以资深讲师的资格申请招收研究生的。考虑到金华的新浙江师院和杭州的老浙江师院的渊源关系（老浙江师院即杭州大学的前身），在蒋风老师的提议和请求下，双方校领导协商同意并报上一级研究生教育管理部门批准。蒋风在浙江师院招收的儿童文学研究生，纳入杭州大学与浙江师院联合招生政策下，考生参加杭州大学的研究生招生考试，专业课面试由浙江师院负责，考试同时收到杭州大学和浙江师院录取通知书，在浙江师院跟随蒋风等导师攻读现当代文学专业儿童文学方向，毕业论文答辩由杭州大学和浙江师院共同举行，学生成绩合格后发给杭州大学研究生毕业证书和硕士学位证书。这样的情形直到蒋风退休那一年——1994年经国务院学位委员会审批，浙江师大才成为硕士学位点，独立招收、培养硕士生。

浙江师院（现浙江师大）1979级至1994级的中国现当代文学专业儿童文学方向硕士研究生共有18人：吴其南（1979）、汤锐（1982）、王泉根（1982）、方卫平（1984）、章轲（1984）、王新志（1986）、邹亮（1986）、赵志英（1986）、阎春来（1987）、潘延（1987）、汤素兰（1988）、韩进（1990）、丁卓芬（1990）、侯新华（1990）、王世界（1991）、周彦（1992）、杨佃青（1993）、郭六轮（1994）。

这十一届研究生都是以中文系儿童文学研究室以及后来的儿童文学研究所的名义招生的，蒋风倾注了大量心血。蒋风回忆说："开始建立儿童文学研究室时，一个'光杆司令'，百业并举，一个人要做上述一系列的工作（指向学校建议的"六条计划"），

1981年蒋风指导第二届儿童文学硕士研究生王泉根、汤锐

其中的艰难不是三言两语所能尽述。在极度困难的条件下，招收了十一届硕士研究生，为国家培养了一批儿童文学研究人才，如吴其南、王泉根、汤锐、方卫平、赵志英、潘延、汤素兰、韩进等，他们活跃在儿童文学文坛，成就获得国内外同行瞩目。日本的一家学术刊物就作过这样的评价：'在蒋风教授指导下努力研

究的年轻人员已经成为儿童文学的中坚力量……这些年轻人，生活在新的时代下，汲取新的知识，不被旧的儿童文学理论所束缚，他们的研究水平是较高的，甚至可以说超过了前辈。'确实如此，我从不限制研究生在自己既有理论框架内探索，鼓励他们要青出于蓝而胜于蓝。"[1]

（三）新时期第一个高校儿童文学兴趣小组

1978 年，蒋风在高校创建跨系跨学科的儿童文学兴趣小组，是一个大胆而勇敢的创举。那个时期，儿童文学不仅默默无闻，而且被看作"小儿科"不被重视。经历了 20 年高校没有儿童文学课的影响，蒋风发起"儿童文学兴趣小组"，可谓智慧之举，借此宣传了儿童文学，引导学生关注儿童文学，同时又发现了对儿童文学感兴趣的人，把他们集聚起来形成浙江师院中文系的儿童文学学科特色。事实证明，这个做法非常有效，成果超出预期，从"儿童文学兴趣小组"走出了一批有影响的儿童文学作家和理论家，如谢华、王铨美、周晓波、江润秋、何蔚萍、盛子潮等。其中周晓波的经历最有代表性。周晓波在《我的儿童文学事业的引路人——蒋风先生》中写道：

> 1978 年 3 月，我作为"文革"后恢复高考的第一届大学生，有幸进入了浙江师范学院（浙江师范大学前身）中文系读书。父亲（圣野先生）得知我考进浙江师范学院很高兴，因为那儿有他的两位老朋友：一位是在古典文学上造诣颇深的老教

---

[1]　蒋风.未圆的梦[C]. 北京：国际文化出版公司，1999:21—22.

师叶伯村先生，他是我父亲当年在金华一中读书时的学长；一位就是当时已在儿童文学理论界颇有影响的蒋风先生。父亲为我写了推荐信，于是，我到浙江师院入学后，首先拜访的两位老师就是叶伯村先生和蒋风先生，而且后来这两位老先生都在我大学学习期间对我的生活和专业学习提供了很多帮助，并对我的人生之路产生过很大的影响，特别是两位先生清正廉洁的处世为人的态度和专注事业的孜孜以求的治学精神，深深影响着我，以致使我终身受益。

当然，后来在事业上给我最大影响的还是蒋风先生。大学三年级时，蒋风先生开设了"儿童文学"选修课，为我们系统地讲授了儿童文学的基本原理和历史发展，并且还在参加选修课的同学中组织了"儿童文学兴趣小组"，指定我担任兴趣小组的组长。他让我们课余时间经常到小学和幼儿园去体验儿童生活，组织孩子们搞一些文学兴趣活动，从中积累儿童文学创作的素材和增进对儿童读者的了解。那时候，参加兴趣小组最积极的两位——我和谢华，后来都走上了从事儿童文学的道路（谢华日后成了一位知名的儿童文学作家，我则从事儿童文学的理论研究）。正是在蒋风先生言传身教的深刻影响下，我对儿童文学产生了浓厚的兴趣，由尝试儿童文学创作起步，开始了对儿童文学理论研究的探索。我写的第一篇学术论文就是探索我父亲圣野的儿童诗创作道路，这篇论文还有幸被蒋风老师推荐在《浙江师范学院学报》上发表。1982 年 1 月我大学毕业时，蒋风先生把我留在了他刚刚创办的全国第一家儿童文学研究室。在蒋先生的指导下，我一边进行儿童文学资料室的建设和管理，一边从事儿童文学的教学与研究，并且跟随蒋先生招收的第 2 届儿童文学硕士研究生，旁听了他为研究生们开设的所有硕士生课程；日后我又参加了蒋风先生组织的、浙江师范学院与北京师范大学合办的助教研究生课程班学习，并参加了蒋先生所领导的多项儿童文学研究课题……①

（四）新时期第一个建立儿童文学研究室

继 1978 年创建的"儿童文学兴趣小组"后，1979 年，浙江师院中文系"儿童文学研究室"成立，蒋风任主任，与儿童文学研究室同时创建的还有儿童文学资料室。从上述参加"儿童文学兴趣小组"的周晓波回忆中可以看出，"儿童文学兴趣小组"的一个重要任务，就是为儿童文学研究室建设发现人才，周晓波就是由此在大学毕业时留校进入儿童文学研究室在儿童文学资料室工作的。

成立儿童文学研究室最起码的条件就是人。作为研究室主任的蒋风，曾经在将近两年的时间里，是光杆司令，一个人要做一个研究室的工作，还要教学上课，没有帮手，形不成合力，长此以往，研究室也就名存实亡，这是蒋风最不愿意看到的。学校给了他"面向全国引进人才"的机会，但在当时的高校人事体制下，要从外地调一个人是多么困难，蒋风自己就是因为体制原因没有能够调到安徽师院去教授儿童文学。他深知调人是件难事，但没

① 周晓波. 我的儿童文学事业的引领人——蒋风先生[C]//周晓波主编. 筚路蓝缕：圆梦中国儿童文学事业——祝贺蒋风教授九十华诞暨从事儿童文学事业70周年纪念文集. 杭州：浙江工商大学出版社，2015:71—72.

有人什么也做不成。尽管他已经有了充分的心理准备，但困难还在预料之外，从1978年开始调人，到1980年6月，韦苇、黄云生才被聘请到儿童文学研究室工作。蒋风后来回忆起这段创业经历，深有感触地说："当年我便瞄准本省浦江农村中学教师黄云生和远在云南边疆开远职业中学的韦苇，由于种种制约，他俩都花了两年时间才调动成功。当年遇到的困难是不言而喻的，一个人做三五个人的工作，完全是凭一种意志的力量，才一一克服过来。但今天想来没有昨天艰难的开始，也就没有今天的收获。"①韦苇教授也曾回忆起蒋风为创建儿童文学研究室，把他从云南调到浙江师院时的情形，对蒋风教授充满感激和敬佩。韦苇写道：

> 我佩服蒋先生对儿童文学建设、儿童文学活动的不竭热忱和不做成不罢休的坚定决心。
>
> 把我从边陲招募到浙江师范大学来，一般人连想象都不敢，我在杭州的一个中学时代的同学，1978年至1979年，我让他为我到教育厅去旁敲一下，疏通一下，加把火，他大概是压根儿就不信一个在云南边陲待着的人能调回到沿海来工作，所以从没有听说他曾为我去旁敲疏通和加火。沿海人有一种沿海人的优越感。你既然已经从上海流放到云南那个茹毛饮血穿树皮穿革裙的不毛之地，要回到沿海人中间就是不可思议的，但是蒋先生就铁了心，信了东阳那个卢熙斌的推荐，想法、做法与我的那个同学相反，不惜其精力、麻烦的代价，把当时师院的书记院长的门槛都踏矮了一层，硬是

① 蒋风.难忘的1978[N].金华日报，2008—11—11.

把我从边陲招募了来。其实，蒋先生的胆魄后来被证明真是没有错。说是边陲，我云南居住的那个小城，从那里跑出来成长为儿童文学角儿的不只有我，还有中国作家协会书记处书记高洪波。

黄云生先生也是这样被费尽周折调进师大的。

这种对人才的发掘和挖掘，没有矢志不渝的建设热忱和决心，多半是、往往是会垂成而弃的。[①]

(五)新时期第一部系统性儿童文学教材《儿童文学概论》

1978年冬，蒋风把自己50年代在浙江师院和杭州大学讲授儿童文学课的教材加以增补整理，以《儿童文学概论》为名，1979年交给湖南人民出版社出版。因为责编陈忠邦先生患病，推迟了两年，直到1982年5月才出版。与此同时，蒋风在"庐山会议"期间接收下来的任务——牵头编写一部系统的师范院校儿童文学课教材《儿童文学概论》，也由四川人民出版社同一时间出版。两部《儿童文学概论》"都是新中国第一本系统性的儿童文学理论书"，不同的是，湖南版《儿童文学概论》是蒋风个人的理论著作，而且是他根据自己的儿童文学课整理创作的，偏重于儿童文学基础理论。四川版《儿童文学概论》是蒋风牵头组织并参与的与北京师大、华中师大、河南师大、杭州大学、浙江师大5所高校8位儿童文学教师一起完成的合作成果，是一部包括

---

① 韦苇. 我说蒋风先生创立的儿童文学研究品牌[C]//蒋风主编. 新世纪的足迹——蒋风的儿童文学世界. 合肥：安徽文艺出版社，2014:7—8.

基础理论、文学史、作家作品论等内容的儿童文学入门书。两部《儿童文学概论》各有优长，为当时的师范院校儿童文学课教学提供了难得的相得益彰、相互启发的好教材。

（六）新时期第一次举办全国师范院校儿童文学教师进修班

浙江师院不在省会城市杭州，如何抢得儿童文学先机，将浙江师院打造成在全国有影响的儿童文学教研基地，蒋风想了很多办法。校内资源已经集聚起来了，开设儿童文学课程、招收儿童文学研究生、成立"儿童文学兴趣小组"、组建儿童文学研究室、编写儿童文学教材，浙江师院的儿童文学"基础设施建设"已经基本完成，接下来要做的，就是发挥好自身资源优势，扩大影响。为此，蒋风主创了浙江师院全国幼师普师儿童文学师资进修班。

1982年9月，浙江师院中文系儿童文学研究室在蒋风主持下，创办了第一期全国幼儿师范、普通师范儿童文学师资进修班。来自云南、贵州、四川、广东、广西、辽宁、吉林、黑龙江、山东、山西、陕西、河北、青海、浙江、新疆、内蒙古、福建、湖南、

1982 年 10 月 16 日蒋风（二排右六）与浙江师范学院第一期全国幼师普师儿童文学师资进修班师生合影

上海、江苏等省（自治区、直辖市）的57名师范学校的儿童文学教师来到浙江师院，在中文系儿童文学研究室进行为期半年的专业进修。

蒋风先生亲自为进修班设置了内容丰富的课程计划：

1. **必修课**。《儿童文学概论》(吴其南讲授)、《中国现代儿童文学史)(蒋风讲授)、《外国儿童文学》(韦苇讲授)、《儿童文学写作》(黄云生讲授)、《儿童心理学》(武珍讲授)。

2. **旁听研究生课**。蒋风先生安排进修班学员不定期旁听他为研究生王泉根、汤锐上的儿童文学课。

3. **儿童文学讲座**。自1982年9月至11月，共举办10场讲座，分别是：第一讲，洪汛涛先生的《师范教师应重视儿童文学》；第二讲，王世镇先生的《儿童剧》；第三讲，陈伯吹先生的《儿童文学与文学》；第四讲，浦漫汀教授的录音报告《安徒生和他的童话》；第五讲，郑文光先生的《儿童科学文艺》；第六讲，浙江师院中文系副主任戴林涵先生的《中国当代文学》；第七讲，圣野先生的《儿童诗歌》；第八讲，鲁兵先生的《幼儿文学》(书面材料，委托圣野先生代讲，金华)；第九讲，王衍先生的《关于幼儿师范儿童文学教学的若干问题》；第十讲，张光昌先生的《当代儿童文学作家作品赏析》。

4. **教学观摩课**。1982年11月8日，全体学员到浙江绍兴，观摩绍兴师专儿童文学课。晚上，听该校一位副教授的学术报告，课题是《幼年、童年时期的鲁迅先生》。1982年11月9日，到杭州一所小学观摩语文课。1982年11月11日，到杭州幼师观摩儿童文学课，课题是《寓言四则》。

5. **与专家座谈**。1982年11月27日下午，全体学员与幼教专家、上海幼师校长王衍座谈，论题是《幼师儿童文学教材的编写》。

在安排好进修课程和教学活动的同时，蒋风指定刚留校任教的周晓波老师担任进修班班主任，并考虑到学员语言交流上的方便，按学员所属地域来划分寝室。

举办全国性师范院校儿童文学教师进修班，在当时"百废待兴，百废俱兴"的形势下，来自全国各地的学员们非常兴奋，深受鼓舞，都很想在自己所从事的儿童文学教学领域内有所作为，不少学员由此想到在进修班基础上成立类似"全国师范院校儿童文学教学研究会"的学术组织，便于交流和组织活动。学员马筑生后来回忆说：

> 我与郑光中、席永诚、卢敏秋、张永峰、王巨明等学员常常聚在一起闲谈，觉得我们应成立一个全国性的中等师范儿童文学教学、学术研究团体。我们经常漫步在浙江师范学院"荷塘月色"（一个种植有荷花的池塘）、紫藤架，聚在浙江师范学院教室里，以及浙江师范学院旁边的乡村酒坊小店，酝酿成立一个全国性的儿童文学教学研究会。大家与蒋风、韦苇、黄云生、吴其南等老师也多次提过此事。蒋风先生非常鼓励和支持这件事，并为大家提了许多建设性的意见和建议。但遗憾的是，因种种原因，此事没有在 1982 年办成。

这一愿望直到 1984 年才实现。这年 10 月，蒋风举办浙江师大"全国中师儿童文学教学研究成果交流会"，曾参加过 1982 年浙江师院第一期全国幼师普师儿童文学师资进修班学习的学员，此时多为各地中师系统儿童文学教学的骨干，大多收到了此次交流会的邀请。在会议期间，郑光中、席永诚、马筑生、王赋春、黄国瑛、高英、王俊英等第一期进修班的学员，又旧事重提，策划成立中师儿童文学教学研究团体。此事得到正在浙江师院学习的第二期全国幼师普师儿童文学师资进修班的学员滕毓旭、侯德刚、汪震国、王静宇等人的热烈响应，更得到已经担任浙江师范大学校长的蒋风和浙江师范大学儿童文学研究所韦苇、黄云生、吴其南、楼飞南、周晓波等各位老师的大力支持，乘这次交流会的东风，正式成立了"全国幼师普师儿童文学教学研究会"，1982年和1984年一、二期进修班的全部学员作为研究会会员，邀请蒋风出任研究会会长。当大家向蒋风表达这一愿望时，蒋风因为校长工作太忙，且作为学校主要领导，也有避嫌之处，因而谢绝了大家的心意，但他表示全力支持研究会成立和以后的工作。蒋风先生说到做到，为研究会的成立提供了许多重要的帮助，比如他代研究会向浙江省公安厅申请，获得批准，刻制了研究会印章等。可以说，没有蒋风发起全国师范院校儿童文学教师进修班和他作为校长对研究会成立的切实支持，就没有研究会的成立以及此后发展壮大至今的奇迹。

二、加入中国共产党

1982年，蒋风有三件大事，上文已经说了两件大事：一是1982年5月新中国第一部儿童文学理论著作——蒋风的《儿童文学概论》和第一部儿童文学系统性教材——蒋风牵头、五院校合编的《儿童文学概论》同时出版，结束了新中国30年来师范院校儿童文学课程没有教材的历史；二是1982年9月蒋风主持全国师范院校儿童文学教师进修班，开创了全国师范院校儿童文学教育大交流大合作的新局面，直接促成 1984 年成立"全国幼师普师儿童文学研究会"，出台了《幼儿师范儿童文学教学大纲》，实质上起到了在全国师范院校规范、统筹、协调、引导儿童文学教学的作用。这两件大事都是业务层面的，还有一件更重要的、蒋风政治生活中的大事——1982 年 6 月，加入中国共产党。

蒋风与党组织的关系可以追溯到他的童年时代。

1937 年，"七七事变"爆发后不到半年，杭州沦陷。蒋风上半年读了初一，下半年躲避战乱，逃到金华城外 30 多里的北山玲珑岩村担任小学教员。1938 年暑假，蒋风从玲珑岩村回到金华城内家中，很快和住在他家房子里的汤逊安叔叔成为好朋友。汤叔叔就是共产党员，从延安陕北公学毕业后，党分配他到金华开展地下工作。汤叔叔引导蒋风看高尔基的《童年》《在人间》《我的大学》等文学作品，以及《大众哲学》《机械唯物论批判》等马列著作，还经常带蒋风一起参加社会活动，蒋风最熟悉的就有《浙江潮》杂志社的编辑们。

《浙江潮》旧址位于金华市区酒坊巷 4 号，由国民党浙江省政府主办，1938 年 2 月 24 日在金华创刊。其实这是一家在中国共产党推动和协助下的进步刊物，它以促成《浙江省战时政治纲领》的实现、沟通政府和人民的感情、提高公务人员战斗意志为使命，主要内容是宣传《浙江省战时政治纲领》，揭露和批判消极抗战、鼓动群众坚持抗战到底，被誉为当时"抗战文化前哨"。主编严北溟（1907—1990）1927 年 5 月加入中国共产党。中共党组织委派浙江省委常委、宣传部部长兼金衢特委书记汪光焕（1912—1942）领导《浙江潮》，先后推荐中共党员刘异云、王平夷、肖卡、翟毅、沈任重、钟明远等任编辑，并建立了中共《浙江潮》支部。

汤叔叔不仅带蒋风参加《浙江潮》举办的进步活动，还把地下党组织的钱叔叔介绍给蒋风，而且，汤叔叔和钱叔叔作为蒋风的介绍人，介绍蒋风加入中共地下党外围群众组织——中华民族解放先锋队，并在钱叔叔家里为蒋风举行入队宣誓仪式。可以说，蒋风这一时期得到了党组织的政治关心，经受住了组织考验，已经被吸收到中国共产党的预备队了。

在地下党同志的关心、影响、培养下，少年蒋风对中国共产党有了感性认识，产生了到延安抗大读书的热望，终因多方面原因，没有如愿。在中学读书期间，蒋风考进金华战时服务团，做抗日宣传工作。在英士大学学习期间，蒋风加入民主学社进步学生组织，参加"反饥饿、反内战、反迫害"大游行。大学毕业后，蒋风为《申报》写稿为生，用自己的笔反映人民的疾苦和愿望，揭露国民党反动派的黑暗统治，宣传共产党领导的解放区，被国民党特务跟踪，上了暗杀的黑名单。所有这些表现，都表明蒋风在新中国成立前残酷的政治斗争环境下，始终与党组织保持密切联系，并主动配合党组织开展地下工作和学校工作，是政治上可靠、受到党组织重点关注的先进青年。

新中国成立以后，蒋风回到家乡工作，不论在金华地区人民文化馆搞戏曲改革，还是在金华中学、浙江师院教书育人，蒋风工作频繁调动的深层次原因，是党和政府对蒋风的信任和任用，蒋风服从组织安排，没有怨言，分配在哪里就在哪里扎根、开花、结果。党和政府也不断给蒋风压担子，给机会。1949年，蒋风被派遣到私立婺江商校当教导主任。1950年，金华地区文联成立，蒋风任秘书长。1952年，金华县文学工作者协会成立，蒋风担任协会主席。1954年，浙江省第一次文代会召开，蒋风被选为金华地区代表出席大会。1958年，安徽师院想调蒋风去芜湖开设儿童文学课程，浙江省教育厅爱惜蒋风，将其调到杭州的浙江师院。1960年，浙江作协成立，蒋风被选为理事。1962年接替金近担任浙江作协儿童文学小组组长。1978年，蒋风作为高校儿童文学教师代表参加"庐山会议"。蒋风抓住"庐山会议"的东风，在浙江师院掀起了"儿童文学运动"，取得有目共睹的业绩。1980年5月，蒋风被浙江省人民政府授予"优秀少年儿童工作者"荣誉称号。同月，到北京参加第二届全国少年儿童文艺创作评奖会议。6月1日儿童节，中国儿童文学研究会在北京成立，蒋风被推选为副理事长。1981年3月，日本儿童文学作家代表团访问中国，蒋风应邀作为中方代表，从金华赶往北京参加中日儿童文学交流座谈会……

1982年，蒋风转眼间已经年近花甲，他从旧中国走过来，对党有着深厚的感情，早在青少年时期就萌生过加入党组织的心愿。新中国给了他稳定的新生活，特别是"文革"以后，党自己纠正自身错误，勇于自我革命，勇敢地改正错误，继续带领中国人民，开展社会主义革命和建设，新时期的中国面貌焕然一新，人们的精神面貌也昂扬向上。蒋风近三年的感受特别深刻，只是做了自己力所能及的一些事情，却得到党和政府的关注、重视和鼓励。儿童文学的春天到来了，蒋风人生的政治生活的春天也到来了。

蒋风决定申请加入中国共产党，把自己的一切献给党，为党的儿童文学事业奋斗终身。

蒋风同时向浙江师院党委、中文系党总支、中文系教职工党支部汇报思想，表达申请加入党组织的心愿，按照程序，递交了入党申请书。校系两级党组织高度重视蒋风的入党要求，对蒋风这样优秀的教师，党组织早已在关注培养，非常欢迎蒋风自己提出入党申请。1982 年 6 月，蒋风被批准加入中国共产党，浙江师院党委委员、中文系主任张永绵和中文系党总支书记程梦林亲自做蒋风的入党介绍人。蒋风在党旗面前举起右手，庄严宣誓，这一刻，蒋风感到无比神圣和坚定，就像少年时代宣誓加入"中华民族解放先锋队"那样，蒋风把自己的一切献给党，为党的共产主义事业奋斗终身。从这一刻起，蒋风对自己要求更严，工作更努力，业绩更突出，硬是将偏僻在金华郊区的浙江师院建设成中国儿童文学教育的重要基地，与首都的北京师范大学齐名。这也有了两年后的 1984 年，蒋风由一名普通教师，直接被任命为浙江师院院长。

　　1983 年 5 月，在党员转正前夕，蒋风在《浙江师院》发表了一组以《生活之歌》为题的散文，包括《目标》《追求》《愿望》《未来》《信仰》等 5 篇短文，从标题可以看出蒋风此时一颗"年轻的心"，充满朝气。蒋风认为："生命最大的意义在于创造"，"在于为未来而不断地劳动，不懈地创造。只有在为未来而贡献出自己全部才华并为之毕生奋斗的人，才是幸福的人"；"我追求的是未来，是充满希望的明天，是为未来的一代铺设激励他们追求美好的光明之路"；"我的心没有半点阴影，因为我们的早晨是朝霞满天，阳光铺地"，而这一切，都源自有坚定的"信仰"：

　　　　信仰是生活的基石。

　　　　没有信仰，生活就会黯然失色，没有光彩；没有信仰，就会丧失勇气，停滞不前。

我们生活的世界，是一个充满着希望和危险的奇妙天地，敢于冒点危险探求内中奥秘的人才敢进去。这就需要坚定的信仰。

我的信仰就是为未来工作，为人类最有前途的人工作。

我向往美好的未来，我热爱儿童，我要为他们工作。

在我前进的道路上，我没有注视自己的名字，但我注视着自己所从事的事业。我的名字是微不足道的，但我所献身的事业却是威严壮观、无比瑰丽的。

当我为自己献身的事业流血流汗、耗费心机的时候，我从不去考虑个人的得失。我想，我也许会失败，但失败也是光荣的，或者说是伟大的。

我享受过成功的欢乐，我吟味过失败的困恼；坎坷的道路，曾使我几乎走向绝境，但从未动摇过我的信仰。[1]

三、第一部儿童文学史专著——《中国儿童文学讲话》

1949 年新中国成立后，蒋风的工作逐渐稳定下来，主要在家乡金华和省会杭州之间流动，为实现人生的第三个梦想——当教授而奋斗。

1999 年，蒋风在回忆文章《人间》中写道："记得小时候，有人问我长大了干什么？我的回答是：第一，当记者；第二，当

---

[1] 蒋风.生活之歌[N].浙江师院.1983—5—25.

作家；第三，当教授。当我拿到《申报》聘书时，确实也为实现少年时代就追寻的第一个梦想而高兴一阵子。"

第二个梦想与第一个梦想有直接关系。新中国成立后，蒋风当过文化馆职员，搞过群众文化工作、戏曲改革工作、图书流动工作、师范教育工作，出版过《浙东戏曲窗花》（1954）、《金华民间剪纸选》（1955）和《中国儿童文学讲话》（1959）等作品，而且不论在任何岗位，都一直坚持为浙杭等地报刊撰写新闻报道，写诗歌、散文、小说、儿童文学，这些文化活动都为蒋风后来从事文学工作磨炼了语言，这样在1960年中国作家协会浙江分会成立时，蒋风被选为常务理事。这之后，蒋风配合儿童文学教学，先后出版了《鲁迅论儿童教育和儿童文学》（1961）、《儿童文学丛谈》（1979）、《我与儿童文学》（1980）、《小学生古诗选》（1980）、《智慧的花朵》（1980）等。1980年，蒋风被批准为中国作协会员，实现了少年时代的"第二个梦想"。

第三个梦想与第二个梦想不同，教授是高校老师的高级职称，需要三个基本条件：一是有足够多的科研著作；二是要经过学校组织的专家评审；三是学校要有教授岗位的指标才能在评的基础上聘任。蒋风1956年从中学调到大学教书，由于大学职称评聘工作长期冻结，直到1983年才评上副教授，圆了蒋风少年时代的"第三个梦"。等1986年晋升教授时，蒋风已经60多岁，是浙江师范大学校长。

蒋风实现人生"第三个梦想"的奠基石，是他的第一部儿童文学专著《中国儿童文学讲话》。这是中国儿童文学有史以来第一部文学史著作，1959年3月由江苏文艺出版社出版后，初版2000多册很快售完，一连印了3次，印数4万多册，被华南师大、南京师大等高校选为儿童文学课教材。儿童文学评论家鲁兵在1959年出版的《儿童文学研究》第2辑中撰文称誉《中国儿童文学讲话》是一部"中国儿童文学史略"。①2006年，张永健主编的《20世纪中国儿童文学史》给予《中国儿童文学讲话》同样的评价，认为"蒋风的《中国儿童文学讲话》是我国最早的一部较系统地勾勒了中国儿童文学的历史发展进程的著作。虽然这种勾勒还只是初步的，甚至显出了一定程度的肤浅和粗疏，但在当时仍被儿童文学界视作是《中国儿童文学史》的一个雏形，为中国儿童文学史的研究做了奠基工作。"②

《中国儿童文学讲话》首先是蒋风在浙江师院讲授儿童文学史课程时的讲义。当时和蒋风一起开设儿童文学课的任明耀老师回忆说："蒋和我在20世纪50年代中期在杭州大学的前身浙江师范学院中文系，共同开设儿童文学课，我们合作得很好。他主讲中国儿童文学发展史，因为他研究中国儿童文学起步较早，早在新中国成立前就开始研究了。我主讲外国儿童文学概况。以后我开设外国文学、外国戏剧、莎士比亚等课程，无暇再来研究中国儿童文学现状了。可是他一直坚持中国儿童文学研究，而且研究愈来愈广、愈来愈深。"③

至于本书的成书过程，蒋风在《中国儿童文学讲话·后记》里记叙道："这本小册子就是在缺乏资料的情况下，仅就掌握的

① 鲁兵.评《中国儿童文学讲话》[J].儿童文学研究，1959（2）:80.
② 张永健.20世纪中国儿童文学史[M].沈阳：辽宁少年儿童出版社，2006:236.
③ 任明耀."文人相亲"的愉快——祝贺蒋风教授九十华诞感言[C]//周晓波主编.筚路蓝缕：圆梦中国儿童文学事业——祝贺蒋风教授九十华诞暨从事儿童文学事业七十周年纪念文集.杭州：浙江工商大学出版社，2015:225.

一部分资料，结合工作需要，于 1956 年冬季匆促中写成，其中提到的一些论点，除采取时贤的研究成果部分外，内容都很肤浅，考虑得不够成熟，缺少创见。1957 年下半年，虽作了部分的修改，但因水平和能力的限制，仍难把这一工作做得满意。本想将书稿寄给出版社，征求编辑的意见后全部进行重写；但因我在 1958 年初被批准下放参加劳动锻炼，忙于农业生产劳动，抽不出手来完成再一次修改的愿望。现在，虽已'下放'归来，新的工作又在等着我，估计在短时间内，还是不可能有时间去从事这一工作。怀着'抛砖引玉'的心愿，就不揣浅陋地拿出来见人了。"这段自序告诉读者，这本小册子虽然初稿于 1956 年，到 1959 年才出版，其间有 4 年的时间，可以修改完善，但因为多方面原因，一直没有如愿，现在"拿出来见人"的还是当初在浙江师院讲授中国儿童文学史时候的内容。即便如此，《中国儿童文学讲话》仍然不愧为新中国成立后，第一部探讨五四以来中国儿童文学发展轨迹的专著，有"中国儿童文学简史"的框架。

《中国儿童文学讲话》作为中国作家协会江苏分会筹委会编制的"文艺知识丛书"之一，由江苏文艺出版社 1959 年 3 月出版。该书 6.4 万字，122 页，包括 4 章 18 节，具体内容结构如下：第一章《"五四"时期的儿童文学》，包括《中国儿童文学的产生》《叶圣陶和他的童话创作》《儿童文学领域内两条道路的斗争》《冰心和她的〈寄小读

《中国儿童文学讲话》(1959)

者〉》"等4节。第二章《"左联"十年时期的儿童文学》,包括《鲁迅和儿童文学》《张天翼和他的〈大林和小林〉》《其他作家对儿童文学的贡献》等3节。第三章《抗战时期和胜利以后的儿童文学》,包括《儿童文学阵地的转移》《严文井的〈丁丁的一次奇怪旅行〉》《解放区儿童文学的成长》《解放区儿童英雄的形象》《胜利后儿童文学领域内斗争的尖锐化》《关于讽刺反动统治的主题》等6节。第四章《新中国的儿童文学》,包括《党在儿童文学事业上的重要措施》《张天翼的〈罗文应的故事〉》《高士其及其儿童科学文艺作品》《新人的成长》《争取儿童文学创作更大的发展》等5节。

从上述目录中可以清楚地看出,蒋风那时的中国儿童文学史观有以下四个基本点:一是中国儿童文学产生于五四时期,代表作家是叶圣陶的童话和冰心的儿童散文。二是中国儿童文学从1919年到1959年40年的发展史,可以分作四个时期:五四时期、"左联"时期、抗战时期及其胜利以后、新中国时期。三是40年中国儿童文学不同时期的代表作家有叶圣陶、冰心、鲁迅、张天翼、严文井、高士其等,他们是中国儿童文学的开拓者和奠基人;同时,在文学史上,第一次对一批儿童文学"新人的成长"给予了高度关注,如对华山、管桦、刘真的抗战儿童小说,熊塞声的民间童话诗和任德耀的民间童话剧,郑文光的科幻小说和柯岩的儿童诗等评价,都是开创性的。四是坚信党的领导保证了中国儿童文学发展的正确方向,将不同阶级关于儿童文学的论争放到"争取未来一代"的政治高度来判断,充分肯定中国儿童文学"以共产主义思想武装新一代的教育的巨大力量"①。

上述四个方面，可以看作是蒋风对 40 年中国儿童文学发展业绩的充分肯定。难能可贵的是，蒋风在看到成绩的同时，依然保持着清醒头脑，认为这只是"一个良好的开端"②，同时还"存在着一些问题"，需要正视和加以解决。首先，创作方面表现为"题材和体裁还需要大势扩充"；"运用各种的形式、多种多样的风格，也显得不够"；"在艺术描写的深刻性上，也和题材的宽阔性上一样存在着问题"；"公式化概念化的作品"不少；同时，"儿童文学理论建设方面也存在着问题"，特别是"直到今天为止，我们还不曾把系统的、完整的、中国化的儿童文学理论体系建立起来，""儿童文学的批评也远远落后于儿童文学的创作，""没有起到推动帮助儿童文学创作更进一步发展的作用"。③

这本小册子也鲜明地打上了那个时代的烙印。蒋风从"文艺为政治服务"的时代要求出发，将阶级斗争学说引入儿童文学领域，将五四后中国儿童文学向何处去的"道路之争"与阶级斗争相结合。从单纯政治的眼光出发，将胡适、周作人、赵景深的儿童文学观斥之为"伪儿童学"和反动的资产阶级的儿童文学观，给予分析和批判，并将他们的影响和危害与抗战胜利后发生在儿童文学领域的"儿童读物应否描写阴暗面"的论战联系起来，得出"在儿童文学领域内两条道路斗争的尖锐、复杂"性判断，反映了蒋风鲜明的政治意识和坚定的斗争精神。这在那个时代是必须的，而且也是难能可贵的，但从今天的视角来回望，历史的局

---

① 蒋风. 中国儿童文学讲话[M].南京：江苏文艺出版社，1959:121.

② 蒋风. 中国儿童文学讲话[M].南京：江苏文艺出版社，1959:118.

③ 蒋风. 中国儿童文学讲话[M].南京：江苏文艺出版社，1959:118—121.

限性和正义性也是统一的，而且没有人可能脱离他生活的时代，更不能未卜先知的预见未来。对于胡适、周作人、赵景深的儿童文学观的再认识，在改革开放以后，蒋风继续以高昂的政治热情和坚定的事业信念，不断修正错误，与时俱进，始终走在时代前列，自觉肩负起"争取未来一代"的初心使命。

如今回看 60 多年前这部《中国儿童文学讲话》，再结合蒋风从那以后在不同时期主编的多部《中国儿童文学史》来看，与 60 多年来所有版本的《中国儿童文学史》著作比较发现，蒋风出版于 1959 年的《中国儿童文学讲话》的基本内容和基本精神，不仅没有过时，而且历代中国儿童文学史的基本思想、基本观点、基本架构，都有明显的师承关系，或者说都有在《中国儿童文学讲话》基础上发挥和发展的明显足印。毫无疑问，随着历史的推移，时间将会越来越证明，蒋风这部《中国儿童文学讲话》在中国儿童文学史论建设上，具有开创性和奠基性价值，也是中国儿童文学理论研究在新中国成立后的社会主义革命和建设时期取得的第一批理论成果中的代表。

新中国成立后，在"学习苏联"的号召下，一批苏联儿童文学理论著作纷纷译介过来，对新中国儿童文学建设发挥了引导和促进作用。这些著作主要有：

[苏]西蒙诺夫等著，蔡时济等译：《论儿童文学及其他》，生活·读书·新知三联书店 1951 年版。

[苏]伊林：《论儿童的科学读物》，中国青年出版社 1953 年版。

[苏]瑞托米洛娃、兹洛宾著，惠如、和甫译：《苏联儿

童的历史文学读物》，中国青年出版社 1953 年 9 月版。

[苏]阿·尼查叶夫著，和弗译：《论儿童读物中的俄罗斯民间童话》，中国青年出版社 1953 年 11 月版。

高拱宸译：《儿童文学、儿童影片、儿童音乐（苏联大百科全书选译）》，人民出版社 1954 年 2 月版。

[苏]伊·阿·凯洛夫、李·维·杜伯洛维娜著：《论苏联儿童文学的教育意义》，人民教育出版社 1954 年 5 月版。

[苏]杜伯洛维娜著，辛歌译：《从儿童共产主义教育的任务看苏维埃儿童文学》，中国青年出版社 1954 年 9 月版。

《苏联儿童文学论文集》（第 1 卷），中国青年出版社 1954 年 9 月版。

梁建兴译：《苏联师范学校文学和儿童文学教学大纲》，人民教育出版社 1955 年 9 月版。

[苏]勒·柯恩：《苏联国内战争时期的儿童文学》，中国青年出版社 1955 年 10 月版。

[苏]〇·胡捷等：《论苏联科学幻想读物》，中国青年出版社 1956 年 6 月版。

[苏]布拉托夫等：《现代苏联童话的讨论》，中国青年出版社 1956 年 7 月版。

[苏]格列奇什尼科娃著，张翠英、丁酉成译：《苏联儿童文学》，中国青年出版社 1956 年 11 月版。

[苏]密德魏杰娃著，以群、孟昌译：《高尔基论儿童文学》，中国青年出版社 1956 年 12 月版。

　　［苏］弗·爱宾等著，殷涵、贾明译：《盖达尔的生平和创作》，少年儿童出版社 1959 年 7 月版。

　　以上是新中国成立后，到蒋风《中国儿童文学讲话》出版前后，国内出版的苏联儿童文学译介情况，内容包括各个方面，对新中国儿童文学建设发挥了一定榜样和引导作用。与此同时，国内儿童文学理论著作也开始出版，但主要是儿童文学论文集。这一时期的出版物有：

　　《大量创作、出版、发行少年儿童读物》，中国青年出版社 1955 年 11 月版。

　　《儿童文学论文选》，长江文艺出版社 1956 年 10 月版。

　　《儿童文学研究参考资料》，少年儿童出版社 1956 年 11 月版。

　　金近：《童话创作及其他》，少年儿童出版社 1957 年 4 月版。

　　陈伯吹：《作家与儿童文学》，天津人民出版社 1957 年 8 月版

　　方纪生编：《儿童文学试论》，河北人民出版社 1957 年 9 月版。

　　陈伯吹：《儿童文学简论》，长江文艺出版社 1957 年 10 月版。

　　陈伯吹：《漫谈儿童电影戏剧与教育》，少年儿童出版社 1957 年 10 月版。

　　陈伯吹：《在学习苏联儿童文学的道路上》，少年儿童

出版社 1958 年 7 月版。

蒋风：《中国儿童文学讲话》，江苏文艺出版社 1959 年 3 月版。

陈伯吹：《儿童文学简论》（修订版），长江文艺出版社 1959 年 7 月版。

贺宜：《散论儿童文学》，百花文艺出版社 1960 年 5 月版。

从上述国内作者出版的儿童文学理论类著作看，只有陈伯吹的《在学习苏联儿童文学的道路上》这部系统介绍苏联儿童文学的著作，可以和蒋风的《中国儿童文学讲话》相提并论，是真正意义上的完整的儿童文学理论创作，其余都是论文集。《在学习苏联儿童文学的道路上》一书目录如下：

一、苏联儿童文学作品为政治服务

二、苏联儿童文学中的党性和人民性

三、苏联儿童文学中的思想性和艺术性

四、苏联儿童文学中的阶级教育

五、苏联儿童文学中国际主义教育

六、从苏联儿童文学中看怎样写学校小说

七、苏联儿童科学文艺作品前进的道路

将蒋风的《中国儿童文学讲话》放到产生它的那个时代去考察，这部作品是开了中国儿童文学史研究的先河，在当时"学习苏联"的大潮中，蒋风能潜心中国儿童文学研究，在资料非常缺乏的情况下，仍然完整勾勒了中国儿童文学 40 年的发展脉络，为中国儿童文学史研究和中国儿童文学学科建设做出的开拓性贡献，即便站在 21 世纪的今天，仍然感到其功不可没，应该大书特书，给以恰当的文学史地位。

四、关注"鲁迅与儿童文学"

在《中国儿童文学讲话》里，有一个专节讲《鲁迅和儿童文学》，蒋风这样写道：

> "左联"成立以后，它领导了当时整个进步的文学活动。"左联"的活动、斗争和成就是和鲁迅分不开的。而中国儿童文学进步理论的建立，中国儿童文学创作的健康发展，也是和鲁迅在这十年间作出的巨大贡献分不开的。
>
> 早在他写《狂人日记》的时候，他已喊出了"救救孩子"的呼声。他自己是真正以身作则地把解放青年一代、为青年一代的自由幸福而斗争作自己重大的使命的。他热情地关心儿童，关心作为对儿童进行教育的重要武器——儿童文学。在他战斗的一生中，曾为我国儿童文学事业作出了巨大的贡献。[1]

蒋风关于"鲁迅与儿童文学"的评价，特别是鲁迅对中国儿童文学的贡献以及在中国儿童文学史上的地位，是在做过大量"调研"工作以后作出的正确结论，也是那个时代能够对"鲁迅与儿

---

[1] 蒋风. 中国儿童文学讲话[M]. 南京：江苏文艺出版社，1959:22.

童文学"的关系作出最有说服力和最有权威性的研究成果,而且蒋风的这一研究成果从他1959年发表以来,已经经受住了60多年不同时期不同学术环境的检验,至今仍然站得住、立得稳、传得远。可以毫不夸张地说,蒋风之后的"鲁迅与儿童文学"研究者都从蒋风的研究成果里汲取了健康而丰富的营养,其不断出现的新成果都是在蒋风研究鲁迅基础上的新发展新发现新创见,因为很难说在蒋风之外还有一位儿童文学教学者、研究者两次通读《鲁迅全集》,将鲁迅关于儿童及儿童文学的论述一一摘抄出来,作为自己学习材料又将自己的学习心得与同行们分享。

没有研究就没有发言权,没有做大量过细的阅读工作,就不能作出正确的判断。蒋风从事儿童文学教学和研究,从一开始就选择"鲁迅与儿童文学"为主题和突破口,不仅反映了蒋风的学术眼光、胆量、追求、勤奋,也反映了蒋风学术研究不走捷径、重在自我发现、坚持以我为主的学术态度和研究方法,为后人研究儿童文学提供了方法论的启示。

(一)《鲁迅论儿童教育和儿童文学》

蒋风关于"鲁迅与儿童文学"的研究是为他在浙江师院开设儿童文学课服务的。师者,传道授业解惑也,教育者必须先受教育,教师有一桶水,才能给学生一瓢饮。为讲好"鲁迅与儿童文学"这一课,蒋风没有简单地根据别人的有关论文来备课,而是带着对鲁迅的崇拜和致敬,自己到《鲁迅全集》中去寻找鲁迅有关论述,完整地学习鲁迅的儿童文学思想,以"鲁迅精神"来激励自己从事儿童文学教育事业。

1961年,蒋风编选的《鲁迅论儿童教育和儿童文学》,作为少年儿童出版社"儿童文学资料"之一出版，全书5.7万字，共86页。9月第一版印数5000册，供不应求，11月第二次印刷总印数2.2万册，可见此书当时的受欢迎程度。此书被高校选作儿童文学课程重要学习资料，儿童文学研究者、鲁迅研究者也将其作为参考书，甚至有一位叫潘颂德的读者，因为《鲁迅论儿童教育和儿童文学》这本书，与蒋风建立了一辈子的交流联系，从一位鲁迅研究者，成为一位儿童文学研究者，20年后的1983年，还与蒋风一起编著出版《鲁迅论儿童读物》，在学界传为佳话。

《鲁迅论儿童教育和儿童文学》(1961)

从书名就可以看出，蒋风对儿童文学与儿童教育的关系非常重视，并且始终认为儿童文学与儿童教育不可分。基于这样的基本认识，第一次从《鲁迅全集》中将鲁迅有关儿童教育与儿童文学的言论专门摘录出来，分三类编排。第一类是"鲁迅论儿童和儿童教育"；第二类是"鲁迅论儿童文学"；第三类是"鲁迅与儿童文学（年表）"。还有两个附录：附录一是"鲁迅翻译的儿童文学作品、论文目录索引"；附录二是"关于'鲁迅与儿童文学'专题论文目录索引"。蒋风在《前言》中的一段话，回答了他为什么要批阅《鲁迅全集》以及研究鲁迅对于中国儿童文学的意义：

作为"中国文化革命的主将""文化新军最伟大最英勇的旗手"的鲁迅先生，不仅是中国新文学的奠基人，而且也可说是中国现代儿童文学的奠基人。在他伟大的战斗的一生中，对儿童文学作出巨大贡献。

在那黑暗的反动统治年代里，他清晰地看到了"顽劣、滞钝，都足以使人没落、灭亡，童年的情形，就是将来的命运"。他把孩子们的命运和民族前途联系起来，因此，早在他写《狂人日记》的时候，就已喊出"救救孩子"的呼声。他号召人们"自己背着因袭的重担，肩住了黑暗的闸门，放他们到宽阔光明的地方去；此后幸福的度日，合理的做人"。他认为"将来"是"子孙的时代"，他希望"完全解放我们的孩子"。他自己是真正把解放年轻的一代，为年轻一代的自由幸福而斗争，当作自己重大的使命。

他热爱儿童，关心儿童，关心作为对儿童进行教育的武器——儿童文学。在鲁迅先生浩如烟海的著作中，我们可以看到许多关于儿童文学的精辟见解，而他那些经过精心挑选的儿童读物的译著，留下了他长期地为孩子们艰苦劳动的记录，同时也是他为建设儿童文学所进行的实际工作的典范。

鲁迅先生一方面以"横眉冷对千夫指"的精神，批判了当时儿童文学领域内一些不良倾向和荒谬的看法，反对把陈旧的、粗制滥造的、不堪入目的所谓儿童读物塞给孩子们，他更痛击了统治阶级御用文人用封建的、买办的法西斯思想来毒害孩子们。即使在那文化反"围剿"的紧张的艰苦的战斗中，即使在身发高热的病中，也没有忘了和各色各样戕杀儿童的现象作坚决的不妥协的斗争。

另一方面，他又以"俯首甘为孺子牛"的态度，为中国儿童文学的健康发展而付出巨大的精力，广泛、细致而又具体地对儿童文学提出许多建设性的意见，包括对儿童文学的任务、年龄心理特点、题材、语言以至装帧插图，对儿童文学的各种体裁，对儿童读物的创作和阅读，对儿童文学作家作品的评论和介绍等。这些意见对我国现代儿童文学理论建设具有重要的意义。

为此，1956 年在浙江师范学院中文系讲授儿童文学课程时，曾因教学需要，把散布在旧版《鲁迅全集》中有关儿童文学的言论摘录下来，稍加整理，分类辑录，编成《鲁迅论儿童文学》，作为研究儿童文学参考资料。1959 年，又根据新版《鲁迅全集》《鲁迅译文集》和人民出版社出版的《鲁迅书简》作了补充校正，并在《儿童文学研究》1959 年第一辑上发表。最近又作了若干增补。

鲁迅先生有更多的文章正面或侧面地论述了儿童问题。在这些文章中，不但揭发了过去反动统治以及资本主义制度损害、扼杀儿童的罪恶，也提出了正确对待儿童和教育儿童的意见。这些言论于我们研究鲁迅论儿童文学也有很大的帮助。因此，又将鲁迅先生论述儿童问题的言论摘引编辑成《鲁迅论儿童和儿童教育》。[1]

蒋风进一步说明："以上选编鲁迅有关儿童和儿童文学的问

[1] 蒋风.鲁迅论儿童教育和儿童文学[C].上海：少年儿童出版社，1961：Ⅰ—Ⅱ.

题的重要论文、演说和通讯，有的是整篇的，有的是自成段落的，也有的是零星言论的摘录。除全篇抄录的文章均用原标题外，其他摘录部分的标题，都是编者加的"。其实，蒋风编《鲁迅论儿童教育和儿童文学》资料，就是蒋风阅读《鲁迅全集》中关于"鲁迅与儿童文学"的分类学习笔记。

第一类《鲁迅论儿童和儿童教育》部分，有两方面内容：一是"痛击封建社会和半封建半殖民地社会对于儿童的残害，提出解放儿童，为儿童创设光明宽阔的世界"，包括《狂人日记》《随感录二十五》《六十三　与幼者》《二十四孝图》《上海的儿童》等18篇（段）；二是"反对封建的和资产阶级的儿童教育，主张理解儿童，尊重儿童，正确教育儿童，为儿童教育开辟新的道路"，包括《我们现在怎样做父亲》《我们怎样教育儿童的？》《新秋杂识》《玩具》《从孩子照相说起》等13篇（段）。

第二类《鲁迅论儿童文学》部分，有三方面内容：一是"对反动的、陈腐的、拙劣的儿童读物的批判"，包括《儿歌的"反动"》《〈表〉译者的话》《看图识字》《难行与不信》《"立此存照"（七）》等11篇（段）；二是"对儿童文学的创作、翻译和儿童读物的出版的意见"，包括《月界旅行辨言》《〈勇敢的约翰〉校后记》《连环画琐谈》《人生识字糊涂始》等11篇（段）；三是"对作家、作品的评论"，包括《儒勒·凡尔纳》《爱罗先珂童话集》《桃色的云》《小约翰》《小彼得》《表》《远方》等9篇（段）。

此外在附录中收集了"鲁迅与儿童文学"专题论文目录19篇。可以说是当时那个年代了解"鲁迅与儿童文学"最权威最全面的儿童文学学习资料了。

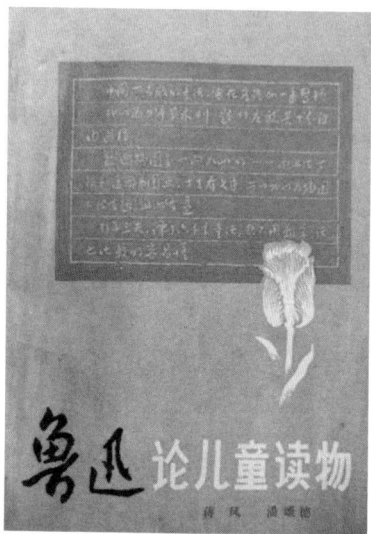

《鲁迅论儿童读物》（1983）

（二）《鲁迅论儿童读物》

20 年后的 1983 年，蒋风和潘颂德合著的《鲁迅论儿童读物》由陕西人民出版社出版，源头却是这部《鲁迅论儿童教育和儿童文学》资料，是他们共同学习"鲁迅论儿童读物"的成果汇编。

蒋风在《鲁迅论儿童读物》的《前言》里写道："《鲁迅论儿童教育和儿童文学》出版后，'收到好些读者来信'，'都鼓励我在这本资料性的小书的基础上，写出一本系统地介绍鲁迅儿童文学理论的书来。这对我来说，是莫大的鼓励，也是有力的鞭策。因此，我一直想在原有资料摘编的基础上，做些深入的研究。可是后来因儿童文学课被精简，我不得不改教别的课程，也就没有时间和精力去从事这方面的深入研究。接着又是'十年动乱'，更是什么事情也做不成了，浪费了十年最值得珍贵的时间。但是同志们的鼓励却一直记在心里，不断地鞭策着我，总想挤时间完成这一工作。"直到 1978 年秋，蒋风应邀参加"文革"后文学界第一个拨乱反正的儿童读物出版工作座谈会——"庐山会议"，在会议结束后的归途中，蒋风偶遇陕西省出版局林理明同志和陕西人民出版社贾象实同志，蒋风向他们谈起了埋藏在心底多年的心愿，意外得到陕西出版同志的热情鼓励和支持，蒋风决心重新

学习鲁迅有关儿童文学方面的论述，写出系统的学习心得。"为
了得到志同道合者相互切磋的机会，我就想到潘颂德同志。因为
他是 20 世纪 60 年代初读了我编的《鲁迅论儿童教育和儿童文学》
这本小书后，建立起通讯联系的，我俩友谊深厚，他给我提供了
不少遗漏的材料；他是最早给我以鼓励和鞭策的一位青年朋友，
他也是近年来涌现出来的有成就的鲁迅研究工作者，于是我就约
他一起来写这本书。开始我拟定一份提纲，从鲁迅对儿童文学的
任务、特点、题材、情节、语言、插图、创作、翻译、批评等方
面的论述，到对童话、科学文艺、连环图画等儿童读物样式的精
辟见解，从鲁迅对反动儿童读物的批判，到他对儿童读物的阅读
指导，分列成 14 个专题，以期对鲁迅有关儿童文学方面论述作
一较全面、系统的探讨，写出我们的学习体会。由于我们两人都
忙于本职工作，学习时断时续，学得很粗疏，谈的体会也就很肤
浅，没有达到预期的目的。但考虑到这一工作尚未有人做过，我
们在力所能及的条件下，总算将鲁迅关于儿童读物的论述做了一
番系统化的工作，也许对关心这方面问题的读者，进一步学习鲁
迅关于儿童文学与儿童读物的论述，可以起个桥梁的作用。"对
于书名的由来，蒋风解释说："考虑到儿童文学与儿童读物是两
个既有联系又有区别的概念，散布在鲁迅著作和书信中的有关言
论，虽大多从儿童文学着眼，但不局限在儿童文学，而是扩及各
种门类的儿童读物，例如连环图画、看图识字、教科书之类，觉
得儿童读物这个概念更广泛一些，它可以包括儿童文学在内，因
此就把这本小书定名为《鲁迅论儿童读物》。"

　　蒋风在研究鲁迅过程中发现了"儿童文学与儿童读物是两个
既有联系又有区别的概念"，有着重大的学术价值和理论意义，

为中国儿童文学理论建设确立了"儿童文学"基本概念，是儿童文学理论自觉的前提，同时也反映了蒋风对儿童文学研究的细分和深入，是对鲁迅关于儿童问题的论述的科学概括。在以"儿童文学"为核心的"儿童读物"视野里，蒋风和潘颂德分"十四个专题来探讨"，将鲁迅的主要观点论析透彻。这"十四个专题"是：

一、"这才是人的战士的任务"——鲁迅论儿童读物的任务；

二、"昏话之多，令人发指"——鲁迅对反动儿童读物的批判；

三、"要浅显而且有趣"——鲁迅论儿童读物的特点；

四、"题材，我看还该取得广大"——鲁迅论儿童读物的题材；

五、"听故事也不喜欢是谣言"——鲁迅论儿童文学作品的情节；

六、"想不用什么难字"——鲁迅论儿童读物的语言；

七、"给中国的童话开了一条自己创作的路"——鲁迅论童话；

八、"而独于科学小说，乃如麟角"——鲁迅论科学文艺；

九、"倘要启蒙，实在也是一种言用利器"——鲁迅论连环图；

十、"比一张油画之力为大"——鲁迅论儿童读物的插图；

十一、"给儿童看的图书就必须十分慎重"——鲁迅论儿童读物的写作；

十二、"竭力运输些切实的精神的食粮"——鲁迅论儿童读物的翻译；

十三、必须"注意将来"——鲁迅论儿童读物的批评；

十四、"叮在一处，所得就非常有限，枯燥了"——鲁迅论儿童读物的阅读指导。

在《鲁迅论儿童读物》一书的附录部分，有三方面内容：1.鲁迅的有关儿童读物活动年表；2.鲁迅翻译的儿童读物及有关论文目录索引；3."鲁迅与儿童读物"专题论文目录索引。该书出版时，蒋风已经在浙江师范学院恢复了儿童文学课程。招收了第一届儿童文学研究生，并且建立了儿童文学研究室，"鲁迅与儿童文学"专题成为蒋风给学生讲课的重点保留课程，在占有大量资料基础上，与儿童文学教学紧密联系，蒋风不断充实、完善他在《中国儿童文学讲话》中《鲁迅和儿童文学》这一节的内容，完成了他20年来的心愿——写一篇"系统介绍鲁迅儿童文学理论"[①]的专论，这就是蒋风发表于《浙江师院学报》1981年第一期的《鲁迅对儿童文学的巨大贡献》，后收入蒋风于1985年在贵州人民出版社出版的文集《儿童文学漫笔》。

---

① 蒋风.鲁迅论儿童读物：前言[M]//蒋风、潘松德.鲁迅论儿童读物：前言[M].西安：陕西人民出版社，1983:2.

在《鲁迅对儿童文学的巨大贡献》里，蒋风开篇明义，指出"中国文化革命的主将鲁迅，不仅是中国新文学的奠基人，而且是中国现代文学的拓荒者"。①进而从四个方面论述了鲁迅对儿童文学的贡献：

（一）鲁迅从中国革命前途着眼，十分关心儿童，爱护儿童，重视儿童教育，尤其关注深刻影响孩子成长的儿童读物，始终以战斗的姿态，密切注视着儿童文学阵地，始终坚持不懈地用他的"匕首"和"投枪"，与反动的儿童读物进行针锋相对的斗争，直至生命的最后一刻，为中国儿童文学的发展，开出一条"血路"。

（二）鲁迅是成熟的马克思主义文艺家，其儿童文学观是在与危害儿童文学健康成长的错误论点和不良倾向作斗争中发展形成的，其特征是以进步的儿童教育思想为基础，结合他革命现实主义的文艺思想，对儿童文学发展提出了一系列精辟见解，为我国儿童文学理论建设奠定了初步的基础。具体表现在五个方面：第一，鲁迅认为儿童文学应该担负起"人的战士的任务"；第二，鲁迅认为儿童文学和儿童读物不能忽视它本身的特点；第三，鲁迅认为儿童读物应该题材广泛，体裁多样化，有积极的教育意义；第四，鲁迅非常重视儿童读物的语言；第五，鲁迅一贯重视儿童读物的装帧和插图。

（三）鲁迅对儿童文学的巨大贡献还表现"在创作和翻译上所付出的辛勤劳动"，在《故乡》《社戏》《药》《风波》《长明灯》《朝花夕拾》《野草》等作品中塑造了闰土、双喜、阿发等栩栩如生的儿童形象，还在"翻译介绍外国优秀的儿童读物方面，做了

---

① 蒋风. 儿童文学漫笔[C]. 贵阳：贵州人民出版社，1985:88.

大量的工作，为我国儿童文学提供了有益的借鉴，对我国儿童文学发展起了良好的作用"，"有着深远的意义"。

（四）鲁迅十分爱护青年文艺爱好者，帮助他们阅读作品，提出作品修改意见，介绍发表和出版，给予各种鼓励和帮助，为儿童文学队伍培养新生力量和提供新鲜血液。蒋风高度评价鲁迅指导张天翼、陈伯吹、青年作者汪熙之的奉献精神，指出"在鲁迅的倡导和指引下，不仅培育了一支儿童文学作者队伍，而且还吸引了不少作家也为孩子们拿起笔，还有不少教育家、科学家也都参与了这一关系祖国未来的有意义的工作。从'五四'到鲁迅逝世的近20年间，受到鲁迅直接教导或间接影响的儿童文学工作者，是不计其数的。因此，鲁迅在这个方面对儿童文学的贡献也是难以估量的。"①

20世纪60年代到80年代，蒋风"鲁迅与儿童文学"的专题研究成果，达到并代表了那个时代的最高水平。而且在此后至今的40多年来，经受住了时间经验，不论谁要研究"鲁迅与儿童文学"这一课题，不论其直接或间接的，都不可避免地受到蒋风整理的资料和发表的观点的影响，而且蒋风的观点在今天看来仍然是正确的、准确的，具有现实意义和启发。

五、以《儿童文学概论》为代表的基础理论研究

1979年5月，蒋风第一部儿童文学文集《儿童文学丛谈》由湖南人民出版社出版，这是新时期我国"第一部"儿童文学理论

---

① 蒋风. 儿童文学漫笔[C]. 贵阳：贵州人民出版社，1985:101、105、108.

文集。1979 年 12 月，蒋风第一部儿歌专论《儿歌浅谈》由四川人民出版社出版，这是我国新时期第一部儿童文学体裁论。1982年 5 月，蒋风第一部儿童文学理论教材《儿童文学概论》由湖南少年儿童出版社出版，这是新时期我国第一部儿童文学理论著作。"三个第一"奠定了蒋风作为新时期中国儿童文学理论建设的开拓者，为中国现代儿童文学学科建设奠定了基础。

（一）新时期第一部儿童文学论集《儿童文学丛谈》

蒋风多次强调"难忘 1978"，那是"具有里程碑意义的一年"，因为在这一年蒋风参加了"文革"结束后文艺界第一个拨乱反正的全国儿童读物出版座谈会，史称"庐山会议"。在"庐山会议"精神引领和鼓舞下，1979 年成为蒋风儿童文学教学与研究的"丰收年"。出版资料显示，"文革"结束后第一批儿童文学理论图书出版在 1979 年，全年只有 4 种书，蒋风就有 2 种。具体情况如下：

> 《儿童文学丛谈》——湖南人民出版社，作者：蒋风。1979 年 5 月出版，共 248 页。
> 《儿童文学创作漫谈》——中国少年儿童出版社，《儿童文学》编辑部编。1979 年 7 月出版，共 187 页。
> 《百花园丁杂说》—— 少年儿童出版社，作者：贺宜。1979 年 9 月出版，共 139 页。
> 《儿歌浅谈》——四川人民出版社，作者：蒋风。1979年 12 月出版，共 156 页。

稍细查看，上述儿童文学理论图书均属于论文选编类型，因为"庐山会议"刚刚结束，还来不及写作。上述 4 部理论书的出版，可以说开启了新时期儿童文学理论建设的序幕，为百废待兴中的儿童文学教学和研究雪中送炭，也从一方面表明我国儿童文学理论研究的贫瘠和匮乏。仔细分析 4 种图书的内容，就能感到不仅出版及时，而且要对作者和编选者表示致敬，这是"庐山会议"后结出的第一批理论"果实"。

《儿童文学创作漫谈》是一次会议的论文集。1978 年 12 月 1 日至 20 日，中国少年儿童出版社《儿童文学》编辑部、文学读物编辑部和《中国少年报》在北京联合举办了"儿童文学创作学习会"，来自全国 23 个省、自治区、直辖市的 47 名作者，绝大部分是青年业务作者参加了学习班。学习班的任务是学习贯彻 1978 年 10 月国家出版局等单位在庐山召开的全国少儿读物出版

《儿童文学创作漫谈》（1979）

座谈会精神，响应会议发出的"给孩子们更多更好精神食粮"的号召，为发展繁荣新时期儿童文学创作，组织和培养儿童文学青年作者。学习班期间，文艺界前辈和许多知名儿童文学作家亲临会议讲课。"为适应广大儿童文学作者、爱好者的要求"，组织方"将这次学习会上有关儿童文学创作方面的报告、整理成文，编印出

来,供同志们学习和参考"①,于是有了这本《儿童文学创作漫谈》。书中收入茅盾、张天翼等 18 位作家与儿童心理学家吴凤岗给学员所作的学习报告 19 篇,具体内容为:茅盾的《中国儿童文学是大有希望的》、张天翼的《一点希望》、冯牧的《谈谈发扬社会主义文艺民主问题》、胡德华的《对儿童文学青年作者的希望》、冰心的《儿童文学工作者的任务与儿童文学的特点》、叶君健的《谈谈外国儿童文学》、严文井的《儿童文学写作浅谈》、金近的《童话创作上的两个问题》、韩作黎的《组织好作者队伍,繁荣儿童文学创作》、陈登科的《写作与生活》、胡奇的《人物·故事·语言》、王愿坚的《写出感受的和相信的》、叶至善的《不要放开科学》、徐光耀的《从〈小兵张嘎〉谈起》、柯岩的《漫谈儿童诗》、刘厚明的《孩子们需要什么?喜欢什么?》、刘心武的《真实性·深度·闯禁区·构思》、理由的《报告文学的特点及写作技巧》、吴凤岗的《少年儿童心理发展的特点》。

毫无疑问,这是一部名作家给青年作者的儿童文学创作谈,在"庐山会议"后急需儿童文学创作指导的特殊书荒时期,非常及时,非常重要。它在蒋风的《儿童文学丛谈》之后出版,儿童文学理论家的意见和儿童文学作家的意见,正可以相互补充,满足当时儿童文学创作发展的需要。

几乎与《儿童文学创作漫谈》同时出版的《小百花园丁杂说》,是儿童文学作家和编辑双重身份的贺宜汇编的一部个人儿童文学"微思考"。诚如作者在该书《后记》中自述:"这本小书的写作

---

① 《儿童文学》编辑部. 儿童文学创作漫谈[C]. 北京:中国少年儿童出版社,1979:187.

时间约在 1960—1962 年之间，少年儿童出版社已做好了出版的全部准备工作。"不幸"文革"爆发，这本小书被扣上"童心论""人性论"等帽子，扼杀在摇篮里。"文革"结束后，儿童文学理论研究百废待兴，作者将这本小书以原来的样子重新校订出版。至于书名由来，作者解释说："如果说文学是个百花园，则儿童文学俨然是个小百花园，这小百花园的主人，就是我们的亿万少年儿童；而植香卉、芟恶草、辛勤垦殖、精心培育的园丁，则是我们的儿童文学工作者。"《小百花园丁杂说》全书 185 篇，记录了作者在长期儿童文学出版工作中对儿童文学的感受体会。"这些感受体会大都只是些管窥之见，而且相当芜杂，难以整理成有条理有系统的文章，只能把所见所闻，所感所受，点点滴滴，信笔记下……文长多则千言，少则数十字，或叙事实，或述传闻，或抒己见，或申人意，或有所辨正，或有所考订，凡与儿童文学有关，罔不涉猎，聊备儿童文学理论研究文体之一格，以供对儿童文学有兴趣的同志参考。"①

《小百花园丁杂说》（1979）

蒋风收录在《儿童文学丛谈》中的文章，虽然也是作者关于儿童文学的理解和思考，但角度和目的完全不同。蒋风是从创作、

---

① 贺宜. 小百花园丁杂说：小引[M]. 上海：少年儿童出版社，1—2.

《儿童文学丛谈》（1979）

阅读、教学和研究的视角，来思考儿童文学创作、现象及理论建设，目标指向对现实儿童文学创作的观察与评论、儿童文学发展史研究，以及未来儿童文学学科的建设，所得出的结论有一定的理论深度。没有比较就没有鉴别，可以说蒋风的《儿童文学丛谈》是"第一部"名副其实的理论研究著作。

作为新时期第一部儿童文学理论文集，所收主要内容还是蒋风对儿童文学的思考，包括 1957 年到 1978 年 20 年间的重要儿童文学论文 15 篇。内容可分为三类：

（一）论述鲁迅、叶圣陶、张天翼等中国儿童文学开拓者和奠基人的儿童文学创作实践与突出贡献（5 篇）。《鲁迅对反动儿童读物的批判——从鲁迅的一封未刊书简谈起》《为祖国造就革命的新一代——学习鲁迅论儿童文艺的一点体会》2 篇 "学习鲁迅有关儿童文学论述的札记"[1]，分别写于 1976 年、1977 年，是作者研究 "鲁迅与儿童文学" 专题的继续推进；《试论叶圣陶的童话创作》《叶圣陶童话在我国儿童文学史上的地位》《大林和小林的艺术特色》3 篇关于叶圣陶、张天翼两位童话作家的专题研究文章，是作者在 1959 年出版《中国儿童文学讲话》有关内容的

---

[1] 蒋风. 儿童文学丛谈：前言[C]. 长沙：湖南人民出版社，1979:3.

基础上进一步研究的新成果。

（二）论述幼儿文学、童话与儿歌的艺术规律（7篇）。《幼儿文学和幼儿心理》《幼儿文学的语言》《谈童话的夸张》《漫谈儿歌》《儿歌的夸张手法》等5篇文论，写于20世纪60年代初，是蒋风计划写作中的《幼儿文学简话》《论叶圣陶的童话》和《儿歌小论》三部研究专著的部分内容，因为"文革"发生和儿童文学课被"精简"后，未能继续，但文章均在《儿童文学研究》《杭州文艺》《浙江师范学院学报》《杭州大学学报》《浙江日报》等报刊发表过。

（三）儿童文学史论研究（3篇）。《五四以来我国儿童文学发展的概貌》是根据《中国儿童文学讲话》有关内容的扩充，篇幅约占全书的一半。《民族解放战争的小号角——漫话抗日儿歌》"是纪念抗日战争40周年时赶写出来的"，对抗战儿童文学中的儿歌现象进行梳理和研究，探讨儿童文学在全民抗战文艺中发挥的作用。上述2篇文章都写于20世纪50年代末和60年代初，内容"只写到1957年为止，没有补写1957年到今天的发展概况，是由于当时手边掌握的资料有限，难免挂一漏万的缺陷；今后条件许可时，希望能掌握更多的史料，写成一部《中国现代儿童文学发展史》。现将两篇旧作汇集于此，仅为关心儿童文学史的读者，提供一点史料而已。"[1]另一篇写于1960年关于"儿童本位论"的批评文章《资产阶级"儿童本位论"在解放前我国儿童文学理论中的传播及其流毒》，发表于《儿童文学研究》1960年第2期，在当时产生了较大影响，也是后来引起争议较多的评论之

---

[1] 蒋风.儿童文学丛谈：前言[C].长沙：湖南人民出版社，1979:4—5.

一。1979年收入文集时，蒋风以极大的学术勇气，全文照收，只在《附录》里加以说明和辨析，从"儿童文学要不要有儿童特点"的视角，将陈伯吹倡导的"童心论"和杜威主张的"儿童中心主义"区分开来，指出"两者的界限就在于看它是不是强调以共产主义教育方向性作为前提"。如何评价这篇长文，除了要放到"文革"时期特殊文艺环境下来具体分析，更要结合"文革"结束后对其反思的理论成果，这不得不提到收入《儿童文学漫笔》中的《"童心论"辨析》这篇长文（见下一节《儿童文学漫笔》部分），应该将两篇文章放在一起研究。

在这部《儿童文学丛谈》中，对后来儿童文学研究发挥较大影响的是《幼儿文学的语言》《〈大林和小林〉的艺术特色》《试论叶圣陶的童话创作》《叶圣陶童话在我国儿童文学史上的地位》等4篇文章，曾多次入选不同版本的"儿童文学文论选"，代表了那个时代同类儿童文学研究的最高水平。

《儿童文学丛谈》1979年5月份出版后，首印2万册不到半月销罄，第二版2万册又很快销完，1982年初又印了第三版，可见当时受欢迎程度。蒋风不断收到读者来信，有的希望他将未收入的一些旧作和最新的文章一并收录进去，有的希望能马上读到他的续集。蒋风受到鼓舞，在1982年9月，重新编选了一本文论集《儿童文学漫笔》，交给贵州人民出版社，直至1985年2月出版，按内容分列五个小辑：

（一）有关儿童文学的随感录20篇。各篇内容都很细小，篇幅也极简短，信笔写来，比较随意，全是漫笔式的千字文，与书名《儿童文学漫笔》最为贴切，其中《是孩子们给我的力量——我与儿童文学》是蒋风第一篇谈论自己与儿童文学结缘的文章。

（二）一组关于儿童文学特点和儿童文学史的文章5篇，是本书中最为重要的内容。"童心论"的批判和论争，一直是我国儿童文学界的一个热点话题。蒋风自述："过去受极左文艺思潮的影响，我也有过一些片面的模糊认识，为了清理自己的思想，纠正自己的片面的认识，也为了参加'童心论'的讨论，我写下了《'童心论'辨析》，作为我学习这个课题的一份作业。"其他重要文论有《漫谈儿童文学的特点》《儿童文学的趣味性》《鲁迅对儿童文学的巨大贡献》《试谈儿童文学的产生和发展》等，为我国儿童文学基础理论奠定了初步基础。上述5篇文论也多次入选我国各类儿童文学理论文选。

《儿童文学漫笔》（1985）

（三）关于儿童文学各种体裁的常识和创作上的问题，包括《童话的基本特征和要素》《试谈寓言》《漫谈儿童小说中人物塑造和情节安排的特点》《谈谈儿歌的一般形式》等。

（四）与他的研究生吴其南合作的2篇儿童文学作品论，即《漫谈儿童小说的创新》和《真实·积极·审慎——谈儿童文学如何反映现实生活》。

（五）2篇儿童文学作家胡奇和袁鹰的访问记，是蒋风参加北京师大、河南师大、华中师院、杭州大学和浙江师院五院校协作编写儿童文学教材时走访作家的部分记录。

这部文集虽然篇幅不多，但内容丰富，初步体现了蒋风的儿童文学观。蒋风在 1982 年 9 月 22 日写的《前言》里自述："在儿童文学这个学术海洋里，我已漂浮了 30 多年，由于学力、时间、精力等客观条件的限制，我没有能力张帆航行，但我确是利用有限的条件，紧握手中的桨把，用力划呀划地行驶过来的。"①30 年前，也就是"50 年代初，有的师范院校提出要开儿童文学课的建议，我就主动要求承担开这门新课的任务。以后，又在浙江师院、杭州大学担任这门课教学工作。在开课的 3 年多时间内，曾结合教学工作编写了一份讲稿，1958 年从中抽出一部分，在江苏文艺出版社出了我第一本关于儿童文学方面的书——《中国儿童文学讲话》。那时候，边学习边写了一些有关儿童文学的短文，后来大多收集在《儿童文学丛谈》（1979 年湖南人出版社）和这本《儿童文学漫笔》内"。②可见，应该将《儿童文学丛谈》和《儿童文学漫笔》放在一起研讨。

在很短的时间里，蒋风连续出版《儿童文学丛谈》《儿歌浅谈》和《儿童文学漫笔》，不仅表明蒋风的勤奋，也为蒋风今后系统研究并著述儿童文学专著奠定了学术基础和确立了学术自信。他表示："为了弥补过去的不足，我愿将全部心血奉献给我国的儿童文学事业，争取今后能多写些，写得好一些，拿出点有质量的东西来，作为对关心我和鼓励我的读者们的答谢。"③

① 蒋风.儿童文学漫笔：前言[C].贵阳：贵州人民出版社，1985:1.
② 蒋风.是孩子们给我的力量——我与儿童文学[C]//儿童文学漫谈.贵阳：贵州人民出版社，1985:50.
③ 蒋风.儿童文学漫笔：前言[C].贵阳：贵州人民出版社，1985:1—3.

(二)新时期第一部儿歌专论《儿歌浅谈》

《儿歌浅谈》是蒋风的一部"儿歌论"。蒋风与诗歌的不解之缘，来自童年时期母亲给他的唐诗宋词启蒙，到了大学时代，蒋风已经是小有名气的"暨南大学的青年诗人"了，他的"咏物小诗，短小隽永，意象美好，不失为表情达意的理想载体"。特别是在动荡中度过青少年时代的蒋风，写诗成了他最重要的生活，他说："诗神让我忘了饥饿，忘了疲困，忘了颠沛流离的苦难……在艰难岁月里，我从诗神那里乞求火种，点燃了我的心，照亮了前进的路。诗给了我快乐，诗给了我力量。"①

1964 年，少年儿童出版社出版了儿歌集《月亮亮》，其中就收有蒋风创作的儿歌。正当蒋风准备利用在浙江师范学院讲授儿童文学课的机会，继续儿歌创作和研究时，"文革"开始，蒋风被打成"反动学术权威"，他的人生和事业突然跌至谷底。还是诗歌，给了绝望中的蒋风以"活下去"的力量，《儿歌论》给他带来"生的希望"。

1964 年在浙江师范学院备课

《儿歌浅谈》其实是一部系统研究儿歌的理论著作，这从章节的目录内容就可以看出。全书共 5 章 16 节，5 章的内容是：

第一章 儿歌的历史及发展（包括儿歌的概念、我国古

---

① 蒋风. 未圆的梦[C]. 北京：国际文化公司，1999:16.19.

代的儿歌、我国现代的儿歌、在斗争中成长的儿歌）

第二章　儿歌的特点及教育作用（包括儿歌的特点、儿歌的教育作用）

第三章　儿歌的艺术形式（包括儿歌的一般艺术形式、儿歌的特殊艺术形式）

第四章　儿歌常用的表现手法（包括比兴、拟人、夸张、摹状、设问、反复）

第五章　新儿歌的创作（包括目前儿歌创作中存在的问题、繁荣儿歌创作的几点意见）

综上所述，蒋风在《儿歌浅谈》中从儿歌的历史发展讲到现实中存在的问题，从儿歌的基本理论讲到儿歌创作，自成一体，而在具体讲述中，理论与创作结合，列举了大量儿歌创作的实例，又像是一部儿歌创作与欣赏的指导书，特别是关于繁荣创作的五点意见，即使今天重温也仍然有指导意义。这五点意见是：一、为党在新时期的总任务服务；二、不要忘了儿童的年龄特征；三、力求题材、形式、风格多样化；四、运用形象思维，讲究艺术构思；五、从民歌和古典诗歌中汲取养料。

在蒋风出版《儿歌浅谈》同时，上海教育出版社也于1978年3月出版过一本类似的小书《儿歌习作与讲评》，这是由上海闸北区教师红专学院编选的一本"小学生儿歌习作"的点评集，收录小学生儿歌习作50篇，同时组织了8篇讲评文章，还在附录中收入《谈谈儿歌的语言与形式》《辅导学生儿歌创作的几点体会》2篇文章，"供小学生学习写儿歌以及教师们辅导学生写儿歌时参考"。^①与蒋风的《儿歌浅谈》相比，这本《儿歌习作与讲评》偏于儿歌创作辅导，还不是一部儿歌理论著作。

　　对儿歌的兴趣与研究，是蒋风坚持一生的兴趣与事业。在此后的儿童文学生涯里，蒋风没有中断过对儿童诗歌的关注与研究，主要成果有：与王尚文合编《小学生古诗选读》（1980）、主编《中国传统儿歌选》（1983）和《中国创作儿歌选》（1984）、主编《中国儿童文学大系·诗歌卷》（1990）。1995年70岁退休以后，获台湾小白屋诗社第六届幼儿诗荣誉奖（2000），在金华电视台开讲"蒋风爷爷教你学写诗"（2002），出版专著《蒋风爷爷教你学写诗》（2009），为世界儿歌日在《文学报》发表《儿歌也是

《蒋风爷爷教你学写诗》（2009）《儿歌论：中国儿歌理论研究》（2020）

---

① 闸北区教师红专学院. 儿歌习作与讲评：编后[C]. 上海：上海教育出版社，1978:106.

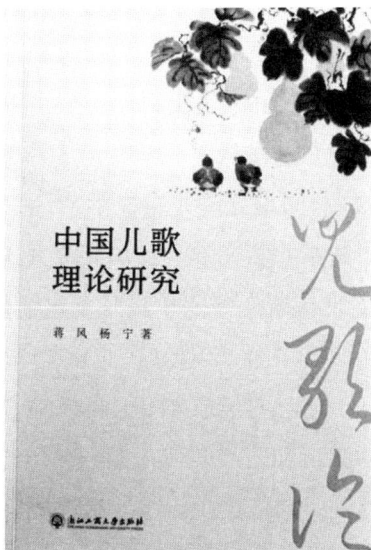

诗》（2011），为全国儿童文学讲习班开设《谈谈诗和儿童诗》讲座（2016），整理出版《童谣谭》《童诗谭》（2017），在《儿歌浅谈》的基础上修订出版《儿歌论：中国儿歌理论研究》（2020）等。从某种意义上说，蒋风也是一位儿童诗人，完美诠释了他的一句格言："要想写出不朽的诗篇，首先要使自己的一生成为一首不朽的诗篇。"①

（三）新时期第一部儿童文学教材《儿童文学概论》

1978 年，"庐山会议"后，"重新开始"的蒋风，第一项工作就是"再续前缘"，将"文革"前从事的儿童文学事业继续下去，而当务之急就是整理自己已有的儿童文学课讲义和已经发表的关于儿童文学的文章，为新时期百废待兴的师范院校儿童文学课程提供教材和参考资料。于是，1979 年 3 月 3 日在成都出差期间编完《儿歌浅谈》，1979 年 3 月 20 日在湖南长沙出差的湘江宾馆323 房间编完《儿童文学丛谈》，1980 年 3 月 3 日带领浙江师院中文系儿童文学小组编辑《我与儿童文学》资料，1981 年 12 月26 日在浙江师范学院儿童文学研究室整理完《儿童文学概论》，1982 年 9 月 22 日又在儿童文学研究室编完《儿童文学漫笔》……从上述时间记录来看，蒋风在"庐山会议"精神感召下，以高涨的激情和庄严的使命感，夜以继日地投入新时期儿童文学建设。这一时期最具代表性的理论成果，当推我国新时期第一部儿童文学教材《儿童文学概论》。

其实，在 1982 年 5 月，国内同时出版了 2 部《儿童文学概论》。

---

① 蒋风. 蒋风爷爷教你写诗[M]. 杭州：浙江工商大学出版社，2020:262.

还有一部是由北京师范大学、华中师范大学、河南师范大学、杭州大学、浙江师范学院中 8 位儿童文学教师共同撰写的《儿童文学概论》，由四川少年儿童出版社出版，称为"五院校版"。8 位儿童文学教师分别是（按撰写章节顺序）蒋风、梅沙、张美妮、张光昌、浦漫汀、陈道林、汪毓馥、张中义。陈伯吹为该书作序。该书为 1978 年夏教育部在武汉召开文科教材会议上决定恢复高校儿童文学课程后提出的规划教材。由北京师大发起"协编"，五院校协作成立编写组。1979 年 6 月至 7 月，召开第一次协编会，拟定编写大纲，写出部分初稿。1980 年 6 月，讨论初稿，修订大纲，征求意见，分工协作。1981 年 3 月至 5 月，全组逐章逐节讨论修改、定稿。会议协商由北京师范大学浦漫汀同志负责全书最后统稿。"本书作为协作教材，编写的直接目的，首先是为高校中文、教育等有关专业，以及中等师范、幼儿师范的学生，提供一种教学参考书；同时，考虑到国内系统的儿童文学专著的暂时匮乏，也希望对广大儿童文学工作者和爱好者有所帮助。因而，在内容上本书又不完全局限于'概论'的范围。第一编论述儿童文学的研究对象及其在儿童教

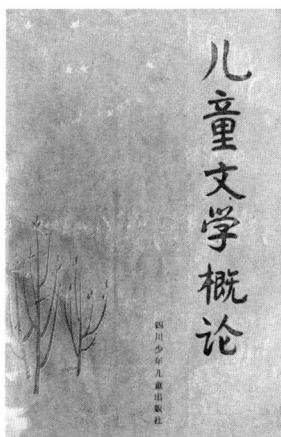

两部《儿童文学概论》均为 1982 年出版

育中的重大意义，论述我国社会主义时代儿童的年龄特征和儿童文学的特殊性。第二编论述儿童文学基本体裁的特点、源流和发展，及其在儿童文学中的地位和作用。第三编的分量较大，分析了口头创作、古代文学和古代儿童读物同儿童文学的关系，叙述了我国现代和当代儿童文学的发展，研究了我国老一辈儿童文学作家的创作道路，以及新中国成立以来各体裁的重要作品。第四编对世界儿童文学的产生和发展以及对安徒生等8位外国儿童文学作家及其作品进行了评价。本书前两编以论为主，后两编侧重于史的叙述和作家作品分析。"[①] 可见，这是一部带有基础性、普及性、全面性的"概论"。

在这部"五院校版"《儿童文学概论》中，蒋风执笔以下内容：

第一编　儿童文学基本理论

第一章　儿童文学的基本含义及其意义

第一节　儿童文学的基本含义

第二节　儿童文学的意义和作用

第二章　儿童文学的特殊性

第一节　儿童的年龄特征

第二节　儿童文学的特殊性

第三编　中国儿童文学史

第一章　中国儿童文学遗产与儿童文学

第一节　人民口头创作孕育了儿童文学

---

① 《儿童文学概论》编写组. 儿童文学概论（后记）[M]. 成都：四川少年儿童出版社，1982:523.

第四章　鲁迅对中国儿童文学的贡献

　　第一节　鲁迅对反动儿童读物的斗争及其在儿童
　　　　　　文学理论方面的贡献

　　第二节　鲁迅在创作和翻译上对我国儿童文学的
　　　　　　贡献

　　第三节　鲁迅对儿童文学创作队伍的关怀

　　从蒋风执笔的内容看，主要包括三个方面：儿童文学基本理论、中国儿童文学史论、鲁迅对中国儿童文学的贡献。很明显，这是蒋风在《中国儿童文学讲话》《儿童文学丛谈》《儿童文学漫笔》3部论著有关内容基础上的进一步总结提升为原理性、规律性、规范性的论述，特别是第一编《儿童文学的基本理论》和第四编《鲁迅对中国儿童文学的贡献》，从理论基础和奠基人鲁迅两个方面成为《儿童文学概论》中极其重要的内容。

　　关于两部同时出版的《儿童文学概论》，蒋风后来又有多次回顾论及。在《1978，具有里程碑意义的一年》中，蒋风写道：

　　　　1982年5月出版的两本《儿童文学概论》（一本是以我的讲义为基础加以补充而由湖南人民出版社出版，一本是由我发起并牵头，联合北京师范大学、华中师范大学、河南师范大学、杭州大学五校合作编写由四川人民出版社出版），同时成为新中国出版的第一本系统的《儿童文学概论》，也是我从"庐山会议"上领回的任务和成果。①

————————————

① 蒋风. 寻梦之旅[C]. 上海：上海三联书店，2012:39—40.

1980 年《儿童文学概论》编写组成员访问张天翼留影

按照蒋风的说法，2 部"同时出版"的《儿童文学概论》，"都是新中国第一本系统性的儿童文学理论书"，但在内容结构上，有明显不同。蒋风的这部《儿童文学概论》虽然是在以往儿童文学教学讲义的基础上整理完成，却是与《儿童文学丛谈》(1979)、《儿歌浅谈》(1979) 和《儿童文学漫笔》(1985) 3 部论文集完全不同的有体系的理论著作，是蒋风自 20 世纪 50 年代以来讲授儿童文学课的经验总结，也是蒋风 30 年来研究儿童文学理论成果的一次系统呈现。全书共 8 章 22 节，主要章节如下：

第一章　儿童文学的基本概念

　　第一节　什么是儿童文学

　　第二节　儿童文学与文学的一致性

　　第三节　儿童文学的特殊性

第二章　儿童文学的意义和作用

　　第一节　儿童文学是教育儿童的有力工具

　　第二节　儿童文学的共产主义教育任务

　　第三节　正确理解儿童文学的教育作用

第三章　儿童诗歌

蒋风在"庐山会议"精神的感召下，将自己在 20 世纪 50 年代讲授儿童文学课的讲稿改写成一本《儿童文学概论》，虽然完成了从"庐山会议"上领回的任务，但也"感到惭愧"，自认为

"名为'概论',其实'概'而不全,'论'得也很肤浅。"① 在编写体例上也欠均衡,比如《儿童科学文艺》一章与其他儿童文学体裁的章节体例不一致,然而作为新中国第一本个人儿童文学理论著作,已经达到了那个时代的较高水平,不仅有鲜明的时代特征,而且将《儿童文学的创作和批评》纳入"概论"中,这与蒋风作为儿童文学作家和评论家的身份密切相关,表明蒋风儿童文学理论来自儿童文学实践的可贵特征。这一部分内容是"五院校版"所没有的,"五院校版"是儿童文学基本理论、儿童文学作家作品和儿童文学发展简史"三位一体"的综合性"概论"。

蒋风《儿童文学概论》"是新中国最早一本系统的儿童文学专著,曾多次再版,被各师范院校选作儿童文学课教材。"② 该书具有鲜明的中国儿童文学特色,既汲取了苏联儿童文学理论的合理内核,又顺应中国文学发展的时代要求,更有先生儿童文学创作、教学、科研的心得。从文学性、儿童性、方向性三个方面,界定了中国儿童文学的学术概念,是经过近百年中国儿童文学发展的历史经验和教训检验的最具有合理内核的儿童文学观,是中国特色儿童文学理论的奠基石。《儿童文学概论》获得 1978 年至1982 年浙江省社会科学优秀成果专著一等奖。1989 年全国儿童文学理论评奖中被评为优秀理论著作奖。

蒋风认为,儿童文学是根据教育儿童的需要,专为广大少年儿童创作或改编,适合他们阅读,能为少年儿童所理解和乐于接受的文学作品。它是文学的一部分,具有文学的一般特性,服从

---

① 蒋风. 儿童文学概论:后记[M].长沙:湖南少年儿童出版社,1982:318.
② 张永健. 20世纪中国儿童文学史[M]. 沈阳:辽宁少年儿童出版社,2006:386.

文学的一般规律，但它又是文学的一个独立的部门，具有不同于一般文学的个性特征，即儿童文学的特点，要求通俗易懂，生动活泼，适应不同年龄少年儿童的智力、兴趣和爱好等，成为向少年儿童进行思想教育、知识教育的工具之一。①

蒋风强调儿童文学与文学的一致性，儿童文学首先是文学，儿童文学是文学的一个组成部分。它的任务、性质、发展规律，与文学都是一致的，有着不可分割的关系。因此我们谈儿童文学时，首先应该认识它与成人文学的共同性，不要在儿童文学与成人文学之间划出一条绝对的界限。②

蒋风认为文学与儿童文学是共性与个性的关系，强调研究任何事物既要看到它的共性，更要探索它的个性，因为"无个性即无共性"。研究儿童文学也一样，既要看到它和一般文学的共性，也要研究它自己本身的运动形式，研究它的特殊矛盾，研究它不同于一般文学的特殊点。目的是更好地发挥它在培养无产阶级革命事业接班人这一战斗任务中的作用，更自觉地执行党的文艺路线。③

蒋风认为儿童文学的特殊性是由儿童这个特定的读者对象决定的，强调儿童文学要完成它对少年儿童的共产主义教育任务，必须先认真了解它工作对象的特点，研究它的对象的要求、兴趣、爱好、接受能力等。并引用高尔基在《儿童文学主题论》中的忠告："有志于儿童文学的作家必须考虑到读者年龄的一切特点。违背这些特点，他的著作就会变成没有对象的、对儿童和大人都

---

① 蒋风. 儿童文学概论[M]. 长沙：湖南少年儿童出版社，1982:3—4.

② 蒋风. 儿童文学概论[M]. 长沙：湖南少年儿童出版社，1982:4.

③ 蒋风. 儿童文学概论[M]. 长沙：湖南少年儿童出版社，1982:10.

无用的东西。"①

　　蒋风认为要研究儿童文学的特殊性，首先要研究儿童的年龄特征，强调儿童文学的年龄特征，既有生理和心理基础，更要关注在此基础上发展起来的社会性和时代性，全面科学准确地理解儿童年龄特点，关注不同年龄阶段对儿童文学的特殊要求，因为儿童文学的特点是它的对象的特殊要求在文学上的反映。②

　　蒋风认为儿童文学的特点，应该在文学性和儿童性完美融合的前提下，强调"明确的方向性"，强调"儿童文学不同于一般文学的第一个明显特点，就在于它具有明确的教育方向性"，在于"儿童文学是教育儿童的工具"。因为儿童的世界观人生观正在形成，可塑性大，儿童文学对他的感染和引导必须是明确的、正确的，"社会主义儿童文学应该具有明确的共产主义教育方向性"；"儿童文学的教育方向性，比起一般文学来说，要更明确，更有目的，也更有计划性，也就要对小读者进行有目的的、有计划的共产主义教育"，这是由少年儿童是共产主义革命事业接班人的特殊身份所决定的。③

　　由此可见，蒋风回答了"为什么要有儿童文学""什么是儿童文学""儿童文学为什么人"以及"如何为"这样一些儿童文学的根本问题，明确了"为儿童"是儿童文学之所以存在的核心问题。初步构建了"文学性、儿童性、方向性"辩证统一、"三位一体"的中国特色儿童文学理论架构，文学性是整体、儿童性是灵魂、方向性是生命，这是那个时代对儿童文学可能做出的科

① 蒋风. 儿童文学概论[M]. 长沙：湖南少年儿童出版社，1982:10.
② 蒋风. 儿童文学概论[M]. 长沙：湖南少年儿童出版社，1982:9—17.
③ 蒋风. 儿童文学概论[M]. 长沙：湖南少年儿童出版社，1982:18.

学、辩证、准确、全面的理论阐释，具有一种与时俱进的开放性，至今仍然没有一种理论可以完全取而代之，这是蒋风对中国儿童文学的最大贡献。

《儿童文学概论》出版后，得到业界广泛好评。"不仅是我国自新中国成立以来第一本系统的儿童文学理论专著，而且，还在国内外引起了反响，被认为'填补了我国儿童文学理论研究和教材一个空白'。该书于1984年荣获'1978—1982年浙江省社会科学优秀成果专著一等奖'。"[1]1988年全国儿童文学理论评奖中被评为优秀专著奖。华东师大、华南师大、安徽师大、广西幼师等院校把这本书作为教材，一些大学的中文系学生人手一册。日本国际儿童文学馆也收藏了这本书，这本书被日本儿童文学学会主编的《儿童文学事典》列为世界儿童文学发展论的5部代表作之一，其他4部著作是法国保罗·阿扎尔（1878—1944）的《书·儿童·成人》、加拿大李利安·H·史密斯（1887—1983）的《儿童文学论》、苏联马卡连柯（1888—1939）的《儿童文学与儿童读物》和韩国李在彻（1931— ）的《儿童文学概论》。

《儿童文学概论》的理论价值，随着中国儿童文学不断发展而日益显示出独特的文学史意义。在《儿童文学概论》出版20年后的新世纪之初，有研究者将其放置到20世纪80年代的理论语境中，指出"蒋风的《儿童文学概论》有三个方面的贡献"：

　　　　首先，他坚持了儿童文学首先是文学的理论观念，我们

---

[1] 应从瑛. 蒋风对儿童文学研究的贡献[C]//周更武主编. 守望的情结：蒋风的儿童文学世界. 香港：新天出版社，2005:183.

知道用"文学"和"儿童"两个支点来理解儿童文学最早源于周作人，但是这一观念在儿童文学的发展历史中并没有得到很好地贯彻和执行，当然在这段相当长的历史时期中有一些特殊的原因在里面，但是作为一种文学口号来提倡确实没有错。在新的历史时期，蒋风以其敏锐的眼光看到了儿童文学界存在的缺陷，及时地重新提出这一文学观念，起到了拨乱反正的作用，为新时期的儿童文学发展指明了正确的发展道路。

其次，他概括而具体地回答了儿童文学中争论已久的问题——儿童文学的教育性和审美价值。对于刚刚完成拨乱反正的儿童文学界来说，既坚持儿童文学的教育性，又提倡它的审美价值，具有很强的现实意义。

第三，《儿童文学概论》对儿童文学的体裁进行了精细的分类研究（占全书的四分之三），其中列举了儿歌、谜语、儿童诗、童话、寓言、儿童小说、儿童故事、儿童剧、儿童电影和科学文艺等文学样式，分别从以上诸文体的性质、特点、产生、发展和创作等方面进行分析和研究，使其系统化。[①]

"作为新时期第一本系统化的儿童文学理论著作"，蒋风的儿童文学理论是那个时代的产物，自然也有那个时代的局限，譬如认为"儿童文学是教育儿童的有力工具"，强调"儿童文学的教育方向性"和儿童文学作家的时代使命感。然而，在经历了新时

---

① 俞义."乐以忘忧，不知老之将至"：记蒋风教授和他的儿童文学事业[C]//周更武主编.守望的情结：蒋风的儿童文学世界.香港：新天出版社，2005:144—145.

期以来否定"教育工具论"、儿童文学过分娱乐化、一味迎合儿童心理、追求无意义无意思的所谓"回归儿童本位"的新儿童文学实验以后,人们感到,"方向性"必须成为儿童文学最重要的特征,儿童文学对儿童读者必须有正确的引导,必须坚持正面引导,必须提供正能量,激发向上力。这可以说是百年中国儿童文学,特别是新中国成立以来儿童文学发展的经验教训。

六、从《儿童文学参考资料》到《我与儿童文学》

资料是研究的基石,谁占有充分的资料,谁就会有所发现,有所贡献,就会占有学术高地。浙江师范学院儿童文学学科建设的基础,在开设儿童文学课、编著《儿童文学概论》教材的同时,蒋风抓住了资料建设这个根本,成立中文系儿童文学研究室(1979),亲任研究室主任。研究室建设的基本配置就是"人和物"——研究儿童文学的专家学者和供专家学者研究用的儿童文学资料。1981年,蒋风建立了隶属于儿童文学研究室的"儿童文学专业资料室",为浙江师大成为中国儿童文学研究中心,迈出了坚实的一步。

对儿童文学研究资料的搜集、整理、使用的高度重视,是蒋风务实儿童文学研究作风的体现,这项工作伴随着蒋风的儿童文学人生,一刻也没有放松过。特别是初期的儿童文学学科建设,白手起家,百废待兴,千头万绪,抓资料建设是重中之重。

新中国成立后,蒋风第一份工作是在金华地区人民文化馆做戏曲改革工作,就亲自到民间搜集戏曲窗花和剪纸,先后出版《浙东戏曲窗花》(1954)和《金华民间剪纸选》(1955)。1957年从

金华二中调到杭州的浙江师院教授儿童文学，就和师院儿童文学
教师吕漠野、任明耀一起合编《儿童文学参考资料》，由学校印行，
供师生在教与学中使用。可以说，蒋风的儿童文学教研活动，就
是从资料工作开始的，他通读《鲁迅全集》，编著出版《鲁迅论
儿童教育和儿童文学》（1961），是最初的成果，蒋风也从鲁迅资
料的搜集、研究、发现中，成为中国研究"鲁迅与儿童文学"的
学术权威。他的理论著作《中国儿童文学讲话》（1959）、《儿童
文学丛谈》（1979）、《儿歌浅谈》（1979）、《儿童文学概论》（1982）、
《儿童文学漫笔》（1985）等，也都是对他讲授儿童文学课的讲义
和对儿童文学思考而累积"资料"的整理。只是在 1978 年"庐
山会议"以后，蒋风的儿童文学活动更多地走出他"个人的爱好"
而作为浙江师范学院儿童文学学科发展的"带头人"，他的儿童
文学资料工作有了儿童文学学科建设以及打造中国儿童文学研究
中心的意义。

在蒋风申请成立的中文系儿童文学研究室还没有获得学校批
准之前，蒋风不再等待，1979 年，借开设儿童文学课的机会，在
中文系成立"儿童文学小组"，开始搜集作家资料，准备编写《中
国现代儿童文学作家小传》。1980 年 3 月，为满足教学急需，蒋
风"从陆续收到的作家们亲自撰写的大量材料中挑选出一部分"，
以《我与儿童文学》为题，汇编成册，当作内容资料印行。同
时开始编选《中国儿童文学作品选》，作为儿童文学课讲义。与
1982 年出版的《儿童文学概论》一起，形成了儿童文学基本理论、
儿童文学作家研究与儿童文学作品阅读"三位一体"的儿童文学
教学体系。

《我和儿童文学》共收入张天翼、严文井、叶君健、赵景深、

贺宜、金近、郭风、刘御、管桦、刘厚明、郑文光、任大霖、徐光耀、鲁兵、圣野、叶永烈等 47 位儿童文学作家写的"儿童文学小传"。这本书以一批儿童文学作家的成长史和创作史，汇编了一部中国儿童文学的发展史和创作史，为中国儿童文学作家作品研究和儿童文学发展史研究，积累了非常可贵的第一手资料。特别是这一批作家很多是从旧社会走来，经历了新旧社会"两重天"，他们对儿童文学的态度、创作、认识、演变自身，不仅有创作个体研究的必要，更有对民国儿童文学与新中国儿童文学之间的渊源、质变及联系进行比较研究和系统研究的意义，开启了有意识地从作家创作成长的视角来研究中国儿童文学的新思路新方法。

同是 1980 年，少年儿童出版社出版了另外一部《我和儿童文学》，这是由叶圣陶、冰心、陈伯吹、张天翼、高士其等 29 位儿童文学作家写的自传体"儿童文学回忆录"，"除个别作家由于健康原因请人代笔外，均由作家自撰"，"编排按作家实际从事儿童文学创作、翻译和编辑工作的日期为序，目的是帮助读者了解我国现代儿童文学发展的面貌"。[①] 可见两书编者都不约而同地选择了"作家与儿童文学的关系"视角，但又有细微区别，《我与儿童文学》侧重于作家"创作小传"，记录创作履历，传记是讲述主体；《我和儿童文学》侧重于作家"创作体会"，讲述创作心得，传记是讲述线索。然而又有异曲同工之妙，它们都是独具风格的文学讲述，具有浓烈的时代生活气息，在讲述作家走上儿童文学道路的故事同时，又记录了我国现代儿童文学的历史，都是

---

① 叶圣陶、冰心、陈伯吹等. 我和儿童文学：编后[C]. 上海：少年儿童出版社，1980:459.

研究中国儿童文学的珍贵史料。

类似的作家史料，十年后有樊发稼、林焕彰、何紫主编的《中国当代儿童文学作家小传》，由湖南少年儿童出版社1992年1月出版。全书以作家出生时间为序，从叶圣陶开始，到程玮结束，共收入中国当代120多位作家的传记资料，其中台湾儿童文学作家12人、香港儿童文学作家6人。最重要的综合性儿童文学工具书，莫过于蒋风参加编著的《儿童文学辞典》（1991）和蒋风主编的《世界儿童文学事典》（1992）。

蒋风对儿童文学史料研究的重视，不仅表现在对以往儿童文学资料的搜集整理，更重视对现时儿童文学理论成果的记录和保存，为后来的儿童文学研究留下珍贵的"档案"。如1983年蒋风策划出版《中国儿童文学理论年鉴》，通过浙江师范学院儿童文学研究室与浙江少年儿童出版社合作，"从1983年起，逐年编纂《中国儿童文学理论年鉴》。逐年的年鉴，将集中地、有选择地反映该年度我国儿童文学研究的新成果，并搜集该年度各种有关儿童文学的新信息与新资料，供国内外关心我国儿童文学事业发展的人士参考；并供各地、各大专院校和各级师范学校的图书馆馆藏作为必备图书"①。以《1983中国儿童文学理论年鉴》为例，共收入1983年发表在各类报刊的儿童文学论文45篇，以及1983年儿童文学大事记、第二届"儿童文学园丁奖"名单、1983年儿童文学研究论文和研究专著选目等"信息与资料"，是中国儿童文学有史以来第一部理论年鉴，遗憾的是只出版了这一部，此后

---

① 浙江师范大学儿童文学研究室编. 1983中国儿童文学理论年鉴：出版说明 [C]. 杭州：浙江少年儿童出版社，1985.

因为多方面原因，没有跟进。同样的情形也发生在新世纪。中国作家协会儿童文学委员会组织编选，高洪波、束沛德出任主编的《中国儿童文学年鉴》，自 2001 年在江苏少年儿童出版社推出后，坚持到 2006 年也遗憾"夭折"。新时期和新世纪两种"儿童文学年鉴"的相同命运，都反映了中国儿童文学理论建设的艰辛和曲折，也更表现出新中国儿童文学理论建设的开拓者蒋风先生的拓荒之功和理论价值。

七、蒋风对新中国儿童文学学科建设的贡献（上）

人的一生中总有几个关键节点，有着标志性意义。蒋风的儿童文学人生开始于新中国成立以后，从他 1952 年到金华师范做语文教师，第一次上儿童文学课，一辈子就与师范教育的儿童文学教学结下不解之缘，将自己的一生奉献给新中国儿童文学事业。这期间 1984 年是个具有划时代意义的年份，这一年蒋风到了退休的年龄，而他却因为在儿童文学方面的突出贡献，破天荒地从中文系一名普通的儿童文学教师被任命为浙江师范学院院长，开始了他全新的儿童文学事业再创辉煌的人生历程，1984 年也成为他儿童文学人生的第一阶段，为新中国儿童文学教育事业、中国特色儿童文学理论建构、浙江师院儿童文学重点学科建设做出了开拓性、奠基性和引领性贡献。

（一）新中国儿童文学教育事业的开拓者

新中国成立以后，中国儿童文学发展迎来新机遇。与当时向苏联学习的政治环境相一致，新中国儿童文学继续沿着新民主主义时期党领导的革命儿童文学所体现出的"社会主义方向"前进，"在学习苏联儿童文学的道路上"①飞奔，首先体现在新中国教育体制改革上。

1950年12月1日，中央人民政府教育部和出版总署共同筹建了人民教育出版社，专门出版中小学教材，毛泽东主席亲笔题写了社名，第一任社长为叶圣陶，社址在北京东总布胡同10号。1953年5月，中共中央政治局举行会议讨论教育工作，毛泽东主席亲自主持会议，会议决定抽调大批干部到新建的人民教育出版社编写教材。由中央组织部、人事部在全国选调。1954年6月12日《人民日报》刊发1954年6月5日国务院颁发的《中央人民政府政务院关于改进和发展中学教育的指示》，指出"中华人民共和国成立以来，全国中学教育，在中国共产党和中央人民政府的领导下，有了巨大的恢复和发展，并进行了一系列的改革，如增加工农成分、思想改造、教学改革、各少数民族学校用本族语言教学等。这些措施，基本上都是符合国家过渡时期总任务的精神的"。明确要求"改进中学的教学工作，必须学习和吸收苏联的先进教育理论与教育经验。学习苏联的先进经验，要注意领会其实质，善于把它和中国的实际情况结合起来。学校领导干部应善于领导教师稳步地改进教学工作，既反对消极保守，又反对盲目冒进，对各科教学小组应加强领导"。同时强调指出，"为提高教学质量，中央教育部应根据国家过渡时期的总任务和中学教育的目的，进一步以辩证唯物论与历史唯物论的观点和理论与实

---

① 陈伯吹. 在学习苏联儿童文学的道路上[C]. 上海：少年儿童出版社，1958.

际联系的方法，有计划地修订中学教学计划，修改教学大纲和教科书，并为教师编辑一套教学指导书，这是目前提高学校教育质量的一项最基本的工作。"

正是在这一教育背景下，人民教育出版社组织编写新的 12 年制的中小学教材，在全国选调专家进入编写组，当时筹建完少年儿童出版社（上海）并担任副社长的陈伯吹即是被选调进京的专家之一，承担编审小学语文课本的任务。因为陈伯吹不仅是有名的儿童文学作家、教育家，新中国成立前就已经在商务印书馆、重庆国立编译馆编著出版过中小学教材，新中国成立后又发表过有关"小学语文教学和儿童文学"的理论文章。这样，陈伯吹于 1954 年 10 月到人民教育出版社上班，在编审教材工作的同时，仍然坚持儿童文学创作和研究。1955 年 2 月，陈伯吹受北京师范大学陈垣校长的邀请，兼任北京师范大学教师，讲授儿童文学课。陈伯吹欣然接受，并于 1956 年 9 月，在他工作的人民教育出版社出版他根据讲课内容整理的《师范学校儿童文学讲授提纲》。1958 年 7 月，又在他工作过的少年儿童出版社出版理论文集《在学习苏联儿童文学的道路上》。

与此同时，为了满足新中国教育改革和儿童文学发展的需要，1954 年 2 月，人民出版社出版了高拱宸翻译、汤弗之审校的《苏联大百科全书选译：儿童文学·儿童影片·儿童音乐》；1954 年 3 月，人民教育出版社出版了由苏联伊·阿·凯洛夫、李·维·杜伯洛维娜合著，丁由翻译、陈守勤审校的《论苏联儿童文学的教育意义》；1955 年 9 月，人民教育出版社出版了梁建兴翻译的《苏联师范学校文学和儿童文学教学大纲》；1957 年 3 月，高等教育出版社出版了潘尔尧翻译的《苏联儿童文学教学大纲》等。这些图书大量介绍苏联儿童文学的政策、措施和发展情况，对新中国师范院校儿童文学学科建设，无疑起到了指引和促进作用。在这样的背景下，师范学校开设儿童文学课程成为一种共识。蒋风也正是在这一教育共识下，从中学语文教师走进师范院校儿童文学讲堂的。

这一时期的蒋风，早些时候还在远离上海、北京等大城市的浙江金华，为工作和生计奔波，直到1956年从金华二中调到浙江师院讲授儿童文学，才与师范院校的儿童文学结缘。此后到1965年的10年间，因为浙江师范学院在浙江省教育改革中不断有变化，蒋风一直奔波在金华与杭州两地，虽然非常辛苦，却遇到了新中国初期难得的中国儿童文学发展的"第一个黄金时期"，蒋风的职业得以在浙江师院（杭州、金华两地）安定下来，成为新中国第一批师范院校儿童文学课建设的先行者之一。

其实，新中国初期的中国儿童文学发展并不是一帆风顺，即便是"第一个黄金时期"也有曲折。1958年，按照"学制要缩短，课程要精简"的指示要求，几乎所有的师范院校儿童文学课程都被"精简"掉了。之后，中苏关系破裂，政治形势突变给文化教育战线带来冲击，一夜间从"向苏联老大哥学习"变成反对苏联修正主义，学习苏联模式的儿童文学课程更是雪上加霜，"童心论"被当作资产阶级的"儿童本位论"受到批判，儿童文学被片面与政治、教育画上等号，通过否定儿童读者特殊性进而否定儿童文学存在的前提。紧接着"文化大革命"爆发，"文革"期间，整个国家的教育体制被冲毁，正常的学校秩序无以维持，更不用说命运卑微的儿童文学了。在复杂形势和多重压力下，儿童文学课被彻底"精简"了，一批热心从事儿童文学教学的教师被彻底改行了，就像蒋风一样，不得不改教写作课或其他课程，有的儿童文学教师永远地离开了儿童文学队伍，新中国儿童文学教育事业随之遭遇毁灭性打击。

然而与其他教师不同的是，蒋风虽然被剥夺了在课堂上讲授儿童文学的权利，但没有磨灭他对儿童文学的兴趣和对儿童文学研究的坚守，在艰难岁月里，蒋风也一边接受劳动改造，一边思考儿童文学。

这样，中国儿童文学在20世纪五六十①年代遭遇的"荒芜期"，却成为蒋风反思儿童文学的"思考期"。1978年"庐山会议"召开后，儿童文学的春天来临，蒋风直接进入"儿童文学发展的快车道"，始终处在"领跑"位置，成为新时期中国儿童文学教育事业的"带头人"。

新中国儿童文学教育史上，蒋风拥有很多全国第一：

1. 新中国第一部儿童文学史纲《中国儿童文学讲话》，体现了书写中国儿童文学发展史的新格局。

2. 新中国第一部儿童文学教材《儿童文学概论》，创建了中国特色社会主义儿童文学理论体系的新框架。

3. 新时期第一次在高校恢复儿童文学课程、成立儿童文学研究室、招收儿童文学研究生，开拓了高校儿童文学教学的新模式。

4. 新时期第一部儿童文学理论文集《儿童文学丛谈》和第一部儿童文学体裁论《儿歌浅谈》，展示了获得新生后的儿童文学家的新风貌。

5. 举办新中国成立以来第一届全国幼师普师儿童文学教师进

---

① 蒋风.寻梦之旅[[C]. 上海三联书店，2012:74—75..

修班，开创全国师范院校儿童文学教师队伍培训新模式。

6. 新中国第一部产生世界影响的儿童文学理论，《儿童文学概论》被日本国际儿童文学馆收藏，日本儿童文学学会主编的《儿童文学事典》将其列为 5 部世界儿童文学理论著作代表作之一。

蒋风上述"六个第一"的开创之功，很快得到教育界和儿童文学界的广泛关注，蒋风开始成为中国儿童文学界有影响的专家学者，走出金华，走出浙江，走向全国，走向世界。正因为蒋风在新中国儿童文学教育方面的开拓性贡献，1978 年 10 月新时期全国第一次儿童文学出版座谈会（"庐山会议"），蒋风应邀参加并接受了牵头编写新中国第一部《儿童文学概论》的任务。1980年 5 月，蒋风被浙江省人民政府授予"优秀少年儿童工作者"光荣称号；同月，蒋风应邀参加在北京召开的第二届全国少年儿童文艺创作评奖会议，被批准成为中国作家协会会员；6 月 1 日国际儿童节，中国儿童文学研究会在北京召开成立大会，蒋风被推选为副理事长。1981 年 3 月 29 日，以渡边茂男为团长的日本儿童文学作家代表团访问中国，蒋风应邀赶往北京参加中日儿童文学交流。1982 年 4 月 29 日，《文艺报》在京举办儿童文学创作座谈会，蒋风应邀参加并发言；1982 年 6 月至 1983 年 7 月，文化部少儿司分别在沈阳、四川、南昌、广州、南宁、长沙等地举办"儿童文学讲习班"和全国儿童剧会演观摩研讨，蒋风均被邀请参加并讲学；1984 年 6 月，文化部在石家庄召开新中国第一次"全国儿童文学理论座谈会"，蒋风应邀参加并作大会重点发言；1984 年 8 月，中国第一部《儿童文学辞典》编撰工作启动时，蒋风应邀作为编委参加……凡此种种全国性乃至国际性的儿童文学活动，都有蒋风的身影，蒋风作为儿童文学教育专家的身份得到

中国儿童文学界的认可，蒋风也在 1984 年 2 月被"破格"任命
为浙江师范学院院长。

（二）中国特色儿童文学理论体系的创建者

中国儿童文学是现代概念，是五四新文化运动催生了中国儿
童文学。以 1949 年新中国成立为标志，中国儿童文学分为新民
主主义革命和社会主义建设两个性质不同的发展时期。五四至新
中国成立的 30 年（1919—1949），中国儿童文学理论的立论基础
经历了从欧美西方资本主义儿童文学理论向苏联社会主义儿童文
学理论逐步过渡的历程，形成了分别以鲁迅、周作人为代表的两
种截然不同路径的儿童文学发展方向。

新中国成立之前的 30 年间，以《儿童文学概论》[①] 为代表的
不同时期的师范学校教材，其编写理论及体例，均以西方儿童学
和"儿童本位论"的教育学作为立论依据，认为"儿童文学就是
用儿童本位组成的文学"，"一方面投儿童心理之所好，一方面儿
童可以自己欣赏的文学"[②]；"儿童文学是适应儿童的生活和心理，
为儿童所需要的一群文字，通过了想象和情感，具有正确的思想
而用艺术方法表现出来的东西"[③]。他们都看到了"儿童自己需要

---

① 据少年儿童出版社编《儿童文学论文目录索引（1911—1960）》一书中
资料显示，1911 辛亥革命至 1949 年新中国成立期间，共出版儿童文学专著和
论文集 29 部，其中留存下来的 3 部《儿童文学概论》分别为：魏寿镛、周侯
予著，商务印书馆 1923 年 8 月出版；朱鼎元著，中华书局 1924 年 9 月出版；吕
伯攸著，大华书局 1934 年 6 月出版。还有一部吴研因的《儿童文学概论》由
世界书局出版，仅为存目，包含目录、内容、出版时间均难以查考。
② 魏寿镛、周侯予.儿童文学概论[M].上海：商务印书馆，1923:10.
③ 吕伯攸.儿童文学概论[M].上海：大华书局，1934:9.

文学"和"教育儿童需要文学"两个方面①,但对儿童文学本质的认识,仍然如周作人所说的:"儿童的文学只是儿童本位的,此外更没有什么标准。"②

与此同时,以鲁迅、茅盾、郭沫若、蒋光慈等为代表的"为人生"的现实主义儿童文学作家,从五四新文化运动中接受了马克思主义学说,开始以马克思主义文艺理论和苏联社会主义文艺实践为引导,与当时的革命形势和革命文艺同步,进步儿童文学呈现出革命儿童文学特征和社会主义发展方向,为新中国成立后"走苏联儿童文学道路"奠定了思想、理论、队伍基础。

新中国成立后的第一个十年(1951—1960),出版儿童文学专著和论文集共 28 种,其中翻译苏联儿童文学原著 15 部,介绍苏联儿童文学的著作 1 部,国内儿童文学作家论文集 12 部。其中 1956 年 10 月,有一部没有正式出版的《儿童文学》讲义,由马平编著,作为上海市师范学校试用教材,此后并没有流传下来。1960 年至 1966 年,共出版 10 部儿童文学理论,其中 4 部为资料性的论文集,分别为蒋风编著的《鲁迅论儿童教育和儿童文学》(1961)、少年儿童出版社编的《1911—1960 儿童文学论文目录索引》(1961)和《1913—1949 儿童文学论文选集》(1962),以及赵景深、车锡伦、何志康编的《古代儿歌资料》(1963)。一套"儿童文学讲座丛书",收入 5 位儿童文学作家不同体裁的论文集,少年儿童出版社 1962 年出版,包括鲁兵的《教育儿童的文学》、任大霖的《儿童小说构思和人物形象》、李楚成的《给少年写的特写》、

---

① 魏寿镛、周侯予.儿童文学概论[M].上海:商务印书馆,1923:12.
② 周作人.儿童的书[J].文学旬刊,第3号:晨报副镌,1923—6—21.

贺宜的《童话的特征、要素及其他》和王国忠的《谈儿童科学文艺》。还有一部小学语文教学参考书《童话寓言及其教学》，唐霁、周仁济编著，湖南人民出版社 1964 年出版。

"文革"期间，儿童文学理论研究被迫中断。"文革"结束后，在 1978 年"庐山会议"精神指引下，儿童文学理论研究、特别是儿童文学学科恢复后的教材建设提上重要的议事日程，首先响应并行动的便是蒋风。蒋风 1982 年出版的《儿童文学概论》，"由于不是集体编写，更重要的是作者把儿童文学理论当作一门独立的学科，因而对儿童文学的基本概念、儿童文学的意义和作用、儿童文学的各种具体样式，特别是对儿童文学的创作和评论问题，作者均作出了个人的价值判断和审美判断。就每章而言，也显示出各章的体系性，每一章的开头，差不多都对自己的论述对象作出一番广角镜式的扫描，帮助读者弄清作者所论述的对象的特点和写作规律，然后紧密结合创作实际，吸收同代人的研究成果，提出自己体系性的发现。如谈寓言和童话的区别，谈儿童小说的一般艺术规律和特殊艺术要求，均有个人的标准、视角和价值观念，与社会上流行的理论模式不尽相同。蒋风的《儿童文学概论》及北师大等五院校集体编著、蒋风也参加编写的同名书的出版，改变了解放后我国儿童文学无'概论'的状况，开创了我国儿童文学研究的新局面。"①

蒋风《儿童文学概论》的理论贡献突出体现在它是中国儿童文学有史以来第一部借鉴苏联儿童文学理论成果、结合中国儿童文学创作实践，自觉以毛泽东在延安文艺座谈会上的讲话精神为

---

① 古远清. 蒋风的儿童文学研究[C]//周更武主编. 守望的情结：蒋风的儿童文学世界. 香港：新天出版社，2005:217.

指导，富有独创性的、自成体系的、具有中国特色社会主义儿童文学的理论著作。而且以《儿童文学概论》体现的儿童文学观为指导，初步形成了包括儿童文学创作研究、作家作品研究、儿歌童话等体裁研究、中国儿童文学发展史研究、评论批评研究、基本理论研究等为丰富内容的特色鲜明的蒋风儿童文学理论体系。

说蒋风创建的儿童文学理论具有中国特色，在于他有"自己的声音"（屠格列夫语），集中体现在"四个统一"上：

一是鲜明的教育方向性与明确的审美价值的统一

蒋风认为，儿童期是世界观和人生观开始形成的时期，可塑性很强，因此，儿童文学不同于一般文学的第一个明显的特点，就在于它具有明确的教育方向性，教育对他们今后的生活道路起着极大的作用。在社会主义国家，儿童文学作者应该和教育工作者一样，根据党对少年儿童的共产主义教育的要求谨慎地运用文学艺术手段向孩子们进行全面发展的教育。在作品中要极其明确地以共产主义的道德标准表明什么是好的，什么是不好的，应该怎样做，不应该怎样做，不能有丝毫的含糊。所以社会主义儿童文学应该具有明确的共产主义教育方向性。蒋风强调并指出："儿童文学的教育方向性，比起一般文学来说，要更明确，更有目的，也更有计划性，也就是要对小读者进行有目的、有计划的共产主义教育；共产主义教育是包括德智体美的全面发展教育，要把年幼一代培养成为共产主义事业接班人。"① 与此同时，蒋风在他的儿童文学论中多次明确肯定儿童文学的美学价值，他指出："要把少年儿童培养成为社会主义新人，就要使他们德智体美得到全

① 蒋风. 儿童文学概论[M]. 长沙：湖南少年儿童出版社，1982:18—19.

面发展。不仅要以全部人类的智慧去武装他们的头脑，还要以新的美学观点去塑造他们的灵魂，使他们从小就懂得生活中什么是美，什么是丑。美育让孩子们感受到美的愉快，陶冶他们高尚的情操，不仅可以发展儿童对于美的欣赏和创造能力，激励孩子们去把人类社会改造得更加美好，敢于与世界一切丑恶的形象作斗争，而且培养孩子们的美感和审美能力，可以让他们认识生活中的自然美、生活美和艺术美，有助于促进他们的爱国主义感情和民族的自豪感，使孩子们的情操更加趋向高尚、优美。"蒋风强调："美育是共产主义教育中一个不可缺少的组成部分，也是艺术的重要任务之一，文学的教育作用就是通过美感作用来体现的。""孩子认识了自然美、生活美和艺术美，他们对于世界的认识也会更加完整、更加全面。""使他们从小懂得什么是美，长大后怎样去创造美的生活、美的环境和美的世界。"[①] 用美学标准来考察儿童文学作品，蒋风强调要用"优美的诗一般的语言"来"塑造美的形象"，在"思想美"和"艺术美"的统一里，呈现作品的"整体美"，并针对儿童的特点，提出考察儿童文学美学的六项因素，即幽默美、纯真美、传奇美、悲壮美、情操美和崇高美。

二是鲜明的儿童年龄特征与明确的儿童文学特殊性的统一

蒋风认为，儿童文学不仅有"与文学的一致性"，更有"儿童文学的特殊性"。儿童文学的特殊性首先是儿童年龄特征的要求。他借用高尔基的话强调："有志于儿童文学的作家必须考虑到读者年龄的一切特点。违背这些特点，他的作品就会成为没有对象的、对儿童和大人都无用的东西。""所谓儿童年龄特征是指

---

① 蒋风.儿童文学概论[M].长沙：湖南少年儿童出版社，1982:45—46.

在一定的社会和教育条件下，儿童在不同年龄阶段中形成并表现出来的典型的心理特征。它体现了儿童身体和心理发展的一般规律"，生理和心理是儿童年龄特征的基础，但"形成儿童整个意识活动的根源是社会存在，儿童的思想、感情、意志和性格的形成和发展，都是决定于社会存在的影响"，"首先总是为他所处的社会环境包括家庭、学校等等的条件和一定年龄儿童本身活动的性质来决定的"，而且"年龄越小，特殊性越大"，进而将儿童文学分为幼儿期（3—6岁）文学、儿童期（7—11岁）文学、少年期（11—15岁）三大层次，并对儿童文学提出了整体性"特殊要求"：一要有引人入胜的情节；二要有层次清楚的结构；三要有深入浅出的语言；四要有多样化的手段和体裁。①

　　基于对儿童年龄特征的重要性认识，蒋风是新中国儿童文学界最早提出"幼儿文学"并将其作为独立的"儿童文学类型"进行专题研究的理论家。早在1960年、1962年，蒋风就分别在《儿童文学研究》发表《幼儿文学与幼儿心理》《幼儿文学的语言》两篇重要论文，成为我国幼儿文学研究的开拓者。蒋风认为："幼儿文学指的是专门为学龄前期的儿童和学龄初期七八岁的儿童所创作的文学。为什么要单独提出幼儿文学来加以讨论呢？这是由于幼儿文学所服务的对象——那些小娃娃们，在感觉、知觉、注意、记忆、想象、思维、感情和意志等方面，都有一定的特点；他们在思想认识、生活经验和兴趣爱好等方面，和稍长于他们的哥哥姊姊们也有所差异。这是一个作家为他们写'大文章'时所不能不考虑到的。"蒋风指出："幼儿文学与儿童文学有着共同的

---

① 蒋风.儿童文学概论[M].长沙：湖南少年儿童出版社，1982:9—18.

要求，即'一要有教育意义，二要让小读者看得懂，三要使小读者喜欢看'。但'因为读者对象的年龄和心理特点的关系'，不能不研究'幼儿文学的语言问题和插图问题'，进而指出儿歌、童话、图画书是最典型的幼儿文学。""幼儿最早还不是读者，而是听众，他们躺在摇篮里的时候，就听妈妈唱摇篮歌了，""童话在幼儿文学中是有其牢固地位的。""富有幻想色彩的童话，就在很大程度上满足了幼儿企图了解在他们看来是奇幻多变的客观世界的要求。""尤其是学龄前的儿童，他们根本还不认识字，给他们看的书应该就是'图画书'，他们就是依靠书里的鲜艳的生动的具有吸引力的图画，来接受书里的内容的。因此，幼儿文学作家有时竟可以不写文章，只是'设计'一个故事，构思一些画面，和画家共同进行创作。"学龄前儿童虽然"不认识字，但是他们对'图画书'（不一定是写给他们看的书）产生了浓厚兴趣，他们津津有味地翻了一面又一面，指着书中的图画，要求大人讲给他们听，甚至按照他们的理解和想象，讲给大人听。一本带有优美的封面和插画的书，强烈地吸引着他们，培养了他们最初的阅读兴趣。""这种用图画故事构成的故事，不可能像电影一样把全部过程完全显示给幼儿看，但是我认为好处也正在这里，从第一个画面到第二个画面的'空隙'，就要幼儿用自己的思想去连接起来，这正达到了训练和提高幼儿思维能力的目的。"①

　　至于为什么要专门讨论"幼儿文学的语言"，是因为幼儿"开始学习运用语言表达自己的思想和感情，但还不能很熟练地准确地运用"。蒋风总结了幼儿语言七个方面的特点，提出了幼儿文

---

① 蒋风.儿童文学丛谈[C].长沙：湖南人民出版社，1979:12—20.

学语言的四个方面要求："1. 语法的准确性。2. 语言丰富而富有表达力，要生动，有趣，富有积极行动的意味，要求比一般儿童文学语言更形象、更具体。3. 节奏鲜明，调子明朗，富有音乐性。4. 语句简短，口语化。"① 蒋风关于幼儿文学的观点，发表在半个世纪以前，今天读来仍然不失其新鲜感和现实性，可见蒋风那时对幼儿文学的研究已经具有相当的深度和前瞻性。

三是鲜明的学术观点与明确的自我修正的统一

蒋风的儿童文学研究开始于 20 世纪 50 年代中期，经历过"文化大革命"、拨乱反正及改革开放新时期，他对儿童文学的本质理解与话语表达必然有着鲜明的时代印记，这是有责任、有担当的儿童文学研究者的自觉选择。不论在何种政治、社会、文化背景下，蒋风总是鲜明地表达自己的学术观点，不见风使舵，也不讳疾忌医，而是勇敢地承认自己观点的偏差，明确地坚持自己认为经过实践检验的正确观点，坚定地修正自己不正确的看法，这使得他的儿童文学理论具有开放的姿态和与时俱进的品格，在不断修正错误中不断走向完善，表现了唯真求实的学术精神和谦逊好学的学术态度。

20 世纪 60 年代初，在极"左"思潮干扰下，儿童文学界曾经对所谓以陈伯吹为代表的反动资产阶级儿童观"童心论"展开无情批判，蒋风以高度的政治自觉和理论责任，加入了这场"大批判"。"为了彻底摧毁这种反动的资产阶级儿童文学理论，清除它的残余影响"，蒋风在《儿童文学研究》1960 年第 2 期发表了长篇论文——《资产阶级"儿童本位论"在新中国成立前我国儿

---

① 蒋风. 幼儿文学的语言[N]. 儿童文学研究（丛刊）. 1962:43、46.

童文学理论中的传播及其流毒》，将其与陈伯吹的儿童文学观联系在一起，写道：

> 近年来在儿童文学理论批评领域中，有人高唱"童心论"，有的片面提倡写"儿童情趣"，还有人认为"儿童文学应以写儿童为主"；更有人比较系统地主张：从事儿童文学工作，不站在"儿童立场"上，不用"儿童观点"去透视，不在"儿童情趣"上体会，不怀着一颗"童心"去赏鉴，那必然会失之毫厘，谬以千里的。因此他们要求儿童文学作家把自己化身为孩子，用孩子耳朵去听，用孩子眼睛去看，然后用孩子的嘴巴说话。以上种种论调，我们要是细细体会一下，实质上不都是"儿童本位论"某些论点的老调新唱吗？①

"文革"结束后，1978 年全国少年儿童出版工作座谈会在庐山召开后，儿童文学进入全面拨乱反正的新时期。在"庐山会议"精神指引下，蒋风带头在儿童文学理论界正本清源，自觉反思自己 20 年前对"儿童本位论"的认识以及对陈伯吹所谓"童心论"的批判。1979 年编选儿童文学论文集《儿童文学丛谈》时，蒋风不仅全文收录了批判陈伯吹"童心论"的长篇文章，保存了真实的全貌，而且在 1979 年 3 月 23 日写下《附记》，从"儿童文学要不要有儿童特点"这个"不成问题的问题"开篇，反思"什么是儿童本位论？""什么是'童心论'？"两者之间又有什么关系？它们跟"儿童文学要有儿童特点"又有什么关系？并对 20 年前

① 蒋风.儿童文学丛谈[C].长沙：湖南人民出版社，197:231.243.

批判陈伯吹的观点（见上述引文）逐条进行了反思，坦诚相见。蒋风明确地说："20 世纪 60 年代在我国儿童文学战线上发起的那场对童心论的批评，谁都知道当时是把陈伯吹先生当作代表人物的。在许多文章中，主要也是摘引了陈伯吹先生《儿童文学简论》中以下几段文章作为靶子批判的"（"几段文章"此处略去——引用者）。蒋风反思道："有一个时间，把'儿童文学要有儿童特点'，都当作宣扬资产阶级儿童本位论的'童心论'来加以批判，在儿童文学领域内造成极大的思想混乱，搞儿童文学创作的，不敢写了，怕被戴上'童心论'的帽子被批判；搞儿童文学理论的，也不敢研究，怕被当作宣扬'儿童本位论'的罪魁祸首。人人胆战，个个心惊，严重地阻碍了儿童文学事业的繁荣和发展。"①

此后，1980 年，蒋风又在《儿童文学研究》第 4 辑发表长篇反思性研究论文——《"童心论"辨析》，表明了五个方面的"辨析"成果②：一是"童心"与"儿童本位论"的根本区别在于立场不同；二是关于"童心"的说法从儿童心理的角度分析，基本上是符合儿童心理科学的；三是科学地评价"童心论"的是非，应该重视"实践是检验真理的唯一标准"；四是"童心论"与"儿童本位论"的界限在于是否把"共产主义教育的方向性"当作大前提；五是得出结论——

> 我认为，在强调儿童文学的共产主义教育方向性的大前提下，从儿童的心理出发，"以儿童的耳朵去听，以儿童的

---

① 蒋风. 儿童文学丛谈[C]. 长沙：湖南人民出版社，1979:244—245.
② 蒋风. 儿童文学漫笔[C]. 贵阳：贵州人民出版社，1985:85—86.

眼睛去看，特别以儿童的心灵去体会"①，才能写出受孩子们热烈欢迎的好作品来，是有道理的，也是合乎规律的，当然，儿童文学作家是儿童的教育者，当他跟孩子们站在一起的时候，不能忘了自己所担负的培养无产阶级接班人的光荣任务，应该比儿童站得高，看得远，才能更好地引导孩子们朝着共产主义的伟大目标奋勇前进。

四是鲜明的学者个性与明确的学科建设的统一

蒋风是个性鲜明的儿童文学理论研究者，不会人云亦云，随波逐流，而是敢于坚持自己认为正确的观点，这一点在对儿童文学教育性的认识与坚守上特别突出。蒋风始终坚定地主张儿童文学应该具有教育性，并且旗帜鲜明地呼吁儿童文学的教育性应该体现在"共产主义教育的方向性"，儿童文学就是"对小读者进行有目的、有计划的共产主义教育"。② 蒋风给儿童文学下的定义就是："儿童文学是根据教育儿童的需要而专为少年儿童创作、编写的、适合他们阅读的文学作品。"他强调："儿童文学具有教育的性能，必须服从一定阶级的教育理想和教育原则，但它毕竟不是属于儿童教育学的范畴。它的教育方式仍然是'文学'的，即寓教育于艺术形象，通过艺术形象的感染，在潜移默化中达到教育的目的。"他强调："我国儿童文学以党的文艺、教育方针政策为指导。马克思主义的文艺理论、教育和心理科学的有机结合，

① 陈伯吹.儿童文学简论 [C].武汉：长江文艺出版社，1957:22.
② 蒋风.儿童文学概论 [M].长沙：湖南少年儿童出版社，1982:19.

是它的理论基础。"①

蒋风对儿童文学教育性的坚持与坚守，是他分析总结"五四"以来中国儿童文学从自发走向自觉、不断发展的历史经验得出的成果。蒋风认为："中国现代儿童文学是在党的领导和关怀下成长起来的，为祖国造就革命的新一代是鲁迅儿童文艺论的灵魂，儿童文学领域内的两条道路斗争的焦点就是争夺未来一代；五四儿童文学、左翼儿童文学、革命儿童文学、解放区儿童文学、抗战儿童文学，以及新中国儿童文学曲折发展的历史，都表明了这样一个现实，儿童文学已经成为党的文艺事业和教育事业的重要组成部分。所以，儿童文学的教育任务是跟我国这个教育事业所规定的任务完全一致的，儿童文学也应根据党的教育方针来确定自己的创作任务，考虑自己创作的教育内容；儿童文学创作必须把文学的要求与教育的要求有机地结合在一起，在此基础上，把系统的完整的、中国化的儿童文学理论体系建立起来。"②

所谓体系就是有关的研究联结成一个有规律可循的完整体。蒋风的儿童文学研究开始于 20 世纪 50 年代中期的儿童文学教学活动，中兴于新时期以来的浙江师范学院的儿童文学学科建设，走出了一条属于蒋风的儿童文学理论体系建设之路。这就是从阅读鲁迅、冰心、叶圣陶、张天翼等中国儿童文学作家作品开始，领略儿童文学的艺术魅力；从搜集儿童文学史料中搜寻中国儿童文学发展踪影，领会儿童文学的发展规律；从儿童文学创作与教学实践的结合中，领悟儿童文学的基本原理，逐渐形成了一个相

---

① 《儿童文学》编写组. 儿童文学概论[M]. 成都：四川少年儿童出版社，1982:8.

② 蒋风. 儿童文学丛谈[C]. 长沙：湖南人民出版社，1979:229.

互联系、相互支持、相互包容，包括儿童文学作家作品论、儿童文学史论和儿童文学基本理论三大领域的儿童文学理论体系。三大领域不仅形成了蒋风儿童文学理论体系三足鼎立的稳定结构，而且也为我国现代师范院校儿童文学教育设定了三大课程体系，为新中国儿童文学教育事业、中国特色儿童文学理论建构、浙江师院儿童文学重点学科建设，做出了开拓性、奠基性和引领性贡献。

（三）浙江师范大学儿童文学重点学科的奠基人

新中国成立后，率先开设儿童文学课、乃至培养儿童文学研究生的高等师范院校是东北师范大学。1951 年受教育部委托，东北师范大学的穆木天（1900—1971）教授首先采用苏联教科书，在中国的高校讲堂上开起了儿童文学课，并和蒋锡金（1915—2003）教授一起，招收了新中国第一批儿童文学研究生，1953 年毕业，浦漫汀（1928—2012）就是其中之一。浦漫汀留校后，于 1954 年下学期开始讲授儿童文学课。那时的"儿童文学"是一个比较广泛的概念，据浦漫汀回忆，中文系的她，开始讲授儿童文学课时，"既讲本系的，又分别讲授教育系学校教育专业的和学前教育专业的，以及业余大学教师班的。虽然所讲授的课程统称为'儿童文学'，但听课的学生所主攻的专业不一样，讲授中必须各有其具体的针对性：中文系的要结合文艺理论、文学史进行讲授，有时也需从创作角度对作品进行分析；教育系的要多结合教育理论与中小学年龄段的少年、儿童心理进行讲授；学前专业的，要着重联系幼儿心理学与低幼文学作品。所以备课与课堂教学任务都是很重。"①

　　稍后东北师范大学、北京师范大学中文系的学前教育系也开设了儿童文学课。1954 年 10 月，教育部从上海少儿出版社调陈伯吹到人民教育出版社上班，负责教材编审工作。1955 年 2 月，北京师范大学陈垣校长邀请陈伯吹到北京师范大学教书兼职讲授儿童文学课。也在这一年，穆木天从东北师范大学调到北京师范大学讲授儿童文学课，又由穆木天出任导师创办儿童文学进修班，学员有汪毓馥、刘曼华、张中义、赵智銮 4 位青年教师。1958 年，按照"学制要缩短，课程要精简"的教育改革要求，几乎所有师范院校的儿童文学课程都被"精简"掉了。

　　"文革"结束后，各条战线都开始拨乱反正。1978 年 8 月教育部在武汉召开文科教材会议，决定恢复高校儿童文学课程。但这一年东北师范大学、北京师范大学都没有来得及安排儿童文学课程，原讲授儿童文学课的浦漫汀教师仍然教"名著选读"。1979 年吉林省召开少儿读物出版工作讲座会，贯彻 1978 年在庐山召开的全国少儿读物出版工作座谈会精神。同一年，北京师范大学急需儿童文学课教师，商调浦漫汀到北师大。浦漫汀调离东北师大后，仍然答应学校要求，1980 年再回东北师大讲一个学期的儿童文学课，此后由高云鹏老师接任。浦漫汀到北师大后，与汪毓馥、张美妮、梅沙 3 位儿童文学老师共同成立了儿童文学教研室，浦漫汀为教研室主任，一边开设儿童文学课，一边编选《儿童文学教学参考资料》（4 卷本），北师大的儿童文学学科建设也

---

① 浦漫汀. 往事悠悠：回望我的八十余载书缘人生[M]. 北京燕山出版社，2012:57.

由此迈上了新台阶、快车道。

蒋风在儿童文学学科建设方面的突出贡献，不在于他是全国儿童文学这门课的开拓者，也不仅仅在于他是南方高校开设儿童文学课的先行者，而是在于经过他"咬定青山不放松"的坚持与拼搏，终于让他的家乡小城金华成为儿童文学名城，他所在的浙江师范大学成为国内外专家学者公认的、最有实力的中国儿童文学教学与科研中心。

1965 年到"文革"结束后的 1977 年，是"儿童文学课"的空白期。1978 年 8 月，教育部在武汉召开文科教材会议期间，决定恢复高校儿童文学课程，并在蒋风提议下，编写儿童文学教材，这就是后来由北京

《儿童文学概论》编写组。左起前排为陈道林、汪毓馥、浦漫汀，中排为张美妮、梅沙、李义兴，后排为张中义、蒋风、张光昌

师范大学儿童文学教研室主任浦漫汀牵头，集中杭州大学、华中师大、河南师大、浙江师院等 5 所院校的儿童文学教师共同编写的《儿童文学概论》，由四川少年儿童出版社 1982 年出版。

1978 年 10 月，蒋风应邀参加在江西庐山召开的"全国少年儿童出版工作座谈会"，回来后就向浙江师范学院领导汇报并得到支持。蒋风回忆说：

从庐山归来,我向浙江师院当年的领导作了汇报,领导认为,"庐山会议"倡导的举措,我们能做的都可以做。要我发挥优势,大胆地承担起来,并指示我可面向全国引进人才。在一无人力、二无资金、三无设备的情况下,我在中文系恢复开设儿童文学课;在课外开设全校性的儿童文学兴趣小组;并以资深讲师身份招收儿童文学硕士研究生;编写新中国第一本较系统的《儿童文学概论》;同时积极筹建全国第一个儿童文学研究室,为了保证研究工作的顺利开展,我又着手筹建全国高校第一个儿童文学专业资料室。这样,乘着顺风,我就及时扯篷,让航船随着满篷风帆快速前行。后来学校任命我为儿童文学研究室主任,主持上述各项工作的开展。单枪匹马是成不了事业的,七八件工作都集中在我这个"光杆司令"身上,想开展工作,就得有帮手,形成合力。当年我便瞄准本省浦江农村中学教师黄云生和远在云南边疆开远职工中学的韦苇。由于种种制约,他俩都花了两年时间才调动成功。当年我遇到的困难是不言而喻的,一个人做三五个人的工作。完全是凭一种意志的力量,才一一克服过来。但今天想来没有昨天艰难的开始,也就没有今天的收获。

从1978年冬天开始,到此后的一些岁月中,浙江师大不断地出现许多亮点:

浙江师大成为新时期全国首先恢复开设儿童文学课程的高校。

1979年9月,我招收的第一届儿童文学硕士研究生吴其南入学。这是浙江师大招收研究生的开端,同时,浙江师大也成为(新时期以来——引者加)全国最早招收儿童文学硕士研究生的高校。学校先后培养吴其南、王泉根、汤锐、方卫平、潘延、汤素兰、韩进等一批年轻学者，活跃于国内外儿童文学文坛，受到同行们的瞩目，浙江师大因此被国际儿童文学界誉为"儿童文学研究之重镇"。

1978年冬，我把20世纪50年代在浙江师院和杭州大学讲授儿童文学课的教材加以增补整理，于次年交给湖南人民出版社出版，虽因责编陈忠邦先生患病，拖了两年，一直到1982年5月才与我组织并参与北师大等5所高校集体编写的另一本《儿童文学概论》（四川人民出版社出版）同时出版，但都是新中国第一本系统性的儿童文学理论书。

1979年开始设立的全校性儿童文学兴趣小组，成为全校最受欢迎也最具活力的课外活动基地，培养了谢华、周晓波、王铨美、何蔚萍、盛子潮等一批冒尖的作家、教授、理论家。

1979年建立的儿童文学研究室成为新中国第一个儿童文学研究机构，与此同时筹建的儿童文学专业资料室，也成为全国至今收藏资料最丰富的专业资料室。

1982年9月由儿童文学研究室举办的，第一期幼师（中师）儿童文学师资进修班，招收了22个省、市56名学员入学，受到全国各地的幼师（中师）的欢迎，此后又办了两期。福建省教育厅还邀请儿童文学研究室全体人员到泉州为该省培训儿童文学师资。因此，学员几乎遍及全国，把儿童文学种子撒向神州各地。①

---

① 蒋风. 难忘的1978[C]. 蒋风. 寻梦之旅.上海三联书店. 2012:33—34.

没有蒋风，就没有浙江师大的儿童文学。蒋风在短短六七年的时间里，将儿童文学从无到有，不断发展壮大。从课程设置、教材编写、师资队伍建设、研究机构建立到招收研究生、开展行业培训教育等，多方面齐头并进，初步构建了多层次、立体化、系统性学科建设体系。在蒋风的带领下，儿童文学不仅成为浙江师范学院的重点学科、品牌形象，而且浙江师院因为儿童文学成为全国儿童文学界关注的焦点，成为儿童文学教学与研究者心中的"圣地"。在巨大的成功面前，蒋风总是谦逊地说："儿童文学方面创造的亮点，人们常常误把它看成我的亮点。其实我自己常常把自己当作一只丑小鸭，只求有一个生存的空间，做点有意义的工作，就心满意足了。"①

---

① 蒋风. 难忘的1978[C]. 蒋风. 寻梦之旅. 上海三联书店. 2012:34.

第四章　大学校长

（1984—1994　上）

一、从普通教师到大学校长

1984 年，蒋风 60 岁，到了正常退休的年龄。

没想到，一纸任命打破了蒋风正常生活的平静。

2 月的一个早晨，蒋风突然接到学校开会的通知，会上领导宣布一个非正式消息，浙江省委将任命蒋风为浙江师范学院院长。

听到这一突如其来的消息，没有一点思想准备的蒋风，可以用大惊失色来形容，不仅感到错愕，而且有点惶恐不安，根本不相信自己的耳朵。蒋风反复衡量自己，我能承担此重任吗？尽管那时蒋风已经在大学里任教 30 年，也是党员，但他毕竟只是一个中文系的普通教师，连系主任这样基层的工作经验都没有，要接任院长一职，他实在感到力不胜任。想到这里，蒋风不仅认为自己没有这个能力，而且也没有信心把学院发展好，这样岂不是辜负了领导厚望和教职工的期盼，耽误了学校发展。

蒋风思前想后，越想越害怕，一点也没有提拔担任校长的兴奋和快乐。他倍感责任重大，当晚就从金华赶到杭州，向省高教工委有关领导请辞，陈述了种种理由，说明自己能力有限，无法承担此重任，不能耽误学校发展，请省委重新考虑合适人选。省委接待领导告诉他："大学校长的任命要通过省委慎重的研究，不是某一位领导可以决定的。但可以把你个人的意见向省委领导汇报，等候省委研究结果。"接待的领导要求蒋风先回金华，把学校工作先开展起来。

蒋风说了一大堆理由，仍然没有转圜的余地。他换了个角度，站在领导的位置去想，一定是领导信任他，这与他这七八年来把浙江师范学院的儿童文学学科建设从无到有、从小到大、从弱变强的变化有关。儿童文学是蒋风热爱的一门学科，因为这个全新的学科肩负着培养未来一代的重任。如今浙江师范学院在培养未来一代上的目标和职责是完全一致的，既然能把儿童文学学科创建好，对建设好浙江师范学院也一定有借鉴意义。何况，自己是一名共产党员，在学院发展需要的时候，特别是在学院发展困难的时候，他没有理由把自己得失忧患放在第一位，没有理由不无条件服从组织安排决定，而且还一定要坚定地依靠组织、依靠教职工，发挥自己既有的学科优势和学术影响力，把浙江师院建设好、发展好，不辜负组织信任，不给自己留下遗憾。一旦心里想通了，蒋风也就不再坚持请辞，而是变成表达服从的态度和奋斗的决心了。

1984年2月15日，浙江省委下文任命组建了以方焕启为党委书记、蒋风为院长的浙江师范学院新一届领导班子。蒋风被任命为浙江师范学院院长的消息很快在浙江高教界和金华城不胫而走，成为轰动一时的新闻，引发各种议论，最终不外乎两种正反相对的观点。持怀疑态度的一方认为，蒋风没有高校行政管理经验，一介书生，而面对的浙江师范学院又困难重重，不仅偏僻在金华郊区的高村，办学条件很差，问题多，底子薄，教师队伍极不稳定，而且浙江师范的办学模式和前途都不明朗，很多人都还做着重新迁回省会杭州的梦想。蒋风这样文质彬彬、没有背景的普通教师，能够控得了局面吗？真是太冒险了。持肯定态度的一方认为，上级考虑蒋风老师，不是没有充分理由的。蒋风有事业心，是经受了战争环境和"文革"考验的有信仰、有追求、有干劲的教师，能创建儿童文学学科成为在全国有影响的品牌学科，就证明了其办学能力，蒋风能担任校长，是给干事和干成事的青年教师树立了榜样，带来了希望，是选人用人政策和机制的一种突破，对今后浙江师范学院干部培养选拔任用开了一条唯才是举的新风气；还有一个原因，蒋风是金华人，他做大学校长，可以打消很多人的顾虑，发出浙江师范学院扎根金华的决心和意志，能够稳定教职员工的心，让很多优秀教师和青年人能够扎下根来为师院建设发展服务。

群众的眼睛是雪亮的，组织上的考虑与群众的想法是一致的，凡是教职工想到的，组织上已经想到了并有针对性的方案应对。在蒋风任命后，组织上决定将蒋风当校长的意图也向教职员工讲清楚，主要有两点：一是从当时国家高校改革的大背景看，"文革"期间被破坏的高校教育改革布局基本定型，正处在从调整、改革到稳定、提高的新阶段，这一时期的重要任务就是重视高校人才的培养，一个重要政策是从优秀的知识分子中选拔干部到领导岗位。蒋风在当时的浙江师院教师中是十分突出的优秀教师，不仅创建了浙江师院品牌学科儿童文学，而且出版过多部学术著作，在出书难的当时是凤毛麟角，很少有教师可以相比，在高校师范教育界也有一定影响。二是蒋风是金华本地人，而且是主张要在家乡金华创建一所具有世界级影响的大学，这点正是省有关领导看重的可以稳定浙江师院在金华办下去、办出名牌大学所需要的。这两条都说到了浙江师院教职工的心坎上，达成了难得的共识——蒋风是最合适的校长人选。

二、提出"唯实"校训

心结一经打开，蒋风也就没有了顾忌，只有使不完的力量。领导的信任和群众的期待，也给了他力量和信心。

蒋风失眠了，他想到自己少年时的三个愿望：一是当记者；二是当作家；三是当教授。早在新中国成立前，蒋风被聘为《申报》驻金华记者，拿到了聘书，实现了第一个愿望。1960年被批准为中国作家协会会员，实现了第二个梦想。1979年新时期之初被评为副教授，实现了第三个梦想。而且他心爱的儿童文学事业也已经做得风生水起，本可以圆满退休了。现在突然有了新任务，蒋风感到青春焕发，又有新的梦想需要他去奋斗了。

回到现实，蒋风第一次以一个校长的视角和责任，自然回顾起浙江师范学院的历程，也许很少有人比他对浙江师院的前世今生更了解了，也很少有人比他更爱浙江师院了。

1925年，蒋风在金华出生，祖辈就是金华人，蒋风在金华上小学、中学，在金华开始自己的职业生涯，在金华北山玲珑村做小学教师，考进金华战时服务团做抗日宣传工作，也在这个时候，发表第一篇儿童文学处女作童话诗《落水的鸭子》。日本投降后，随国立英士大学迁回金华读完大学，被聘为《申报》驻金华记者和《浙中日报》采访主任。金华解放后，蒋风受当时金华军管会文教科派遣到私立婺江商校教书，后到金华地区人民文化馆、金华地区文联工作，从事戏曲改革和文学创作。从 1952 年到金华师范教书，开始接触儿童文学课。1956 年从金华二中调到杭州大学的前身——老浙江师院担任儿童文学教师，从此一直在浙江师院从事儿童文学教学和学科建设，自己的教师生涯也紧紧与浙江师范的命运紧紧联系在一起。1960 年从杭州的浙江师院回到刚成立的金华师院，支持家乡办大学；1962 年又从金华调回杭州新建的浙江师院教书，1965 年下半年随浙江师院再次南迁金华。"文革"期间，浙江师院被一分为三，蒋风继续在新成立的金华师专教书，直到 1974 年国务院批准浙江师院在金华重建，蒋风再次回到浙江师院工作至今。特别是 1978 年受教育部等部委邀请参加在江西庐山召开的"全国少年儿童读物出版工作座谈会"，激励他在浙江师院创建了新时期全国第一个儿童文学研究机构，招收了第一个儿童文学硕士研究生，率先恢复开设儿童文学课，出版新时期以来第一部《儿童文学概论》。1983 年评上副教授。1984 年又被任命为浙江师范学院院长……

往事历历在目。蒋风感慨万千，仿佛自己就是为浙江师院而生的。可现状又让他头脑清醒下来。蒋风面对的浙江师院，是个科系不全的微型学院。1965 年从杭州迁来金华时，大部分科系并到杭州大学去了，迁下来仅三个系，即便发展到 1984 年，也仅有五六个系。而且学校地处浙江中西部的黄土丘陵地带，离金华市区还有十里地，可谓前不着村，后不着店，不仅教学科研基础贫乏，连教职工生活也很不方便，很多人都向往大城市，想着怎么远走高飞。在改革开放的大气候下，百业并进，到处都急需人才，只要有个中级以上职称，很多城市的单位都伸手欢迎，而省政府能投入改善学校办学条件的钱又太缺。在这样困难的情况下，要当好这个大学校长，实在太难了。

正因为困难，所以需要共产党员带头。蒋风从自己长期从事教学工作的感受出发，设身处地地想，知道教职工心里想的是什么。蒋风决心自己上任的第一件事，就是要改变学校的贫穷落后的面貌，安定教工情绪。为此，蒋风想到先做四件实事：

一是向上争取经费，兴建教职工宿舍，在生活区建立商业网点，解决教师基本的生活需求——食住问题，稳定人心和教师队伍。

二是争取外援，用已初步到位的世界银行的贷款，尽快建成理化测试和计算机中心，为浙江师院的理科发展创造必备的基础教学科研条件。

三是建学校图书馆，这是高校必备的基础设施。蒋风争取邵逸夫先生捐赠一千万港元，建设一所万余平方米的邵逸夫图书馆，为师生教学学习提供必备的图书资料和学习科研的环境。

四是挤出十分有限的拨款，购买一套海外版的《四库全书》，为浙江师院文科发展奠定科研基础，也成为新建的图书馆的镇馆之宝。

蒋风实事求是、扎实奋进的做法和政风，很快赢得了广大教职员工的赞赏和认同，大家看到了希望，也初步稳定了人心，可以说为今后浙江师院的大发展开了好头。蒋风将自己的做法，结合学校创业发展的实际，提出了"唯实"的校训，就是从实际出发，求真务实，出实招、办实事，让学校各项工作在扎实稳健中有序推进。

"唯实"校训，也是针对当时教师干部中存在的"唯上""唯书"的风气。当时有不少人只听上面布置的话，只按文件书本上的规定办，不分是否可行，不依据下面具体实际，自己不动脑筋，工作不能创新，自己迈不开步子。

从当时工作实际出发，蒋风想从正面提倡实事求是的精神，在思想作风和工作作风上树立正气，他联想到在杭州老浙江师院工作时，就对浙江大学的校训"求是"两个字印象很深，简洁易记。按照这个思路，蒋风想到了"唯实"两个字，针对当时"唯上""唯书"的现实，又与"求是"接近，同样简洁易记。为了与校训配套，蒋风还想写个校歌，来宣传"唯实"的校训思想。歌词写好了，蒋风不满意，觉得不够味，不好意思拿出来。但"唯实"两字的校训，他觉得切中时弊，就在浙江师院首届教职工代表大会上提了出来。到了 1985 年 3 月浙江师范学院升格改名为浙江师范大学的更名大会上，蒋风再一次强调了"唯实"校训，进一步对"唯实"校训作了阐释，希望大家进一步认真讨论，树立一种脚踏实地的良好风气。蒋风说：

> 　　用"唯实"作为我们师大的校训是否合适？请大家进一步认真讨论。但是，我们提倡"唯实"的新学风，用提倡"唯实"的精神来改变我们的工作作风和学习风气，我想是可以的，也是必要的。我们学校生活最根本的一条是治学，治学要有出色的成效，就应该有一个良好的校风。古人说"修学好古，实事求是"。颜师古解释为"务得事实，每求真是也。"所以，我们治学也必须坚持"实事求是"的科学态度。我们提倡"唯实"也是为了培养一种良好的学风。[1]

---

[1] 何增光主编.浙江师范大学史（上）[M].上海三联书店，2006:84.

为了"唯实"的校训能让人们记住，时时提醒广大教职工和学生，蒋风在学校大门口，用绿化的灌木显示出"唯实"两个大字，特别引人注目，大家每天进出校门都能看到，从此"唯实"二字融入师生的日常生活里，也融入师生的脑海心灵里，成为浙江师大人的座右铭。

蒋风提出的"唯实"校训，后来不断完善。1987 年 10 月 8 日，在全校整顿校风校纪党员大会上，时任党委书记陈文韶在党员报告中提出了"勤奋、求实、文明、创新"的新校训。今天浙江师大的校训是"砺学砺行、维实维新"，其核心仍然是"务实、求实、扎实"的育人传统。老校长开创的"唯实"精神，已经成为浙江师大宝贵的精神财富，成为一代又一代浙江师大人的精神底色，也是浙江师大高质量发展的精神支柱。

三、"十条思路"描绘美好蓝图

蒋风是个实干家，更有清醒的头脑，想得最多的是如何把这个坐落在金华高村黄土背上的被称为"牛津（进）大学"（常有牛经过的大学）的微型学院办好，把动荡不安的有着"早稻田大学"（校园内有稻田的大学）雅号的学校稳定下来。

蒋风想到眼前最紧要的事，更想到浙江师院未来发展的大事。站在浙江师院院长的位置，总揽大局，脚踏实地，蒋风熬过了好多不眠之夜，将自己的想法写满了一个本子，最后概括为"十条建议"，向学院党委班子汇报。学院党委班子非常重视蒋风院长的设想，多次开会集体讨论，集思广益，将其归纳为"怎样开创浙师院新局面和如何贯穿改革精神"两大问题，形成《办好浙江师范学院的十条思路（草稿）》，广泛征求教职员工意见。

"十条思路"的具体内容如下：

1. 加强思想政治工作，彻底否定"文革"。清除"左"的余毒，根绝派性，增强团结。

2. 加速学校发展，提高办学层次，争取尽快把浙江师范学院改名为浙江师范大学。

3. 发扬民主，改革管理制度，简政放权，做好定编工作，建立岗位责任制，发挥群众智慧，创造蓬勃向上的精神风貌。

4. 进一步落实知识分子政策，尊重知识、尊重人才，加速师资和干部队伍建设。

5. 冲出封闭的办学模式，加速对外开放，加强与国内兄弟学校的联系，走向世界，如聘请外籍教师及建立杭州办事处等。

6. 探索教学规律，加大教改力度，提高教学质量。

7. 加强科研工作，纠正只重教学、忽视科研的倾向，使科研和教学比翼齐飞，建设信息网络，活跃学术气氛。

8. 加强图书馆、资料室、实验室的建设，包括办好教学实验基地附中，促进学科研究发展。

9. 加速后勤改革，加快校舍和各项基础设施的建设，改善办学条件，提高服务质量。

10. 开源节流，搞好智力开发和校办产业，增加创收，改善教工福利，包括尽快用上煤气。[1]

---

[1] 何增光主编.浙江师范大学史（上）[M].上海三联书店，2006:74.

"十条思路"是在蒋风意见的基础上，吸收了新领导班子全体成员的集体智慧，成为全院今后开展各方面工作的指导性文件。这"十条思路"，上送有关领导，使他们了解学校的决心，以争取更大的支持；同时，下发给各系各职能部门，并要求组织学习讨论，既是征求意见，集思广益，又是思想发动。这"十条思路"，后来党政领导班子又根据上下意见对其进一步地讨论修改，使它具有广泛的群众基础，建立在经过努力可以实现的基础之上。

1985 年 1 月，首届教职工代表大会召开，蒋风校长（右三）作工作报告，提出把浙江师院改名为浙江师大等"十条思路"

1984 年初，教育部和全国教育工会联合颁布了《高等学校教职工代表大会暂行条例》。为尽早推行教代会制度，在院党委员领导和行政部门的支持下，院工会积极筹备，于当年 12 月底召开了浙江师院

首届教职工代表大会预备会议，1985 年 1 月 11 日至 12 日，浙江师范学院召开了首届教职工代表大会，与会代表 126 名。党委书记方焕启致开幕词，院长蒋风作题为《锐意进取，同心同德，全面开创我校新局面》的工作报告。报告总结了学院办学经验和教训，提出了学校的奋斗目标：把浙江师院办成体现中国社会主义特色，教学、科研、实践相结合，学科专业齐全的师范大学，为跻身全国一流师范院校奠定基础。这一目标和"十条思路"中的更名目标是一脉相承的，有殊途同归之效。它使更名目标更具体化，

更具有可操作性，更具有丰富内涵。

四、更名升格浙江师范大学

针对多年办学的重重困难，教职工人心动荡，队伍不稳，为了凝聚人心，鼓舞士气，让大家感到有个奔头，"十条思路"中把"争取尽快把浙江师范学院改名为浙江师范大学"这一奋斗目标当作重中之重，成为主攻目标。这是学校办学上层次的标志，也是学校开创新局面的关键。在"更名师大"这个奋斗目标的鼓舞下，全体教职工心往一处想、劲往一处使，团结协作，同心同德，各项工作奋力推进，呈现朝气蓬勃的新气象。

1985年2月13日，在蒋风由普通教师升任院长一周年的日子里，浙江师范学院成功更名升格为浙江师范大学，由此跨入了省重点大学的行列，为浙江师范学院在金华的快速发展奠定了坚实的基础。

然而，没有人知道这一如期实现的"十条思路"之主攻目标，蒋风付出了怎样的心血和努力。这里有必要回顾一下浙江师范学院的校史沿革。

浙江师范学院是1977年"文革"结束后以浙江师范学院金华师范学校为基础筹办起来的学校。金华师范学校校址在金华二中，与之前从杭州迁来金华的浙江师范学院本部仅有一墙之隔。1982年，为合理调整浙江院校布局，进一步办好省属重点师院，省政府同意浙江师院金华分校并入浙江师范学院。金华分校的并入，使得浙江师范学院的规模扩大了一倍以上，无论校园面积还是学生人数都居全省高校前三位，浙江师范学院的综合实力得到提升。

浙江师范大学（1985年至今）

杭州师范学校（1999年并入杭州师范学院）

杭州师专（1958-1960）

浙江师范学院（1965年迁金华）

杭州师范学院（1958-1962）

浙江幼儿师范学校（1953-2001）

浙江省杭州师范学校（1956年迁文二街）

杭州师范专科学校（1956-1958）在浙江省杭州师范学校内诞生

浙江省杭州师范学校幼稚师范科（1931-1953）

浙江省杭州师范学校(1951-1956)

浙江省立杭州师范学校(1945-1951迁回杭州)

浙江省立临时联合师范学校(1939-1945)

浙江省立临时联合中学师范部(1938-1939)

浙江省立杭州师范学校(1931-1938抗战爆发，迁建德、丽水)

浙江省立高级中学师范科(1929-1931)

浙江省立第一中学师范部(1923-1929)

浙江省立第一师范学校(1913-1923)

浙江省立两级师范学校(1912-1913)

浙江官立两级师范学堂(1908-1912)

全浙师范学堂(1906浙江贡院旧址)

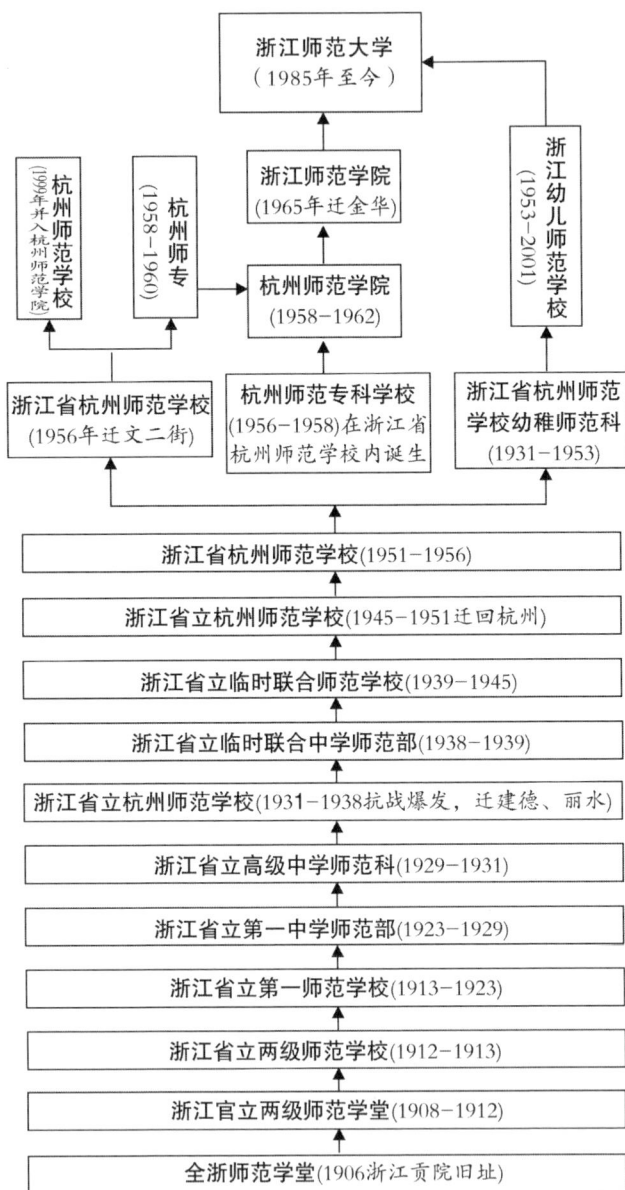

全浙师范学堂发展示意图

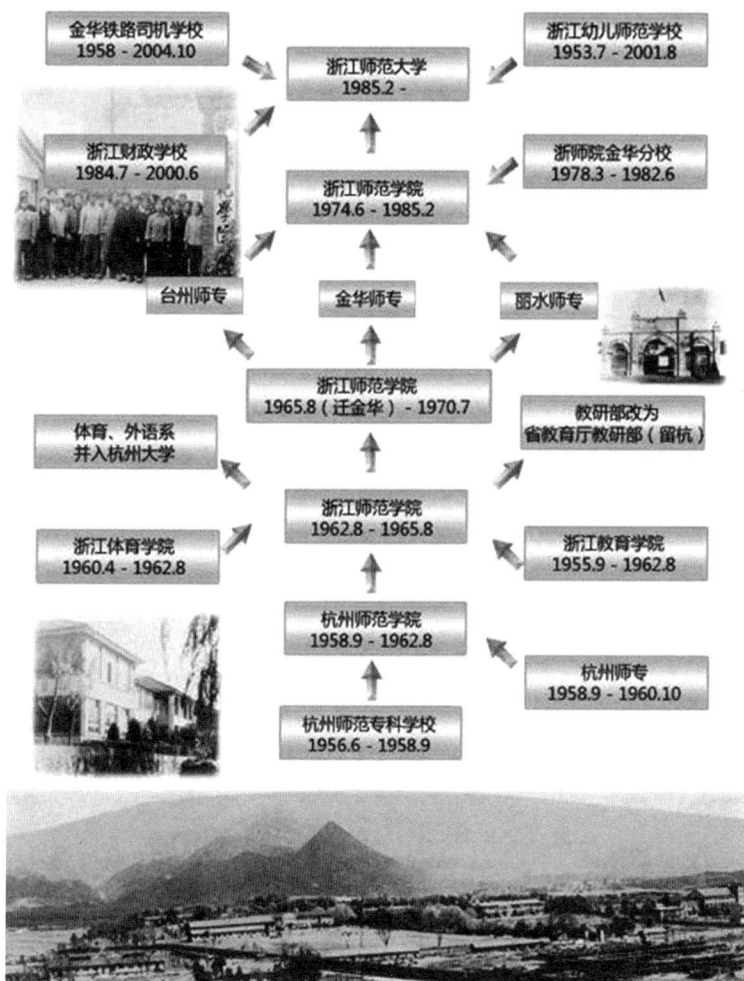

浙江师范大学历史沿革图

如前所述，1984 年夏，党政班子在蒋风"十条意见"的基础上，形成了《办好浙江师范学院的十条思路》，其中最能凝聚人心、鼓舞士气的，莫过于"争取尽快把浙江师范学院改名为浙江师范大学"，以之作为重中之重的奋斗目标，以提升办学层次、开创新局面的蓝图来维系人心。蒋风院长强调指出："为了凝聚人心，改名是唯一尚有可能的出路。"但要想实现更名并不容易。

首先是办学规模上，当时一所高校要称为大学，起码要求有3个以上学院，每个学院至少有3个系（专业），整所学校不能少于9个系（专业）。而浙江师院1965年南迁金华后，由于大半的院系留在杭州，学校只剩下中文、数学、物理3个系，虽然经过20世纪70年代末80年代初的学科增设，到蒋风任院长的1984年初，也只有中文、政史、化学、英语、数学、物理、体育、生物等8个系。为了达到更名升格的需求，1984年增设了地理系，同年6月，将政史系下的历史专业正式独立建系，才勉强符合成为大学的基本要求。

其次，当时浙江师范学院教学的软硬件条件，都与一所大学的要求差距很大。蒋风一方面加大师资建设力度，在人事处增设师资科，统一师资的引进和管理工作；同时经过多方面联系沟通，引进首位外籍教师——特雷茜·K·萨爱尔女士，开了浙江师院校聘外籍教师之先河。

蒋风以科研为抓手，强调："教学和科研是提高教育质量的两只翅膀，好像鸟一样有两只翅膀，一只翅膀是飞不起来的。"为此，学校增设了科研处，增加了科研经费的投入。为了扩大师生的学术眼界，蒋风非常重视采取举办讲座的办法，先后邀请中国科学院学部委员谷超豪、历史学家戴逸、著名作家廖沫沙等来校讲学，又积极争取举办各种学术会议，提升学术科研的整体氛围。1984年11月12日，蒋风邀请美国内布拉斯加州大学健康、体育、文娱学校校长理查德·佛林博士来校讲学，开了浙江师院建校以来邀请外国学者讲学之先河。

在上述一系列紧张而高效的措施推进的基础上，1984 年 11 月 9 日，浙江师院向浙江省人民政府呈报《关于将我院改名为浙江师范大学的申请》，蒋风多次拜访分管教育的时任浙江省副省长李德葆，就学院更名的必要性作工作报告，激励全校师生办好师大信心。1985 年 1 月 11 日至 12 日，浙江师范学院首届全院教职工代表大会上，蒋风又在题为《锐意进取，同心同德，全面开创我校新局面》的工作报告中作了动员，希望全校师生员工共同努力实现更名的愿望。这样一所本不具有条件更名为大学的学校，仅仅花了 3 个月时间，梦想就变成现实。1985 年 2 月 13 日，浙江省人民政府下达了《关于将浙江师范学院改为浙江师范大学的批复》（浙政发 [1985]28 号），"同意将浙江师范学院改名为浙江师范大学，学校的学制、专业设置和任务不变。希望浙江师范大学全体教职工努力工作，为发展我省师范教育事业作出贡献"。从此，浙江师范学院完成了自己的历史使命，学校跨进了新的时期，开启了浙江师范大学的新篇章。

1985 年 3 月 27 日，学校隆重举行改名大会，浙江省副省长李德葆、省委宣传部副部长周群、省教育厅厅长钟儒等专程来校参加会议并讲话。"浙江师范学院"的校牌，是我国著名国学家、书法家、浙江博物馆馆长张宗祥先生在 1963 年书写的，1985 年浙江师范学院改名浙江师范大学时，张先生已仙逝久矣，幸得寻来张先生遗墨"大学"两字配上，沿用至今。

浙江师范大学校址仍在浙江师院原址，当时占地近 800 亩，建筑面积 8 万平方米。在校全日制学生 3786 人，教职员工 1119 人，其中专任教师 533 人，全校设有儿童文学、汉语言文学、古典文学、古籍整理 4 个研究室，其中"儿童文学研究具有一定特色，在国内同行中颇有影响，被誉为'中国儿童文学研究中心'。"① 虽然从整体综合实力上看，浙江师大在全国同类师范大学中还处于相对落后地位，但改名成功后，给予了全校师生极大的鼓舞。借着这股春风，其他"九大思路"也都陆续实现。蒋风在担任校长的四年间，带领广大师生艰苦创业，终于把一个科系不全的微型学院，建设成为一个科系齐全的省属重点师范大学。蒋风以自己不懈努力，兑现了诺言，赢得了师生的尊重和爱戴。

蒋风回忆起那段光辉岁月，感慨万千。《浙师校友》2010 年第 2 期曾经刊发蒋风的回忆文章《生命中最实在的律动——关于学校改名浙江师大的回忆》，文中写道：

> 一所仅 6 个专业的学院，正式更名为大学。恐怕在世界教育史上也算得上是个奇迹。
>
> 命运有时往往用我们的不足推动我们前进。为更名浙江师范大学奋发拼搏创造的条件一点一点地逐步实现，奋斗目标也更加明确，那就是把浙江师大办成体现中国社会主义特色，教学、科研、实践相结合，学科专业齐全的师范大学，为跻身全国一流师范大学奠定基础。这一目标和我最初"十条思路"中的改名目标是一致的。因此浙江师大从要求改名那天开始，经几代师大人的拼搏，到今天已经从一个仅仅 6 个专业的微型学院，发展成为具有 17 个学院 61 个专业的科系齐全的省属重点大学。浙江师大 25 年的沧桑巨变，其实

---

① 何增光主编. 浙江师范大学史（上）[M]. 上海三联书店，2006:82.

就是新中国60年翻天覆地变化的缩影。这是一幅多么壮丽的史诗啊！

当我们迎来共和国60周年华诞之际，每一位师大人仍在用饱蘸激情的笔书写着师大的史诗，唱着一支快乐的歌，昂首阔步向前。[①]

五、"走出去"创办一流大学

完成了学院更名升格这件大事，蒋风又把精力投入另一件大事——冲出封闭的办学模式，加速对外开放，加强与国内兄弟学校的联系，走向世界，如聘请外籍教师、建立杭州办事处等。走横向联系，在相互学习中创建重点大学的做法，在20世纪80年代，有如此远大的办学眼光，还不多见。

这里有一个小插曲，一段发生在师大更名升格不久前的一件事，让蒋风铭记一生，一辈子也不能忘怀。

就在蒋风升任浙江师院院长不久，突然接到德国汉堡大学的来信，说他们拟在这年（1985年）夏天派30名留学生到浙江师院来学习中国语言和文化。接到信后，学校领导班子里的多数人认为肯定是对方搞错了，估计本来应该是与杭州大学联系的，因为杭州大学的前身也是浙江师范学院。蒋风坚持认为，外国人没有搞错，因为信封上的校址不仅写明浙江金华，而且写有高村，不可能是杭州。

---

① 蒋风. 生命中最实在的律动：关于学校改名浙江师大的回忆[C]//周俞岷、周红霞主编. 浙师之路. 北京：中国文史出版社，2020:105-106.

接下来便是一场"有没有条件收这批留学生"的大辩论。当时金华夏天气温常常高达 38℃ 以上，有江南小火炉之称，那时浙江师大连一台空调也没有，外国来的留学生肯定会受不了，与其让这些留学生怨声载道，不如婉言谢绝。但蒋风竭力主张克服一切困难也要接收，他认为这是提高浙江师院知名度的极好机会，也是让学校上一个台阶的极好机遇，还能够为师院升格为大学铺平道路。

蒋风说服大家后，就想尽一切办法准备接受这批德国的大学生。蒋风与金华市领导商量，包下这年夏天北山双龙宾馆的全部床位，这里是避暑胜地，可作为留学生上课的地方。而当时的金华还不是开放城市，接待外国人需要上级批准，于是又层层上报，由省教委、省公安厅到省人民政府，还有安全局，最后省安全局还拖一个尾巴，要校方再跟附近驻军打个招呼，于是蒋风又去找驻军首长、政委、参谋长，军方也是头一次碰到这类情况，也得向上级请示，待到军方上报到省军区、原南京军区、中央军委，申报一级一级审批下来的时候，离这批德国汉堡大学留学生预定来金华的日期已经不到一周了，连签订协议的时间也没有了，不要说其他必需的准备。最后校方不得不去电婉拒，就这样白费辛苦，还是失去了接待这批外国留学者的机遇。对此有人埋怨是劳民伤财，空忙了阵子。蒋风却不这样看，努力并非白花，至少了解了接受外国留学生不是一件想做就能做的事。事情也有好的一面，就是既然同意浙江师院接收外国留学生，当然也就说明可以接受外籍教师，这样，蒋风利用已经得到的政策许可，为外语系从美国聘请了一位教师，成为浙江师院有史以来的第一名外籍教师，后来还进一步加强了横向联系，与美国贝尼诗学院建立了交换教师任教的协作关系。这件事情让蒋风深刻地感受到,在没有真正改革开放的环境里搞开放办学的难处,也说明地处偏僻的大学要想走出去发展是多么艰难。而蒋风的骨子里就有天生不怕难的基因,越是困难越激发他的决心和斗志,越是困难越感到走出去办学的迫切性和重要性。既然接收留学生这样困难,蒋风就改变了策略,变"请进来"为"走出去",这从他担任4年校长时期的社会活动,就可见其主动"走出去"的急迫心情和坚定行动。

奔波于国内的交流合作活动,蒋风以校长身份,亲自为学校代言,不失时机地介绍、展示、宣传学校情况、形象、愿景,争取学界有声音,行业有地位,社会有影响。

1984 年

4 月 13 至 18 日,蒋风参与筹备并出席浙江省作协儿童文学组举办童话创作座谈会,会上介绍浙江师院的儿童文学研究情况。

6 月,蒋风参加文化部在石家庄召开的"全国儿童文学理论座谈会"并交流发言,介绍了自己和浙江师院儿童文学研究室的理论研究成果和规划。这是 1949 年以来第一次全国性的儿童文学理论会议。

8 月,蒋风应邀到江西少年儿童出版社在庐山举办的为期 10 天的儿童文学讲习会授课。

10 月,蒋风应邀担任编委并出席在四川灌县召开的《儿童文学辞典》第一次编委会。

1985 年

1 月,蒋风作为作协代表,出席在北京召开的中国作家协会第四次全国代表大会。

（2月13日，浙江省人民政府下达了［85］28 号文件，同意将浙江师院改名为浙江师范大学。蒋风担任浙江师范大学的首任校长）

3月，蒋风应邀出席在石家庄举行的中国出版社工作者协会幼儿读物研究会成立大会，并作《从皮亚杰学说看幼儿文学的基本特点》的讲座。

5月6日至13日，蒋风应邀出席由文化部、中国作协在烟台召开的"全国儿童文学创作会议"。

11月8日至12月2日，蒋风应邀出席四川外语学院在重庆召开的外国儿童文学座谈会。

（1986年蒋风晋升为教授。1987年12月，卸任校长职务）

1988 年

10月，蒋风应邀赴山东烟台出席全国儿童文学创作发展趋势研讨会。（浙江师范大学中文系儿童文学研究室扩建为儿童文学研究所，蒋风任首任所长）

1989 年

12月，蒋风受邀到安徽师范大学开展为期一个月的儿童文学讲学活动。

六、中外儿童文学交流的开拓者（上）

在加强国内交流的同时，蒋风一直重视"走出去"开展国际交流。蒋风认为，"任何一门学科的发展，都离不开中外交流，有交流才能进步,有交流才会发展。"蒋风从担任校长的那一刻起,他就把中外儿童文学交流、学习借鉴外国名校的办学经验,作为重要的办学理念,不遗余力致力于中外儿童文学交流。[①]不论是他担任校长期间,还是卸任校长后,蒋风都把自己的对外学术交流与宣传浙江师大的形象结合在一起,以他大学校长的身份与影响力,为学校建立更多的对外联系,积累更多的国际合作资源,为浙江师范大学一流学校建设和国际影响力提升做出了拓荒性的贡献。

蒋风在1985至1995十余年间,重要儿童文学交流活动主要内容如下:

蒋风(中)等团员应美国中康州大学校长
邀请到家中作客

（1）1985年10月19日至11月11日,历时22天。蒋风受国家教委选派,参加中国省属高校校长赴美考察团,到美国考察。

[①] 蒋风. 走在光荣的荆棘路上：我和儿童文学[C]//周更武主编. 守望的情结：蒋风的儿童文学世界.香港：新天出版社,2005:217.

（2）1986年8月，蒋风应国际童书联盟(IBBY)东京大会会长永井道雄和大会执委会委员长渡边茂男邀请出席大会，因签证延误，飞抵东京时已是闭幕式的前一天深夜，错过了大会。蒋风又折返大阪，参加日本大阪市国际儿童文学馆正在召开的"儿童文学国际研究会议"，蒋风在会上作《着眼于未来》专题发言。这是蒋风第一次参加国际儿童文学交流活动，结识日本儿童文学著名学者鸟越信教授并邀请其来浙江师大讲学。

（3）1986年8月，应日本儿童文学学会邀请参加"儿童文学恳谈会"，在会上作《中国儿童文学研究的历史和现状》的报告。

（4）1987年4月，蒋风收到巴黎国际儿童文学学会执委会秘书长珍妮·科帝戈德弗雷的来信，通知被批准为国际儿童文学学会会员，是该会第一名中国籍会员。

（5）1987年，西德国际青少年图书馆邀请蒋风出席该馆召开的首届"儿童文学国际学术会议"，蒋风接受了邀请，但因校务繁忙未能成行。

（6）1987年，蒋风兑现一年前的承诺，邀请日本儿童文学著名学者鸟越信教授来浙江师大为研究生讲授《日本儿童文学史》课程。

（7）1988年8月，蒋风应新加坡歌德学院和新加坡作家协会联合邀请出席第二届"世界华文文学大会"，会上作《中国儿童文学如何走向世界》的报告。

（8）1989年8月，蒋风应邀参加在合肥举行的"皖台儿童文学交流座谈会"。这是海峡两岸儿童文学界的首次历史性聚会。

（9）1990年8月，蒋风应韩国李在彻教授邀请列席在韩国召开的"韩日儿童文学研讨会"。蒋风倡议成立"亚洲儿童文学研讨会"。李在彻接受建议，但蒋风因签证赶办不及，遗憾未能出席。

（10）1990年8月9日至12日，第一届"亚洲儿童文学会"在韩国汉城召开，出席代表的有中日韩三国儿童文学专家学者42人。大会主题为：21世纪儿童读物的展望，蒋风为大会提交书面论文《21世纪儿童读物的走向》。

（11）1990年10月13至15日，蒋风应邀参加在日本大阪举行的首届"日中儿童文学研讨会"，蒋风、鸟越信等8人作会议基调发言，蒋风的报告题目是《1919—1959在"光荣的荆棘路"上跋涉——中国现代儿童文学40年的足迹》。这是蒋风第三次与鸟越信教授见面。

（12）1990年10月，蒋风向日本朋友家野四郎推荐董宏猷的《一百个中国孩子的梦》翻译成日文出版，并应邀写下《中日儿童文学交流的一朵浪花》作为日译本的序言。

（13）1991年6月18至21日，蒋风应新加坡国立大学邀请参加"汉学研究之回顾与前瞻国际会议"，在会上作《40年来的中国儿童文学研究》专题演讲，并主持文学组分会场会议。

（14）1991年7月，蒋风应新加坡教育部课程发展署邀请，为该署全体语文课本编写员讲授儿童文学，报告题目为《谈谈儿童文学》。

（15）1991年10月，马来西亚《新明少年》以三个版面介绍"蒋风及其作品"。

（16）1991年，"国际儿童文学学会"在巴黎举办第十届年会。会前接受会长委托，蒋风在中国报刊进行广泛宣传，有10篇中国学者的论文入选，蒋风寄交了大会论文，却因经费原因未能成行。原本"国际儿童文学学会"只有蒋风一名中国会员，这次会议后，刘先平、韦苇、谭元亨等人被接受为会员。

（17）1992年8月，蒋风主编的《世界儿童文学事典》由希望出版社出版。这是一部涵盖中外古今儿童文学的知识性专业工具书，受到日本鸟越信教授的高度评价。

（18）1993年2月，应日本大阪国际儿童文学馆邀请，蒋风受聘担任该馆教授级客座研究员，作为期6个月的中日儿童文学交流之研究。这是蒋风第三次去日本，后完成5万字的《中日儿童文学交流的回顾与前瞻》书面报告。

（19）1993年7月18日，蒋风应邀参加第四届"国际格林奖颁奖纪念会"，并作题为《为了孩子，为了未来——祝贺鸟越信先生荣获国际格林奖》的专题演讲。

（20）1993年7月25日，蒋风应日本中国儿童文学研究会邀请在关西例会上作《中国近年来童话创作的创新与突破》的专题报告。

（21）1993年8月24至28日，蒋风应邀列席在日本京都举行的第四届"环太平洋儿童文学大会"，并作《我们为孩子们做了些什么——中国儿童的读书环境现状及存在问题》的专题报告，并写下《京都之旅——第4届环太平洋儿童文学会议纪事》一文。

（22）1993 年 8 月 28 日至 30 日，蒋风参加在日本宗像市举行的第二届"亚洲儿童文学大会"。

（23）1993 年 8 月 31 日至 9 月 6 日，蒋风应韩国儿童文学学会邀请，出席首届"中韩儿童文学讨论会"，作《中国儿童文学的历史与现状》的报告。

（24）1993 年 9 月 6 日，蒋风应韩国诗人许世旭之邀，参观他工作的高丽大学；赴韩国檀国大学讲学，作《中国近年来童话创作的发展》的特别演讲，并写下《汉城掠影》，记录此行所见所思所感。

（25）1993 年 10 月，日本友人鸟越信教授想把他的著作译成中文介绍给中国读者，蒋风从中选了一本《世界名著中的小主人公》并约请姜群星、刘迎译翻译，经蒋风努力于 1993 年 10 月在新世纪出版社出版。

（26）1994 年 4 月蒋风应芬兰儿童文学学会与著名儿童文学作家托芙·扬松邀请，出席 8 月 7 日至 10 日在坦尼尔举行的《托芙·扬松作品研讨会》，花了三个月做调查研究，完成论文《孩子们喜爱的木民特洛尔》，最后因经费问题，只能在会上提供书面发言，失去了一个与扬松当面交流的机会，成了终生的遗憾。

（27）1994 年 5 月 23 日，应香港浸会大学冯瑞龙博士邀请去该校作《中国儿童文学的历史和现状》专题演讲。

（28）1994 年 5 月 25 日，应香港大学邀请，在港大亚洲文化研究中心作《中国儿童文学的历史发展》专题演讲。

（29）1994 年 5 月 28 至 6 月 7 日，应台湾"海峡两岸儿童文学研究会"的邀请，蒋风等儿童文学界一行 14 人，飞赴台湾进行两岸儿童文学系列交流活动，这是大陆儿童文学界首次赴台交流。蒋风在会上发表题为《情·象·境·神——从中国诗艺美学传统看海峡两岸儿童诗》的演讲。其间，蒋风应邀到台东师大讲学。

蒋风（右）与台湾台东大学儿童文学研究所所长杜明诚教授合影

（30）1995 年 11 月，出席在上海召开的第三届"亚洲儿童文学大会"，在会上作《激动人心的期待——经济腾飞给中国儿童文学带来什么》的主旨发言。

（31）1995 年 12 月，再次应邀到香港大学讲学，作题为《儿童文学与儿童教育》主题报告。

上述蒋风的"走出去"活动——不论国内还是国外，都与儿童文学有关，这有三个层面的原因：一、蒋风就是研究儿童文学起家的，也是因为浙江师院的儿童文学学科特色建设，蒋风才被破格升任校长，他不能丢掉这个学校办学特色来搞发展；二、儿童文学教授、专家的学术身份最容易开展国际学术交流，因为儿童是属于全人类，儿童文学属于所有人的文学；三、儿童文学是蒋风奉献一辈子的事业，不因为地位、环境的变化而改变初心，蒋风对儿童文学的坚守和热爱，自然而然地对儿童文学交往情有独钟。

事实证明，蒋风的儿童文学视野在当大学校长的四年间有了极大的拓展，这是一个普通儿童文学教师所无法企望的。随着蒋风世界儿童文学之旅不断丰富，他的儿童文学观具有明显的国际视野，为中国儿童文学走向世界、融入世界儿童文学发展潮流，做出了贡献。

蒋风的儿童文学足迹遍及美国、日本、韩国、新加坡、马来西亚、菲律宾等国家以及我国的香港、台湾地区，但主要属于亚洲文化圈，对儿童文学理解与发展有共同的区域特征和类似的中华文化背景。

每次出国交流，蒋风兼具三重身份：一是大学校长；二是儿童文学教授；三是记者型的作家。校长身份进行的交流合作，蒋风很少有记录的文字留下来。作为儿童文学理论家进行的专业交流研讨，蒋风大多形成了在大会交流的论文，后来收入《海外鸿爪录》（希望出版社，1998 年）中，有 26 篇之多。而每到一地，蒋风都习惯以记者的职业眼光与敏感，写下旅行记游类散文，收入《未圆的梦》（国际文化出版公司，1999 年）和《寻梦之旅》（上海三联书店，2010 年）。

蒋风在从事儿童文学教学与研究的同时，写下大量散文，主要有童年回忆和出访游记两大类，其中出访游记写所见所闻所思所感，总是联系国内和他个人经历。不论写人写事写情绪，都有典型的"形散而神不散"的文体特征，一般篇幅短小，千字文，偶有长篇，也是由一个个千字文片段有序组成，所以读蒋风的散文，有事件，有场景，有情节，有故事，语言简洁凝练，仿佛是用散文诗写成的微型小说，读起来轻快、明了，有感染力和启发性。特别是出访地几乎全是资本主义国家，蒋风有着坚定的政治立场、清醒的是非观念，总是能够透过经济发达繁华的社会表象，看到资本主义国家存在的贫富差距、发展不均、拜金主义、唯利是图以及与资本主义制度本质的联系，表达了蒋风爱党爱国爱家的朴素情感，以及为国家富强人民幸福社会进步而努力奋斗的决心和斗志。蒋风的出访散文，是充满正能量的励志文章，又能让人在感染中自然而然地接受，没有说教的语言、语气，心平气和、语重心长、入眼入心。在记游出访地探访风土人情、文化历史、生活状况的同时，蒋风总是以学习别人好做法、好经验的虚心态度，有选择批判性地汲取成功经验，因而蒋风不仅不排斥，而且敢于表达对资本主义国家在儿童教育、儿童文学、社区教育、环境保护等方面好做法、好经验的推崇。对资本主义国家教育界、儿童文学界的同行，以平等、尊重、互学、共进的方式，开展学术交流和朋友来往，他与日本儿童文学教授鸟越信先生的君子之交，在国际儿童文学界、中日交流中，传为美谈，视为典范。这类作品有"旅美手记"《啊,纽约》《自由神像》《华盛顿街头一瞥》《中国菜在美国》《在埃墨斯快餐店里》、"旅日手记"《钞票——文明的窗口》《我在日本上银行》《垃圾处置亦文明》《料理的魅力》《大阪的儿童游戏场》《人能做到他所想的》《京都之旅》《鸟越信先生》、"东南亚手记"《在新加坡教师家做客》《大花园似的小国家》《马里拉三章》《马来西亚作家云里风印象记》，以及我国港澳台地区记游散文《香港向我们走来》《到香港大学讲学》《回归》《澳门屐迹》《台湾之行》，等等。

　　蒋风每一次出访都与儿童文学学术活动有关，没有单纯的游山玩水，他的上述很多游记散文，都是他记者的职业敏感和长期养成的写日记、勤创作的习惯，是他在学术交流过程中对身边人和事的观察，对社会现象的观察和思考。而每一次出访参加儿童文学学术交流活动，蒋风都非常认真地准备会议交流论文或学习交流专题报告。蒋风非常重视自己作为中国儿童文学家的代表身份，在世界舞台上的形象和影响，总是不遗余力地向外国同行介绍中国儿童文学发展情况，表达加强交流合作的强烈愿望，他也以自己的大会论文和科研成果，赢得了国外同行的敬重和关注，赢得了中国儿童文学的世界荣誉，为中国儿童文学发展走向世界、融入世界做了开创性、奠基性的工作。

　　从上述论文或报告的篇名中，可以一窥蒋风在对外儿童文学交流中的一贯态度和基本内容，就是积极参与国际交流、向他国学习，以及坚持以我为主，以推进中国特色儿童文学融入并引导国际儿童文学发展潮流为目的，将宣传中国儿童文学与借鉴外国儿童文学相结合，提出一系列富有国际视野、中国特色、可持续发展的意见和愿景。基本内容主要有以下三个方面：

　　首先致力于把中国儿童文学介绍给世界，让世界了解中国是中国儿童文学走向世界的第一步。蒋风就是中国儿童文学走向世界的先行者、使者，他最重要的职责是向世界介绍中国，让中国儿童文学与世界儿童文学建立联系，从追跑、并跑到领跑世界儿童文学潮流。在《1919—1959：在"光荣的荆棘路"上跋涉——中国现代儿童文学40年的足迹》《一段艰难而曲折的前进道路——40年来的中国儿童文学研究》《中国现代儿童文学的历史和现状》《中国儿童文学研究如何走向世界》《我们为孩子们做了些什么——中国儿童的读书环境现状及存在问题》《激动人心的期待——经济腾飞给中国儿童文学带来什么》等交流文章中，蒋风完整介绍了中国儿童文学从 1919 年独立以来，在整个 20 世纪的发展史，探讨了在不同政治、战争、经济、文化、风尚等重要环境下儿童文学发展的特点，塑造了中国儿童文学在现实主义道路上不断现代化、国际化的开放形象和蓬勃朝气。

其次是把世界儿童文学介绍给中国，让中国的儿童文学发展有参照、有标杆。蒋风重点介绍与我国地域相邻、文化相近、交流方便、影响渐进，以日本、韩国儿童文学为重点的亚洲儿童文学。特别对日本儿童文学有深入的研究，写下了《中日儿童文学交流的回顾及前瞻》《日本儿童文学的主流及现状》《儿童文学能生存下去吗？——日本儿童文学现状之一》《反观儿童文学的新趋向——日本儿童文学现状之二》《中日儿童文学交流的一朵浪花——〈一百个中国孩子的梦〉日译本序》《鸟越信先生》《为了孩子 为了未来——祝贺鸟越信先生荣获格林姆奖》《清明时节悲痛忆鸟越》等系列文论，不仅让中国同行了解了日本儿童文学发展史、发展现状及存在问题，更提醒两国儿童文学专家学者关注一个事实——中日两国儿童文学的密切联系。在中日儿童文学的比较研究中，提供中国儿童文学发展史研究的新视角、新资料、新观点，为中日儿童文学的交流发展提供新路径、新机遇、新前景。他与日本儿童文学理论家鸟越信教授结下的君子之交，成为中日儿童文学界友好交流与共同发展的典范。

再次是呼吁加强国际交流，构建儿童文学发展共同体。着眼于未来，以问题为导向，呼吁加强各国儿童文学研究机构和儿童文学工作者（包括作家、评论家、理论家、教育家等）之间的联系与交流，希望在世界各地建立若干个资料信息中心和学术研究中心，如大阪、慕尼黑、维也纳、新加坡、上海、华盛顿等，形成儿童文学研究的国际化、网络化水平。^① 在蒋风的倡议下，自1990 年开始，韩日儿童文学研讨会更名为亚洲儿童文学大会，每两年举行一次，在中日韩三地轮流主办，迄今已经连续举办十五届，蒋风作为亚洲儿童文学大会创始会长，除第五届（1999）和第九届（2008）在中国台北市举办因故未能出席外，蒋风都亲自参加。2020 年第十五届亚洲儿童文学大会在韩国大邱举办，因为疫情防控需要采用线上视频方式进行，蒋风以 96 岁高龄毅然出席视频大会并致辞。早在 1986 年蒋风应邀出席在日本大阪国际儿童文学馆举行的"儿童文学国际研究会议"时，他就对日本大阪国际儿童文学馆印象非常深刻，非常羡慕，并由此得到启发，从此呼吁建立中国的国际儿童文学馆，将其作为今生"未圆之梦"，东奔西走，直到 20 多年后的 2007 年，浙江师范大学国际儿童文学馆建立，蒋风终于实现了追求 20 多年的心愿。

① 蒋风. 海外鸿爪录[C]. 太原：希望出版社，1998:1-5.

第五章 大学校长

（1984—1994 下）

一、创建全国师范院校儿童文学教学研究会

浙江师院地处相对偏僻的金华市郊区，没有省会杭州的交通便利和社会影响力，对招聘教师和招收学生都没有吸引力。如何避开区位劣势，蒋风的对策是"冲破封闭的办学模式，加速对外开放"。当时要想走出国门，无疑难上加难，不现实。既然走不出国门，那就要走出金华、走出浙江、走向全国。20 世纪 80 年代，正是"文革"后重视教育、重视知识的年代，大学恢复了高考招生，在知识就是力量、知识改变命运的共识下，掀起了全民学习的社会现象，各种类型的短训班、在职进修班、函授学历班，如雨后春笋般涌现，而师范院校随着恢复开设儿童文学课程，最缺少的就是儿童文学教师。蒋风在"文革"前就从事儿童文学教学，对师范院校需要儿童文学教师的现状非常清楚，为了让更多人关注浙江师院、关注儿童文学，培养更多的儿童文学教师队伍，也为浙江师院的办学品牌打造和提升在师范院校中的形象，蒋风有了一个大胆的想法，发挥浙江师院的儿童文学优势，面向全国师范院校举办儿童文学教师进修班。

　　说干就干。蒋风了解到当时的北京师范大学也有举办儿童文学教师进修班的做法，但北京的首都位置和北师大的学校影响，是浙江师院无法比拟的，如果两校同时举办师范院校儿童文学教师进修班，肯定会出现与北师大竞争的不利局面。如何避开一南一北的竞争，又能发挥好各自优势，共同为我国儿童文学队伍建设做贡献呢？蒋风发现北师大的儿童文学教师进修班的培训对象是高校儿童文学教师，当年高校开设儿童文学课的学校不到 10 所，而且大多是选修课，生源相对较少。而幼师普师在全国有几百所，更需要开设儿童文学课，而且是必修课，大多由语文教师兼任。蒋风清楚地记得自己 20 世纪 50 年代给学生上儿童文学课，就是在金华二中担任语文教师的时候。这些语文教师几乎没有学习过儿童文学，他们进修儿童文学的需求更强烈、更迫切，而且生源稳定数量大，与北师大儿童文学进修班面向高校教师又不冲突，并且能形成互补，共同完成从幼师普师到高师儿童文学队伍的体系化系统化建设。

　　蒋风将自己的想法向浙江师院领导汇报，学院领导又向省教委汇报，在教育部普教司幼教处和浙江省高教局的支持下，1982 年下半年浙江师范学院创办了第一期全国幼师儿童文学师资进修班。消息发出后，收到全国各地寄来的申请书达 100 多件，因住宿条件限制，只招了 57 名。1984 年秋，又举办了第二期幼师儿童文学进修班。进修班受到全国各地幼儿教师的热烈欢迎，取得了十分显著的成绩，影响力迅速扩大。吉林省四平幼儿师范学校胡居安老师，获得浙江师院举办幼师儿童文学进修班消息后，迫切要求前来进修，又担心名额满了，不能如愿，于是就求校长帮助解决。校长对他说："我替你出个点子准行。古人说千里迢迢，我们吉林四平到浙江金华，真是四千里迢迢。你卷个铺卷到那儿去当面要求，难道他们真的会赶你回来不成？"胡居安听了大喜，果然照此办法，来到金华，说明原委，进修班只好收下了。但住处确实困难，当时蒋风刚升任浙江师范学院院长，就帮助他在附近的骆家塘村租了一间房子住下。由于进修班办得生动活泼，内容丰富，很受学员欢迎。山西晋东南幼儿师范学校老师茹建刚在小结中写道："……除了对儿童文学的一些基本理论、作品、中外儿童文学概况有了初步的了解外，我觉得最使自己吃惊的是，我居然热爱上了儿童文学，对它产生了浓厚的兴趣。"

就这样，浙江师范学院的幼师儿童文学培训班的社会知名度越来越大，到1987年连续举办了三期，学员遍及25个省市，共140余人，不仅为全国师范院校培养了一批骨干教师，也把儿童文学的学术种子撒向全国。蒋风提议，以进修学员为基础成立全国师范院校儿童文学研究会，便于将参加过进修班的学员再一次集聚在研究会的组织下，让他们互相交流学习。有了三期成功经验，此后研究会按照每两年举办一次的模式，一直不间断地开展下来，至2020年已经举办了十七届，成为中国儿童文学界时间最长、持续运营的儿童文学教学民间组织。蒋风的开创之功铭记在一代又一代儿童文学教师的心里，蒋风被选为全国师范院校儿童文学教学研究会名誉会长。

蒋风曾回忆初创时期的情形，谈到自己因为担任校长太忙没有顾及研究会工作的抱歉和退休后坚持参加每一届活动的心情，让人更加敬重这位开创者、组织者和引路人。蒋风写道：

　　我向我所在的浙江师院（后来的浙江师大）领导提出建

议，在 20 世纪 80 年代初开办全国幼师普师儿童文学教师进修班。招生消息一传出去，全国 20 多个省市都要求派教师来进修，当时限于人力物力又不可能多招，福州省教育厅就要求我们全班人马去泉州利用暑假为该省办了一次班。在浙师院校内一连办了三期。当第三期学员进校时，我建议召开过一次全国中师儿童文学教学研讨会。当时又考虑研讨会毕竟是短暂的，为了增强研讨的效果，应该把研讨会常态化，我就在会议期间建议成立首个全国幼师普师儿童文学教学研究会，并得到与会者一致赞同。于是就在 1986 年 10 月在浙江师大成立了全国幼师普师儿童文学教学研究会。当时大家推我当会长，我坚决辞去这个职务，因为 1984 年我刚刚从一个普通教师的岗位上提上来当校长，既缺少行政经验，一校之长，头绪纷繁，且在当年浙江师院人心动荡、物力财力也十分困难的情况下，我面对的本职工作就像戴着脚镣跳芭蕾舞，心力交瘁，一年中病倒两次。我想再要我当这个会长，必然只能挂挂名，于人于己都不利，还是从学员中选个能人来承担，更能成就事业。大家都理解我的难处，也可怜我，不再勉强，所以从学员中，选出郑光中同学当第一任理事长。今天我们这个会有如此强大的生命力，与历届理事长和理事们的努力和辛劳是分不开的。这也印证了我的分析和想法是正确的。

遗憾的是，这个会从 1984 年成立之后，我因校务和俗务烦冗，实在关心不够，从第二届到第六届年会我都因事不能参加。为此我深感内疚。为了赎罪，也为了弥补过去的内疚所以从第七届年会开始，因为这时我已离休，我有自己安排

时间的自由，一连六届，再忙我也要出席，苏州年会还选我
为名誉会长，我也没有推辞了。

这次来武汉之前，朋友、家人都劝我，这么大的年纪，
这种会能不参加就不参加，我知道他们是好意，我也领情，
但他们却不了解我的心情。因为我和全国师范院校儿童文学
教学研究会的诞生与成长，有着特殊的情缘，或者说有一份
特殊的感情。我想我还能行动，我怎好不参加。我不考虑自
己是个耄耋之年的老人，我还是千里迢迢赶来了。我相信在
座的朋友也会为这份激情所感染，鼓掌欢迎我与会的。这是
发自我内心的话，心里出来的话也会落进心里。我深信，我
发自内心的话，一定会落在在座朋友们的心里。让我们共同
努力，把这个会办得更好。因为路只有在前进者的足下才会
缩短，前途永远属于那些不屈不挠，不达目的誓不罢休的人，
而且单个儿，谁也算不了什么，大家在一起，劲往一处使，
我们就是无敌的力量。让我们的全国师范院校儿童文学教学
研究会在大家共同努力下万古长青，永葆青春。[①]

蒋风以身作则，率先垂范，全国师范院校儿童文学研究会（原
名"全国幼师普师儿童文学教学研究会"）自 1984 年 10 月成立
以来，近四十年没有停止活动，而且与时俱进，成为中国当代儿
童文学教育界最有影响的教学研究团体。

---

① 蒋风. 在全国师范院校儿童文学研究会第十二届年会上的讲话[C]//蒋风. 新
世纪的足迹：蒋风的儿童文学世界.合肥：安徽文艺出版社，2014:92-93.

全国幼师普师儿童文学教学研究会发起会员与顾问、老师合影，前排左七为蒋风

据第十五届研究会（2016年）资料显示，研究会由蒋风担任名誉会长，下设学术、教学和创作3个专业委员会，设有由著名儿童文学理论家、作家组成的学术顾问团，拥有会员100多名，会员中有教授47名，副教授100余名，博士生导师5名，博士后2名，博士28名，还拥有任溶溶、圣野、冰波、汤素兰、王一梅等一批全国知名作家。研究会以促进师范院校儿童文学教学研究、儿童文学理论研究和儿童文学创作研究为宗旨，学术力量雄厚，学术活动活跃，研究成果丰硕。研究会定期召开学术会议，邀请国内外知名学者专家做专题讲座，在推进全国师范院校儿童文学的教学与研究方面作出了巨大的贡献。

二、创建第一所高校儿童文学研究所

1985年，蒋风作为浙江师范大学校长，虽然有很多校务要他

亲自处理，但对儿童文学学科建设更加重视，做起来也比之前有
了有利条件。1978年蒋风应邀参加"庐山会议"后，在学校领导
支持下，在全国第一个恢复儿童文学课程、第一个设立儿童文学
研究室、第一个招收儿童文学研究生、第一个编写儿童文学教材、
第一个举办全国师范院校儿童文学教师进修班等等。经过七八年
的创业发展，浙江师大的儿童文学学科影响力越来越大，但与北
京师范大学、上海师范大学等大城市高等院校的儿童文学办学条
件和基础设施建设等方面相比，之前所有的众多"第一次"优势
已经不复存在，浙江师大有的，北京师大、上海师大等高校也都
有了。如何保持浙江师大的先发优势，用好现有资源，创新创造
发展，继续发挥引领作用，蒋风有着清醒认识和自己的设想，特
别是日本大阪国际儿童文学馆的规模化、国际化水平，让蒋风羡
慕不已。

经过深思熟虑，蒋风有了"三步走"的设想。第一步是已经
完成的计划，创建中文系儿童文学研究室，与杭州大学联合招收
儿童文学硕士研究生；第二步就是正计划要做的，将中文系儿童
文学研究室升格为浙江师范大学儿童文学研究所，拿到独立的儿
童文学硕士研究生授予权；第三步是在校级研究所的基础上建立
类似于大阪国际儿童文学馆的学院级儿童文化研究院，招收包含
儿童文学在内的硕士、博士研究生，接受来自世界各地的访问学
者，巩固提升浙江师范大学作为中国儿童文学教学研究中心和中
外儿童文学交流合作中心的"双中心"地位。

1988年，蒋风将其1979年建立的浙江师范学院中文系儿童
文学研究室改建为儿童文学研究所，1979年至1996年8月，蒋
风校长亲自任儿童文学研究室（所）主任。1996年9月至2001

年 6 月，黄云生教授任所长（主任）。2001 年 7 月，儿童文学研究所被列为校级重点研究所，方卫平教授担任所长，当时研究所有研究人员 6 人，其中教授 3 人，讲师 2 人，拥有博士学位者 1 人，正在攻读博士学位者 2 人。研究所还设有儿童文学资料室、台湾儿童文学资料中心等。

浙江师范大学儿童文学研究所是改革开放以来我国高等院校同类学科中成立最早、师资力量最雄厚、研究成果最突出、人才培养最具成效的一个研究机构。从 20 世纪 80 年代中期以来，儿童文学研究所就一直被国内外同行公认为是"中国儿童文学研究的学术重镇"和"儿童文学人才培养的重要基地"。经过二十多年的持续建设，研究所在整体上已成为国内高校同类学科中处于领先地位的、最具影响力的儿童文学研究机构。

儿童文学研究所作为以儿童文学理论研究为主的学术机构，主要承担儿童文学基础理论、中外儿童文学史、当代儿童文学创作及思潮等方面的研究任务，同时还承担着儿童文学硕士研究生的培养任务，本科生、函授生等的儿童文学教学任务。此外，研究所还在中外儿童文学交流尤其是海峡两岸的儿童文学交流中扮演着重要角色。可以说，浙江师范大学儿童文学研究所的人才培养工作和儿童文学交流工作，从一开始就走在了新时期全国高校的前列。

在儿童文学教学和人才培养方面，蒋风亲自谋划、规划，身体力行，建立了比较完整的儿童文学学科本科生、硕士生的儿童文学课程体系和教学培养体系，走在了新时期全国高校改革发展的最前列，培养了以吴其南、王泉根、汤锐、方卫平、周晓波、谢华、汤素兰、韩进、王荣生等为代表的一批在儿童文学教育界、理论界、出版界广有影响的专家学者。近十年来，儿童文学研究所还接受了来自日本、韩国、马来西亚、新加坡以及我国台湾、香港地区的儿童文学作家、学者、研究生等共 300 余人次来学校进修、访学、交流等。儿童文学研究所汇聚了蒋风、韦苇、黄云生、方卫平、楼飞甫、周晓波、吴其南、陈华文等众多国内儿童文学界重要的或活跃的学者、作家、翻译家，形成了一个在国内以及日本、韩国、东南亚各国以及我国台港地区儿童文学界广有影响的学术群体。其中最突出的成就是儿童文学学科教材的建设和儿童文学教学研究成果。

三、新时期中国儿童文学研究生教育的先行者

蒋风是浙江师范学院招收研究生第一人。

2008 年，浙江师范大学（1985 年以前为浙江师范学院）曾举办自 1978 年改革开放以来 30 年大事评选，第一件大事就是 1979 年蒋风以讲师身份开始招收研究生。

蒋风从 1979 年第一次招收儿童文学硕士研究生，第一届、第二届 3 名硕士研究生于 1984 年顺利通过论文答辩，拿到杭州大学研究生学历和学位证书。从 1979 年第一届到 1993 年第十二届，浙江师大都是以与杭州大学联合招生培养的形式招收硕士研究生的，因为浙江师大中文系直到 1993 年底才拿到硕士研究生学位授予权。这是一段非常特殊的历史，也是蒋风带领儿童文学学科努力奋斗的艰难历程。

1978 年，蒋风带着参加"庐山会议"的巨大精神动力，率先在全国恢复师范院校儿童文学课程。这年下半年，蒋风从浙江师

范学院科研处获悉，教育部有通知，高校可以招收研究生，其中在导师资格规定中明确表示，资深老讲师也可以招收研究生。因为学校刚从"文革"结束后恢复正常的教学秩序，有副高职称的老师还没有勇气想到招收研究生，再说当时浙江师院也没有获得招收研究生的资质。但蒋风不这样想，既然教育部在研究生导师资质认定上不是那么严格要求一定是副高职称以上，为什么不努力试一试呢？

蒋风想到自己的经历和条件，也算得上是资深讲师了，从20世纪50年代开始在高校教授儿童文学已经20多年了，因为"文革"动乱期间自己被下放喂猪，加之浙江师院在杭州和金华之间来回搬迁不断，学校没有正常的职称评审制度，才耽误了，仍然是讲师职称。但自己在儿童文学专业方面的研究、教学和著作都有了一定的积累和成绩，在学术科研能力方面没有问题，而且社会上迫切需要儿童文学方面的专业人才。蒋风越想越觉得自己有理有利，就把想法向学校科研处和校领导汇报了，得到科研处和校领导的赞许和支持，而且顺利通过浙江省教委的审批，真是喜从天降。

蒋风马上投入招收研究生的准备工作，因为没有经验，也没有人手可以帮忙，蒋风就亲自从专业课出题、阅卷、审查学生档案做起，紧张有序地进行。蒋风对一位报考的考生非常满意，除英语零分外，其他课程都在90分以上，但总分没有达到录取分数线，不能录取。蒋风了解到考生英语0分的原因是考生学的是俄语，而考试是英语，所以诚实的考生交了空白试卷。蒋风为此专门到主管部门去说明，并以自己承担责任担保，把这位考生破格录取。有关部门和领导也十分同情考生，敬佩蒋风实事求是的精神，把情况和请求如实上报，最终得到的答复是不能违背招生制度、自行降低录取标准。蒋风尽力了，为考生感到遗憾。因为是第一次招生，如果没有合格的考生录取，不仅浪费了名额，而且蒋风和学校争取来的招生机会也可能因此被中止或取消。经过协调商议，浙江省招生办请蒋风从报考杭州大学硕士生的录取名单中调剂一名。于是浙江温州一位叫吴其南的中学英语老师成为浙江师院招收的第一名研究生，专业是现当代文学，研究方向是儿童文学，导师是蒋风。蒋风也因此成为新时期第一位招收儿童文学研究生的导师，浙江师院成为新时期第一所招收儿童文学研究生的高校，吴其南是新时期中国第一位儿童文学研究生，开创了历史，像一座丰碑，为浙江师院今后的发展奠定了基础，赢得了先机。

蒋风从1979年开始招收研究生，直到退休。在蒋风的带领和影响下，浙江师范学院升格为浙江师范大学、儿童文学研究室升格为儿童文学研究所、拿到国务院学位授予权，特别是儿童文学研究生教育成为浙江师大的品牌学科，在中国儿童文学界和世界儿童文学范围内，都产生了积极广泛的影响。日本专业刊物《中国儿童文学》（1989年第8期）评价道，"在蒋风教授指导下努力研究的年轻学者，已成为中国儿童文学研究的中坚力量"。

1979—1995浙江师范大学中国现当代文学专业硕士研究生名单

1979级　吴其南（儿童文学）

1982级　汤　锐（儿童文学）、王泉根（儿童文学）

1984级　方卫平（儿童文学）、章　轲（儿童文学）

1985级　章义龙

1986级　胡平仁、严亚国、邹　亮（儿童文学）、王新

志（儿童文学）、赵志英（儿童文学）

1987 级　阎春来（儿童文学）、潘　延（儿童文学）、刘朝阳、李　潘、陶祥兴

1988 级　马　华、洪治钢、汤素兰（儿童文学）

1989 级　姜云飞、张谷芬

1990 级　韩　进（儿童文学）、侯新华（儿童文学）、丁卓芬（儿童文学）

1991 级　王三炼、陈文盛、王世界（儿童文学）

1992 级　陈柏林、何国权、周　彦（儿童文学）

1993 级　杨佃青（儿童文学）、景秀明、张晓明

1994 级　夏　航、郭六轮（儿童文学）

1995 级　平　静（儿童文学）

2005 年 5 月，蒋风出席在青岛举办的"中国原创儿童文学研讨会"，与学生们合影。从左到右：汤锐、周晓波、方卫平、蒋风、桂文亚（台湾）、吴其南、王泉根、韦苇、韩进

上述儿童文学硕士研究生中，以蒋风名义招收了前五届（1979—1987），共 10 人，他们是：吴其南、王泉根、汤锐（女）、方卫平、章轲、赵志英、邹亮、王新志、潘延（女）、阎春来等；以蒋风、韦苇两位老师名义共同招收了两届（1988、1990），共

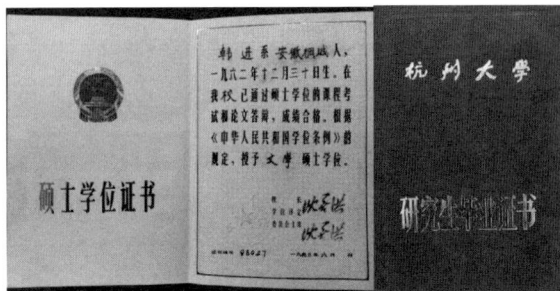

杭州大学研究生学历学位证书

4人，他们是：汤素兰（女）、韩进、侯新华、丁卓芬（女）；参与指导的研究生有4人：王世界、周彦（女）、杨佃青、郭六轮等。以上18位儿童文学硕士研究生的学历学位证书均为杭州大学。从1995级开始的儿童文学硕士研究生的学历学位证书开始为浙江师范大学，也就是说从1979年蒋风开始招收的十一届儿童文学研究生，浙江师大没有硕士学位授予权。这是一段非常特殊又十分无奈的历史。

为浙江师范大学申请硕士学位授权单位，是继更名浙江师范大学后，蒋风最重视最操心最烦心的头等大事。这不仅关系到由蒋风开创的研究生教育的可持续性，而且关系到浙江师范大学作为省属重点高校的实力和名声。蒋风招收了十多届研究生，培养了10多名硕士生，可学生毕业证书是杭州大学的，没有浙江师范大学什么事情，教师学生都觉得别扭，而且在学生个人履历上写不清楚，也解释不明白。为了让浙江师大的儿童文学专业尽早拿到硕士学位授予权，蒋风可谓呕心沥血，在2013年10月写给《浙师往事》的回忆录中写下了当时的情形：

> 世界上的事是很复杂的。浙师院虽然在全国招收了第一个儿童文学硕士研究生，但是事情并不像想象的那么简单，直到吴其南毕业，跟着第二届的王泉根、汤锐也毕业了，浙

江师范学院硕士点仍未批下来，招的硕士研究生无法颁发硕士学位证书，怎么办？请示教育行政部门的结果，是让毕业的硕士研究生再向有硕士点的院校申请。于是第一届至第七届毕业生为此只得向杭州大学申请硕士学位。

到第三届的方卫平、章轲进校后，我已被任命浙江师大校长，曾为硕士点的事奔波，专程赶到北京多次，向国家教委和国务院学位委员会请示，答复是问题关键在于学校的整体条件不够。我又向学位办咨询，什么是整体条件不够？答复是：一是全校高级职称人数不到20人；二是文科的科研成果尚可，但理科几乎是空白。

因为这样，我每次都带着无可奈何的情绪怏怏而归。其实这是咎由自取。记得1978年恢复评职称时，当时我们这所已是有30年历史的老校，全校群众认为有18个讲师可提升为副教授，而校领导思想比较保守，紧扣领导同志的一句话："这次评职称，讲师可以宽一点，教授须从严。"因此校领导讨论来讨论去全校只报1名，因此全校高级职称的教师，既引不进，也不敢报，一直偏少，使得整体条件一直处于落后的状态。

这事一直沿袭到20世纪80年代末90年代初，我带的儿童文学研究生都已成为教授并带硕士研究生，我校的硕士点问题仍未解决。

记得20世纪90年代初，全国第四批硕士点审批工作在杭州进行，国务院学位委员会的孟汇丽处长顺路到我校了解情况时，听了我一上午的汇报，我说我带的研究生都已评上教授，而且他带的研究生都快毕业了，浙江师大申请的硕士点，长达 10 多年了仍未批下来，感到十分不理解。我觉得自己的汇报发言意犹未尽，事后又写了一份书面汇报"一个老教授的苦恼和悲哀"寄去，很快得到孟汇丽处长的回信：

蒋教授：

春节好！

1 月 24 日来函及所附"一个老教授的苦恼和悲哀"均收悉。拜读后对您强烈的事业心和为祖国儿童文学所做的贡献十分敬佩；对您在文中所反映的苦恼和悲哀我十分同情；字里行间闪烁着一位受人尊敬的中国老知识分子报效祖国的赤子之心，这正是一代历经坎坷的中国知识分子的特点，那就是不管遇到什么困难和挫折，仍然坚持并在事业上奋斗不息。这是多么的难能可贵啊。

由于第 4 批硕士点的初审工作已全部结束，再加上此次审核要严格控制新增硕士单位，复审时能否解决您的硕士点授予权问题，确实把握不大。但我想，迟早能解决，关键是希望你们继续在教学和科研上获得新的进展和成果，并能培养一位可以作为学科带头人的 60 岁以下的正教授。蒋教授已是我国儿童文学方面的知名的学科带头人，由于硕士学位授权点的审核对学科带头人在年龄上有一定要求，故陈述了上面的一些意见，仅供参考，我想蒋教授曾担任过校长，能够理解这一规定的。请代我向薛校长、骆副校长问好，并谢谢你们对我们的盛情款待。

致敬礼！

孟汇丽

2 月 3 日于北京

这时又出现了一个戏剧性的结局：1993年浙江师大整体条件被认定基本够了，但儿童文学又被人为地定位为三级学科，不能单列招生，生硬地列入中国现当代文学名下，作为一个研究方向招生。所以又因硕士点布局关系，浙江已有多个中国现当代文学硕士点，而浙江师大却名落孙山，反而先批中国古代文学、马列主义教育两个硕士点。

早在1979年招收了儿童文学全国第一个硕士研究生，一直到1996年4月29日国务院学位委员会第12号文件下达第6批硕士点名单，方批准浙江师大中国现当代文学列入硕士点，儿童文学方向的硕士研究生才能授予硕士学位。浙江师大的儿童文学硕士点在这条光荣的荆棘路上走了近20年，其中的艰辛和况味，不身历其境是绝对体会不到的。但是此中的艰辛和不堪言说的况味，今天却成了一段美好的回忆。①

四、建立完整的儿童文学学科研究生教材体系

招收儿童文学研究生是一项开拓性工作，没有现成的做法和经验可以借鉴。蒋风根据自己20多年儿童文学教学的经验和体会，结合社会对儿童文学专业人才的现实需求和儿童文学学科自身发展规律的要求，同时考虑浙江师范学院和杭州大学联合招生、浙江师院（师大）独立培养等特点，设计了儿童文学硕士研究生专业方向六门基础课程：儿童文学概论、儿童文学原理、中国儿童

---

① 蒋风. 招收全国第一个儿童文学研究生[C]//周舸岷、周红霞主编. 浙师之路. 北京：中国文史出版社，2020:98-99.

文学史、外国儿童文学史、中国儿童文学名作选读、外国儿童文学名著选读。没有教材，蒋风就带头自己编写，组织儿童文学研究室（研究所）的同事以及研究生们一起编写。蒋风把自己策划课题、组织研究生一起编写教材作为培养研究生学术科研能力的有效办法。

在蒋风带领下，儿童文学研究所在儿童文学教材建设方面取得显著成果，建立了涵盖本科生、专科生、研究生、进修生等不同教学层次的儿童文学教材体系，包括"儿童文学概论""中国儿童文学史""外国儿童文学史""儿童文学美学""儿童文学创作论""幼儿文学概论""青少年文学研究""儿童文学艺术论""童话美学研究"等课程的系列化、系统化教材，在国内高校中首屈一指。随着人文学院儿童文学系的创办，该系制定并实施了儿童文学专业本科教学计划，新开设了"儿童文化哲学""儿童影视概论""中外儿童文学名著选读""儿童读物编辑理论与实践""儿童动漫制作与欣赏"等必修与选修课程，内容涉及儿童文学理论及其应用的各个层面。

研究所把建设具有本土和本学科自身特色的儿童文学理论体系作为基本任务，出版了一大批具有填补空白性质的著作。在1984年担任校长至1995年，蒋风主编的儿童文学教材新增了《中国现代儿童文学史》（1987）、《中国当代儿童文学史》（1991）、《儿童文学教程》（1993），蒋风主编的其他儿童文学著作有：《中国儿童文学理论年鉴》（1985）、《中国儿童文学大系·理论卷》（1988）、《中国儿童文学大系·诗歌卷》（1990）、《世界著名童话鉴赏辞典》（1990）、《儿童文学辞典》（1991）、《世界儿童文学事典》（1992），等等。在蒋风的学术示范带动下，儿童文学研究所成员也积极投身教材建设和理论研究，先后出版了韦苇的《世界儿童文学史概述》(1986)、《外国童话史》(1991)、《西方儿童文学史》(1994)、《俄罗斯儿童文学论谭》(1994)；方卫平的《中国儿童文学理论批评史》(1993)、《流浪与梦寻——方卫平儿童文学文论》(1994)、《儿童文学接受之维》(1995)、《儿童文学的当代思考》(1995)；黄云生的《幼儿文学原理》(1995)，等等。系统和扎实的儿童文学研究成果，不仅为儿童文学教学和人才培养提供了坚实的学术支撑，同时也使研究所的儿童文学研究水平和整体实力始终处于国内儿童文学研究的领先地位。浙江师大儿童文学研究所已被普遍认为是中国儿童文学界重要的人才培养基地。

（一）儿童文学基础理论

关于蒋风的儿童文学基础理论，主要有三部著作，分别是《儿童文学概论》(1982)、《儿童文学教程》(1993)，以及《儿童文学原理》(1998)。《儿童文学概论》在本书前面已有专题介绍，这里重点介绍其他两部。

《儿童文学教程》，蒋风主编，42万字，578页，由希望出版社1993年6月出版。蒋风在《后记》里介绍了该书编写的背景：

> 自1978年在庐山召开全国第一次儿童读物出版工作座谈会上提出号召，希望各师范院校尽快恢复儿童文学课程，编出系统的儿童文学理论教材之后，笔者所在的浙江师范学院率先响应，于当年开设儿童文学课，并自编了儿童文学教材，于1982年由湖南少年儿童出版社以《儿童文学概论》公开出版。此后各师范院校也纷纷恢复儿童文学课程，并广

泛采用上书作为教材。该书先后三次印刷出版，不仅在国内受到普遍欢迎，而且远播海外，我国台湾地区就有一种儿童文学教材整节照录，连小标题也照抄不误。日本儿童文学学会主编的《儿童文学事典》中介绍"儿童文学论"条目时，将该书与保罗·海札的《书·儿童·大人》(1932)、史密斯的《儿童文学论》(1953)、马卡连柯的《儿童文学与儿童读物》(1955)、李在彻的《儿童文学概论》(1967)等当作儿童文学论发展的5本代表作之一。日本上笙一郎、高田博主编的《儿童文学研究的轨迹》(久山社1988年3月初版)第5—6页上也作了同样的评价。因此，近十年来，不断有单位来电来函要求提供上述图书作为教材，笔者为此深受鼓舞。

但是，由于该书出版已十年，出版社多年未曾重印，无法满足各方朋友的需求，而且笔者深感该书成书年份较早，不仅不够成熟、不够完整、不够系统化，且由于时代发展带动儿童文学观的进步，书中不少观点已显得陈旧，不合时宜。因此，决心重编一本儿童文学教材以应急需。为了集思广益，充分发挥集体力量，使教材编得更完备、更科学，遂发动近20所院校近30位专家学者共襄盛举。参与这一工作的学者都是从事儿童文学教学多年的教授、副教授、高级讲师，个别章节如儿童文学读物的插图装帧、儿童科学文艺，还特地邀请有关更内行的专家参与修订，力求能以马列主义为指导，总结新中国40多年来的儿童文学教学经验，并借鉴、吸取国内外有关儿童文学学术成果，使之既能适应高等师范院校的儿童文学课的教学需要，又能在酌量删节之后适用于中等师范学校（尤其是幼儿师范学校）儿童文学课的教学需要。同时，也可供广大儿童文学研究工作者和爱好者阅读参考。

由此可见，这是蒋风策划主编并广泛组织儿童文学界专家学者编写的一部中师幼师儿童文学教材，因而蒋风所说的"20所院校近30位专家学者"，指的主要是师范院校的儿童文学教师，包括浙江师范大学、北京师范大学、东北师范大学、西北师范大学、广西师范大学、新疆师范大学、上海大学、安徽大学、延边大学、北京师范学院、杭州师范学院、温州师范学院、沈阳师范学院、阜阳师范学院、鄂西师范学院、赣南师范学院、重庆幼儿师范、成都幼儿师范、烟台师范学院，以及上海科教电影照片厂、浙江少年儿童出版社的作家、编辑等。蒋风亲自写了第二章《儿童文学的历史发展》，其他章节作者有：郑光中、高云鹏、朱自强、叶永烈、冯乐堂、吴其南、周晓波、吴继路、张锦江、张耀辉、谢薛荣、李标晶、马力、冉红、韩进等27位，具有广泛的代表性，可以说集中了当时全国师范院校儿童文学教学的主要力量。

《儿童文学教程》分上下两卷，共20章60节，内容非常丰富，针对性强，实用性强。上卷为《综论》，包括《儿童文学研究的领域和现状》《儿童文学的历史发展》《儿童文学的本质》《儿童文学的任务与功能》《儿童文学的语言》《儿童读物的插图与装帧》

《儿童文学教程》（1993）

《儿童文学的创作》《儿童文学的接受和批评》《儿童文学的研究方法》等9章26节，讲述儿童文学的基本知识和基本理论。下卷为《各论》，包括《低幼儿童读物》《儿童诗歌》《童话》《寓言》《儿童故事》《儿童小说》《儿童散文》《儿童报告文学》《儿童科学文艺》《儿童戏剧文学》《儿童影视文学》等11章34节，介绍儿童文学领域的各类主要体裁。希望通过上述内容的学习，为读者提供一套较完整、系统、科学，适合中国师范教育特色的儿童文学基础理论。该书的出版一定程度上解决了当时儿童文学教材的紧缺情况，也为之后的儿童文学理论研究奠定了基础、积累了经验。

ERTONG WENXUE YUANLI

儿童文学原理

蒋风 主编

安徽教育出版社

《儿童文学原理》（1998）

《儿童文学原理》，蒋风主编，韩进副主编，30万字，452页，安徽教育出版社，1998年出版。这也是一部集体完成的儿童文学理论教材，启动于《儿童文学教程》出版之时。因为编写和出版之间有时间差，而且20世纪90年代是中外文艺交流和国内文艺思潮最活跃的年代，儿童文学理论受到当时接受美学、符号学、结构美学等外来文艺理论的影响，以及八九十年代中国儿童文学教学、研究的理论成果不断涌现，特别需要一部在《儿童文学教程》基础之上的、具有中国特色儿童文学理论体系和理论话语的新儿童文学理论教材，这部教材可以不很完善，但一定要有新意，特别是要在建构理论体系上要有创新，允许实验甚至失败，也应该在儿童文学本质研究上有突破。正是着眼学术创新和体系建构，蒋风在策划这部教材编写时，其实是将其作为一项理论研究的成果来呈现，而不是像之前的《儿童文学教程》那样，着眼于普及性的基本知识和基础理论的介绍，因而这部理论著作的作者主要是蒋风和他培养的儿童文学研究生，还有从事儿童文学理论研究的学者，全书由蒋风和韩进统稿，与《儿童文学教程》的作者主要为师范院校的儿童文学教师有明显不同。所以，蒋风在该书《后记》中写道："这部《儿童文学原理》是有关儿童文学基础理论的著作，在编写过程中，我们力求比较全面、系统地阐述儿童文学的基本原理，也力求对研究的领域有所拓展，对某些理论问题有所突破，同时注意新的研究成果的吸收。"由此可见，《儿童文学原理》是一部带有探索性、实验性，追求体系创新和话语重建的研究性理论著作，可以作为之前《儿童文学教程》的升级版、提高版，为中师幼师的儿童文学爱好者提供进一步学习的教材，也适合作为儿童文学研究生的教材，启发思考、提出问题、开展探讨、不断提升。

其实，编著一部体现上述精神的《儿童文学原理》，正是蒋风十年前就有的构想。蒋风在该书《引言》中写道："早在十年前就策划的这样一个选题，经过反复酝酿，起草了一个详细的提纲，组织力量，反复协商，兵分八路，为建设一门新学科，献上一点微薄的力量。"① 所谓"兵分八路"，说的是《儿童文学

---

① 蒋风.儿童文学原理：引言[C].合肥：安徽教育出版社，1998:9.

原理》由八编组成，即"八论"：《本质论》《文体论》《创作论》《作家论》《文本论》《接受论》《方法论》《发展论》。"论"是这部著作的最大特征，也是其理论性、学术性、研究性成果的最好体现。

"八论"儿童文学基本原理的主要内容包括四个方面。一、二两编（本质论、文体论）从儿童文学的内容和形式两方面回答了"什么是儿童文学"这一最基本的学科命题，是全书其他各编立论的基础。三、四两编（创作论、作家论）着重从创作主体与创作客体两方面阐述了儿童文学创作过程中的一些基本规律。儿童文学质的规定性及其文体特征决定了儿童文学生产的特殊性及儿童文学作家的特殊素质。五、六两编（文本论、接受论）运用接受美学理论来探讨儿童文学消费过程中的一般规律。文本既是作家创作的成果，又是儿童读者接受的物质前提，而没有儿童读者对文本的解构，文本的价值无以实现，作家的创作（作品）便没有意义，儿童文学的生产也因之没有最终完成。七、八两编（方法论、发展论）阐述了认识儿童文学的一些基本方法及其儿童文学作为一种历史的存在所表现出的某些带规律性的东西。儿童文学内涵的丰富性与儿童读者接受的复杂性就决定了认识儿童文学方法的多样性，发展的观点便是其中一例。发展论将儿童文学还原到生成它的历史过程中去考察，不仅使得关于儿童文学原理的其他论述不至于是无源之水，而且历时性的动态审视与现时性的多重视角，便将儿童文学这一文学现象生动而富有立体感地凸现在读者面前。蒋风强调："上述'八论'涉及儿童文学的方方面面，各自成章，但组合起来又是一个有机的整体，有它内在的逻辑。然而，儿童文学毕竟只是一种文学现象，'八论'只不过是取八个视面对同一客体所作的观照，因而，各论中难免有触及其他某论的内容，但也因视角不同，结论也不一样，这也说明了儿童文学理论内涵的丰富性与理论体系的开放性。"①

(二)儿童文学发展史论

儿童文学发展史编写是蒋风用心用情用力做的部分。没有历史不足以自立、自信，没有历史就没有儿童文学这门学科，也就没有儿童文学的未来。所以，蒋风把儿童文学史建设看作是重中之重，用尽毕生心血，一辈子探索不止。这一时期的儿童文学发展史研究，源自蒋风五六十年代在老浙江师院开设儿童文学课程，与他第一部儿童文学史课程讲义《中国儿童文学讲话》（1959）一脉相承，与他 20 年后（1979）开始招收儿童文学研究生的教学实践密切相关，并在蒋风校长、儿童文学研究所所长的带领下，浙江师范大学儿童文学研究室（所）的全体教师和所有研究生集体编写了《中国现代儿童文学史》(1986) 和《中国当代儿童文学史》（1991）。

《中国现代儿童文学史》，蒋风主编，黄云生副主编，27 万字，341 页，河北少年儿童出版社 1986 年 6 月出版。执笔的有儿

《中国现代儿童文学史》(1986)

---

① 蒋风.儿童文学原理：引言[C].合肥：安徽教育出版社，1998:10.

童文学研究所老师蒋风、韦苇、黄云生、周晓波和儿童文学硕士研究生吴其南、王泉根、汤锐。该书被称为"中国出版史上第一部《中国现代儿童文学史》",是蒋风"在儿童文学史研究方面所取得的具有奠基性的重要成果"[1],获得1988年全国儿童文学理论优秀专著奖。

《中国现代儿童文学史》作为我国第一部有完整体系的儿童文学史,系统探讨了1917—1949年中国现代儿童文学的发展历程,"恰如其分地论述了儿童文学创作的变化直接根源于作家思想的变化,正确地揭示了儿童文学自身发展的规律"[2],"全书详辩慎取,立论精深,自成一系,充满思辨色彩"。[3]上述特点从该书目录所显示的内容可见一斑。

---

[1] 陈兰村. 蒋风评传[M]. 北京：作家出版社，2010:121.

[2] 张永健主编. 20世纪中国儿童文学史[M]. 沈阳：辽宁少年儿童出版社，2006:385.

[3] 王泉根. 中国儿童文学现象研究[M]. 长沙：湖南少年儿童出版社，1992:327

上述目录显示，全书除蒋风亲自执笔的《绪论》《后记》外，共 3 编 10 章 41 节，在 32 年（1917—1949）的历史跨度中，勾勒出从"五四"新文化运动至中华人民共和国成立这一特定历史时期中国儿童文学从发生到发展的脉络；论述了中国近现代历史变迁、文学思潮对儿童文学的深刻影响，以及中国现代儿童文学自身的发展规律、时代意义、审美价值、学科特征等重要文体，同时以专章专节考察分析了我国文学界前辈鲁迅、周作人、郭沫若、茅盾、郑振铎、赵景深等先驱者的儿童观、儿童文学活动及其创作对于中国儿童文学从自发走向自觉的开拓意义、理论建设和奠基作用，以及叶圣陶、冰心、俞平伯、王统照、黎锦辉、巴金、老舍、陶行知、董纯才、张天翼、陈伯吹、钟望阳、仇重、贺宜、严文井、丰子恺、高士其、包蕾、金近、管桦等儿童文学家的创作实践与创作思想。所以这部《中国现代儿童文学史》的实际意义已经不只是对儿童文学研究本身的贡献，而是为人们从一个新的视角来了解和认识整个中国现代文学史提供了有益的重要参考，可以说是"拓一方荒原，补一项空白"，[①] 是通向完善的中国儿童文学史殿堂的"一块厚重的碑石"。[②]

  蒋风的儿童文学史观集中体现在《绪论》里。绪论是全著精神与内容的高度概括，共三部分。第一部分论述中国现代儿童文学产生于"五四"时期，但它与源远流长的中国历代文化、文学一脉相承；历代儿童主动把丰富多彩的民间口头文学和古代文人文学中适合自己阅读接受的作品占为己有，以满足精神上的饥渴，

---

① 韩章训、单东. 拓一方荒原，补一项空白：评蒋风主编的《中国现代儿童文学史》[C]//周更武主编. 守望的情结：蒋风的儿童文学世界. 香港：新天出版社，2005:275

② 董宏猷. 一块厚重的碑石：读《中国现代儿童文学史》[C]//周更武主编. 守望的情结：蒋风的儿童文学世界. 香港：新天出版社，2005:275.

体现了中国现代儿童文学与中华传统文化和古代文学之间的渊源关系。第二部分论述了中国儿童文学划分为三个时期的依据、时间、特征等，即"1917—1927""1927—1937""1937—1949"三大发展阶段。第三部分论述了中国现代儿童文学四个鲜明的特征：一是起步迟，然而起点高、发展快，在世界儿童文学发展史上独树一帜；二是中国现代儿童文学与现实生活紧密结合，是时代生活的一面真实的镜子；三是注重教育方向性这一中国儿童文学最显著特征；四是中国现代儿童文学具有的鲜明民族风格。

综上所述，《中国现代儿童文学史》不仅在中国文学史上第一次展现了作为一种独立文学现象的儿童文学风貌，创建了一套编著儿童文学史的方法和方式，而且更重要的是第一次宣告了中国儿童文学的独立，论述了儿童观与儿童文学的内在逻辑关系，叙述了从"儿童的发现"到"儿童的文学"的历史事件和事实，回答了什么是儿童文学以及中国儿童文学的特点、"儿童本位论"与"童心论"等重要理论观念，得出了儿童文学在中国是现代文学概念的重要论断，论证了"五四"新文化运动催生中国儿童文学，坚持以党领导和影响的新民主主义性质和社会主义方向的民族的大众的新文学方向作为中国儿童文学的发展方向，搜集并研究了一大批第一次成为中国儿童文学家的作家们的创作实践和代表作分析，在中国儿童文学史的宏阔视野里为儿童文学家立传，又以儿童文学家的文学创作与理论研究为中国儿童文学史铺路立标，体现了儿童文学史是儿童文学作家作品史的史学观，成为一部具有国际儿童文学视野、立足中国儿童文学实践、突出社会主义前进方向、具有开放学术结构的独具中国特色的儿童文学发展史，为后世儿童文学发展史研究提供了难以逾越的示范性和典范性。

作为第一部开拓性与探索性的中国儿童文学断代史，虽被称誉为"我国第一部现代儿童文学的完备史著"①，但也仍然存在其时代局限、学术难题，以及集体著作难以避免的不统一现象。有评论认为，在评价五四时期中国儿童文学从自发走向自觉过程中周氏兄弟——鲁迅、周作人的思想启蒙和理想倡导的贡献时，有明显的不同对待，将鲁迅称作中国儿童文学的奠基人，对同时期周作人的肯定"还很犹豫，还很保留"，②与周作人当时的影响和地位不相符；对陈伯吹、贺宜等在中国儿童文学理论建设中的贡献，陶行知、陈鹤琴儿童教育思想对中国现代儿童文学发展所起到的作用，论述也不够充分；③有评论认为，"编著儿童文学史，把所有儿童读物的写作、编辑、出版的情况都纳入其中，外延是否过大、过宽了？而某些在现代文学史上，主要不是以儿童文学创作著称的作家，是单列章节加以论述，还是在叙述每个阶段创作概况时候稍加涉及，以突出那些堪称儿童文学家者，或其主要成就在儿童文学创作方面的作家？这也是值得编著者考虑的"。④有评论者提出商榷意见，认为"儿童文学是一个特殊的领域，事实上，它不可能与现实社会生活有太密切的联系，所以，一部儿童文学史是有必要过多地发掘内容的社会性，还是应当更大量地

① 罗刚.儿童文学研究的新拓展：喜读蒋风主编的《中国现代儿童文学史》[N].光明日报，1987-08-04.

② 韩进.也论周作人的儿童文学观：兼与《中国现代儿童文学史》商榷[J].安庆师范学院学报，1989（3）.

③ 张锦贻.儿童文学研究的新开拓：评《中国现代儿童文学史》[J].昭乌达蒙族师专学报（社科版），1988（4）.

④ 金梅.蒋风主编《中国现代儿童文学史》[N].文艺报，1988-06-18..

注重总结艺术特性？"① 有评论认为，"摆在我们面前的这部文学史，还只是'现代'一个时代的'断代史'，如果要总结我国儿童文学的全部发展历程，还应有'通史'式的著作。"②

《中国当代儿童文学史》，蒋风主编，46 万字，564 页，河北少年儿童出版社 1991 年 8 月出版。作者为儿童文学研究所的蒋风、韦苇两位导师和蒋风的 9 位研究生——吴其南、方卫平、章轲、赵志英、邹亮、王新志、潘延、阎春来、汤素兰。蒋风在该书《后记》里介绍了编著这部当代儿童文学史的缘起和作者情况：

> 编写一部儿童文学史，成为我多年的心愿。80 年代中期，我即带领我校儿童文学研究室全体同志暨当时在校的研究生编写过一本《中国现代儿童文学史》，于 1986 年由河北少年儿童出版社出版。该书一发行就有 20 多家报刊先后发表了评论文章，给了我以极大的鼓励和鞭策。于是，我就想接着编《中国当代儿童文学史》和《中国古代儿童文学史》，正好根据培养研究生科研能力的需要，我便把编写《中国当代儿童文学史》列入教学计划，先由我起草了一份提纲，发动全体在校儿童文学研究生反复讨论了多次，然后分头进行资料的收集，并进一步修订提纲，着手编写。当时仅是当作

① 晓舟. 新的领地 新的风貌：评蒋风主编的《中国现代儿童文学史》[C]//周更武主编. 守望的情结：蒋风的儿童文学世界[C]. 香港：新天出版社，2005:274.

② 王嘉良. 拓宽儿童文学研究的思维空间：简评《中国现代儿童文学史》[C]//周更武主编. 守望的情结：蒋风的儿童文学世界[C]. 香港：新天出版社，2005:247.

一项教学活动安排，未曾考虑它能否在短期内争取出版的问题。正好这时《中国现代儿童文学史》的出版受到国内外文化界的瞩目，不但国内报刊纷纷作了介绍，且国外也有关心中国儿童文学的人士发电给河北少年儿童出版社要求购买这本书，因此激励出版社也更重视中国儿童文学史书的出版。在出版界面临困境的严峻时期，不顾出版此类书必将亏损的情况下，责任编辑主动来信联系，希望我们继续编写《中国当代儿童文学史》，并拟将它列入 1989 年出版计划，作为新中国成立 40 年的献礼。这一信息，无疑是给我们的编写工作注入了一支兴奋剂。于是，我们一方面加快编写进程，一方面吸收部分教师参加编写工作，以保证书稿的质量。大家相互鼓励，一定要在保质保时的前提下，把书编好。[①]

后来因为书稿编写中遇到了一些难题，几经修改，延误了交稿时间，未能作为国庆 40 周年献礼出版，蒋风觉得非常遗憾。其实，虽然有编著《中国现代儿童文学史》的初步经验，但新中国儿童文学史还是在不断发展变化着的历史，学界就曾有"当代无史"的观点，即表明历史是需要有一段时间的沉淀，何况当代儿童文学的作家创作处在进行时，很多问题还难以做出"历史评判"，尤其是对作家作品的文学史地位还难以定论。蒋风认为，一切历史某种意义上就是当代史，因为是当代人用当代的眼光来审视历史做出的价值判断，哪些该写哪些不该写，而且当代人还是当代

---

① 蒋风主编. 中国当代儿童文学史：后记[C]. 石家庄：河北少年儿童出版社，1991:562.

《中国当代儿童文学史》（1991）

史的参与者、见证者，应该更有资格和权威对当代史做出更为直接真实的忠实记录，就像蒋风带领研究生们所做的，"一边摸索一边创作，努力站在时代的高度对新中国儿童文学将近40年的成败得失、经验教训、发展规律进行了初步的探索和总结，试图为关心当代我国儿童文学发展的读者勾勒一个概貌，提供一些必要的史料和历史知识"。①

《中国当代儿童文学史》除蒋风亲自执笔的《绪论》《结束语》《后记》外，正文部分共4编17章79节，主要篇章目录如下：

绪　论

第一编　1949—1959年间的儿童文学

　　第一章　社会主义儿童文学的诞生

　　第二章　老作家对儿童文学的新贡献

　　第三章　儿童文学新人的大量涌现

　　第四章　儿童文学理论的建设

第二编　1960-1965年间的儿童文学

　　第一章　在曲折中前进的儿童文学

① 蒋风主编. 中国当代儿童文学史：后记[C]. 石家庄：河北少年儿童出版社，1991:562.

蒋风在该书《绪论》里首先阐明了他的文学史观，指出"儿童文学史是阐述儿童文学发生发展的分支文学史。从文学本身的发展规律看，中国当代儿童文学，也是中国新文学的一个有机组成部分。它是我国"五四"新文学的一个分支的继续和发展。我国文学界根据时代变革引起文学现象的变化这一规律，把"五四"时期至中华人民共和国成立前的文学和这以后的文学加以阶段的区别，一般称前者为中国现代文学，后者为中国当代文学。据此，本书着重阐述中华人民共和国成立以来 40 年的儿童文学历史发展，故名之为中国当代儿童文学史"。"儿童文学跟一般文学一样，它的发展既有它自身的发生、发展的内部规律，又不可避免地要受到社会、时代、政治、经济、文化等种种外部条件的影响和制约，而且这些内在的规律和外在的制约又是错综交织、互相联系的。儿童文学史的任务，就是把儿童文学种种现象放到一定的历史范畴内加以审视、辨析，力求能正确地描绘出某一历史特定阶段的儿童文学的历史面貌，揭示出它的发生、发展的规律和与之密切相关的种种外部条件及相互影响，肯定其成就，指出其不足和存在问题，从中得出经验教训，为其以后的发展提供殷鉴"。"回顾 40 年来我国儿童文学所走过的道路，直视正反两方面的经验教训，审视创作实践，探索对我国当前儿童文学发展具有重要影响的理论和活动，是关系到我国儿童文学繁荣发展的一项十分迫切的任务"。本着上述认识，蒋风策划并主编了这部《中国当代儿童文学史》。

其次，蒋风阐述了将中国当代儿童文学史划分为"四个时期"的缘由。新中国 40 年儿童文学取得长足的发展，也经历了"左"或"右"的错误思想的影响和干扰，走过了一段艰难曲折的前进道路。新中国第一个十年，儿童文学与新中国一起成长，带来了"新主题、新题材、新任务"的新变化，出现了中国当代儿童文学的"第一个黄金时期"。进入 20 世纪 60 年代，与文艺界"为政治服务"的要求一致，儿童文学界提出了"儿童文学是教育儿童最有力的工具"的论点，继而从"工具论"发展到政治的传声筒，发动了对所谓"童心论"的批判，导致"文革"期间儿童文学遭到"毁灭性"的破坏。进入新时期，经过政治上的拨乱反正，1978 年全国儿童读物创作出版座谈会在江西庐山召开，成为新时期儿童文学走上正轨的标志性大事件，中国儿童文学由此进入"第二个黄金时代"。

第三，蒋风高度概括了中国当代儿童文学的实绩和成就。包括四个方面：一是形成了一支专业化的队伍，到 20 世纪 80 年代末，全国儿童文学创作队伍包括老中青四代同堂，已达 3000 人左右，其中骨干力量 1000 人以上。儿童文学作家在整个作家队伍中的比例已达 8%。创作、评论、理论研究、教学、翻译、编辑出版等各类队伍齐整，形成了良好的发展生态；二是打破了儿童文学自我封闭的系统。体现在思想上从政治意识觉醒到审美意识的觉醒，创作上突破了政治挂帅的图解主题和突破了家庭学校的题材圈子，写儿童生活、写儿童情趣、写儿童成长中的问题，甚至突破青春期的写作禁区，儿童文学在恢复中展露出新意；三是提高了儿童文学的文化品位。儿童文学被人蔑称为"小儿科"的社会地位有了根本改变，并且从价值取向、生活深度、美学质量等重要方面，展现了自身独立的文化品位；四是初步建构了有民族特色的儿童文学理论体系。基本摆脱了"五四"以来深受外国儿童文学理论影响的局面，对西方"儿童本位"的儿童文学理论、苏俄以阶级论为核心的儿童文学理论等批判接受的基础上，开始从中国的儿童文学创作实践出发，推进评论批评和理论研究，推出一系列最新研究成果，已初步形成了具有中国特色的理论体系。

第四，蒋风总结了中国当代儿童文学的历史经验和教训。一是儿童文学的繁荣发展，需要一个政治稳定、经济发展、关心儿童的社会环境；二是摆正儿童文学与政治的关系；三是正确理解儿童文学与教育的关系；四是处理好继承传统与吸收外来文化的关系；五是一定要按儿童文学本身的艺术规律办事。

《中国当代儿童文学史》出版后，被评论界认为是"继《中国现代儿童文学史》之后，在儿童文学理论建设上的又一座丰碑"，^①有以下显著特点：一是以史家的眼光，将影响儿童文学发展的内外原因结合起来分析，予以整体把握，以确定文学史分期；二是在间架结构与叙述角度上有自己的特点；三是以研究发生过社会影响的创作成果为主，主要描述作家作品发展的历史；四是将结论建立在丰富史料的基础上，用"以史带论"而非"以论带史"的求实精神规范自己的写作，对作家作品作具体入微的分析与客观公允的评价。^②同时也指出不足之处，如范围限于大陆的汉文学，对港澳台和少数民族地区的儿童文学重视不够；重视少年文学而忽视低幼文学等。^③

（三）儿童文学资料、工具书

儿童文学资料和工具书建设是儿童文学学科成熟的重要体现，也是儿童文学学科建设的重要内容。蒋风非常重视儿童文学资料的整理和儿童文学工具书的编写。蒋风说过："我从事儿童文学研究工作数十年来的深切体会，深深感受到从事儿童文学研究工作，除自身的人生观、毅力、事业心及其他学历、资质条件外，外部的条件最重要的莫过于两项：一是资料，二是工具书。"^④

善学者必有所积。蒋风的儿童文学研究就是从资料搜集整理开始的，如20世纪60年代出版的《鲁迅论儿童教育和儿童

① 董宏猷. 有一座丰碑：喜读《中国当代儿童文学史》[C]//周更武主编. 守望的情结：蒋风的儿童文学世界. 香港：新天出版社。2005:281.
② 李标晶. 儿童文学研究的新开拓：评蒋风主编的《中国当代儿童文学史》[N]. 文艺报，1992-08-22.
③ 彭斯远. 评《中国当代儿童文学史》[N]. 福建日报,1993-11-28(15).
④ 蒋风. 为了孩子，为了未来[N]. 精神文明报，1994-01-11.

文学》、与吕漠野等儿童文学教师编选《儿童文学学习资料》丛书、主编《我与儿童文学》史料，以及建立中文系儿童文学资料室，等等。这一时期的儿童文学资料与儿童文学工具书的编写主要有三类：一是综合性儿童文学辞典，如主编《世界儿童文学事典》（1992）、参与编写《儿童文学辞典》（1991）等；二是儿童文学类别辞典，如主编《世界著名童话鉴赏辞典》（1990）；三是代表作选集，如主编《中国儿童文学大系》"理论卷"（1988）、"诗歌卷"（1990）。

《世界儿童文学事典》，蒋风主编，190万字，746页，希望出版社（山西），1992年8月出版。该书是我国第一部涵盖中外古今儿童文学专业知识的工具书。蒋风精心组织国内外120名从事儿童文学研究的专家集体编写，内容丰富，资料翔实，兼具科学性、系统性、学术性和工具性等特点，是一部既汲取了前人成果又有自己新的发现和创见的工具书。

《世界儿童文学事典》(1992)

蒋风在《后记》里记录了事典出版时的激动心情："当看完全书清样，一个蕴藏在心底近40年的心愿——为广大儿童文学爱好者提供一部本专业的百科事典的愿望，终于实现了，内心激荡着一种无法形容的快慰。过去，我自己开始儿童文学学习与研究之初，为了查阅一个有关的内容需翻遍资料室、图书馆的有关书籍而浪费很多时间。为此，逐渐萌生了编纂一部这样的百科事典的心愿，借以为广大儿童文学爱好者提供方便。我的这一想法得到希望出版社有关领导的赞赏和支持，并把它列入 1992 年重点选题规划。这为我的心愿付诸实施提供了可能，使我大胆地组织了百余位同行专家参与编写工作。"①

为了编纂这部事典，蒋风付出了辛勤劳动。关于中国儿童文学条目，力求做到翔实准确。关于外国儿童文学条目，尽可能约请当地专家、学者直接利用第一手材料编写，编撰者遍及五大洲。如日本的鸟越信教授、澳大利亚的朗达·本伯里教授、美国的莫里斯教授、德国的科尔教授、韩国的李在彻教授、丹麦的约翰·迪米留斯教授和小啦女士、加拿大的宋雪梅女士、新加坡的雨青、陈彦、李建等先生，马来西亚的年红先生、尼泊尔 C.M. 班杜教授等，或提供重要资料，或亲自撰写条目。蒋风承担了繁重的统稿工作，并亲自校对全文，把关图书质量。为了确保多人集体编写的条目内容准确、格式规范、风格一致，蒋风专门聘请 5 位专家为分编负责人，分别负责有关条目的审定。如张锦贻负责"儿童文学理论学术名词"部分，黄云生负责"中国儿童文学作家作品"部分，韦苇、楼飞甫负责"外国儿童文学作家作品"部分，蒋一帆负责"中外有关儿童文学史料"部分。同时安排韦苇、陈光祥、范万军、柳小英、杨汝贤、刘嬿、姜淑蓉、韩进、韩维约等人，就他们熟悉的内容和有关条目进行重点审校。对于编纂者的努力付出，蒋风都看在眼里，记在心里，写在《后记》，大家紧紧团结在蒋风主编周围，齐心协力把事典编好，成为合作科研的典范，这样才有 30 年后（2022 年）蒋风主编再次带领大家重修《世界儿童文

---

① 蒋风.儿童文学事典：后记[M].太原：希望出版社，1992:745.

学事典》的盛事。

《世界儿童文学事典》得到世界儿童文学界的好评和重视。其中日本著名儿童文学理论家鸟越信教授的评价最有代表性，他在 1993 年 4 月 27 日的一次儿童文学演讲中指出："蒋风先生长期以来，作为中国儿童文学研究的核心人物，在浙江师范大学培养儿童文学接班人，特别是近年来作为该校儿童文学研究所所长，更在研究与教学方面积极地工作着，这期间他写出了许多关于中国儿童文学的理论研究著作，特别是主编《世界儿童文学事典》的出版，堪称是以往积累的研究业绩之集大成。此外蒋风先生三次来日本，为日本与中国的儿童文学交流做出了贡献，同时，正如《世界儿童文学事典》所表明的那样，他为与世界各国的国际性儿童文学交流也尽了力。"

《世界著名童话鉴赏辞典》(1990)

《世界著名童话鉴赏辞典》，蒋风主编，87 万字，946 页，江苏少年儿童出版社，1990 年 7 月出版。编撰者除蒋风、韦苇、楼飞甫外，王新志、赵志英、潘延、阎春来 4 位均为蒋风的研究生。该部辞典荟萃了世界著名童话，包括创作童话和民间童话，共 133 家 160 篇，地域遍及五大洲，时间跨越数千载。入选作品均为世界各国流传较广的童话名篇。以篇目为单位，对其作者及创作活动与背景、流传情况、思想内涵与艺术特色等加以评析，又是童话研究和创作者的一本难得的参考书。蒋风在《这是一个迷人的奇幻世界》为题的长篇序言里，介绍了几千年来童话发展的概貌，具有较高的资料价值、童话史价值和学术价值。蒋风认为，童话是一种奇妙的文体，它以其特有的艺术魅力吸引着每一个孩子，陪伴孩子们度过自己的童年，激励着孩子们的想象力，不仅对少年儿童的健康成长有着不可忽视的作用，而且也同样吸引着成年人。编写这部《世界著名童话鉴赏辞典》的用意，在于方便读者一本在手，可以饱览世界上最著名的童话，通过阅读鉴赏作品，体味童话的艺术美，了解童话的演变、发展历史，对中国童话创作、欣赏、研究有借鉴意义。蒋风计划再编撰一部《中国著名童话鉴赏辞典》与此配套，所以在这部《世界著名童话鉴赏辞典》里就没有列入中国童话。遗憾的是计划中编撰的《中国著名童话鉴赏辞典》因多种原因未能如愿。

蒋风在长篇序言里，以世界童话发展史为线索，从四个方面进行了导读。

（一）关于童话的源流。蒋风认为，人类自从有了自己的文明，就有了童话。尽管童话作为一种文体从众多文学体裁中独立出来才不过两百多年的历史，但它作为口头文学的一种样式，却在原始社会就已经诞生了，人类祖先在养育子女中以口头形式创作的奇幻故事，就是原始形态的童话。这些口头流传的民间童话，哺育一代又一代儿童的心灵，其中很少一部分被文字记录下来，如公元2世纪古印度的《五卷书》，就是一部民间寓言童话故事集，既是世界童话的源头，也是世界儿童文学的源头。此后六七世纪成书的《伊索寓言》、欧洲中世纪的民间故事《列那狐列传》、16世纪阿拉伯民间故事集《一千零一夜》、17世纪法国沙尔·贝洛的《鹅妈妈的故事》，走过了一条民间故事搜集、记录、改编的长路，童话的色彩也渐渐明晰起来。

（二）关于童话样式的确立。蒋风认为，从民间童话的收集、改编到文学童话的创作，不是一步跨过的，这之间经历了近代作家的努力。从 17 世纪法国沙尔·贝洛的《鹅妈妈的故事》，到 18 世纪德国格林兄弟改编的《儿童和家庭故事集》，再到 19 世纪安徒生童话。"安徒生的伟大在于他以他的童心与诗才开辟了一个童话新天地"，"安徒生之所以被尊为'童话之王'，成为文学界的一位伟人，就在于他'第一个把民间文学中被信仰禁锢的、只能在为规则规定好的轨道上驰骋的想象力，从桎梏中解放出来，能够自由地飞翔'。他勇敢地把现实生活引进了童话世界，使想象更为多彩，使幻想天地更为广阔"，"使安徒生童话成为世界文学的瑰宝"。①

（三）文学童话的发展。蒋风认为，由安徒生首创的文学童话新天地，随着 19 世纪社会生产力和科学技术的迅速发展，随着社会把童话在儿童教育中提高到一个公认的位置上，以安徒生童话为典范的文学童话得到长足发展，从 19 世纪中叶到 19 世纪末，整个儿童读物天地几乎成了童话的世界，童话也成为儿童文学的代名词，童话发展进入成熟期。

（四）当代童话更加丰富多彩。蒋风认为，20 世纪是儿童的世纪，为童话发展提供了前所未有的机遇，从英国《木偶奇遇记》开始，文学童话开始明显从传统童话形象类型化模式中解放出来，

---

① 蒋风主编. 这是一个迷人的奇幻世界：《世界著名童话鉴赏辞典》序[M].
南京：江苏少年儿童出版社，1990:7-8.

不再受恶魔、宝物、王子、公主、巨人、巫婆等形象束缚，而是从虚无缥缈的仙境回到人世间、回到儿童生活，与儿童的心灵更贴近。20 世纪童话从英国出发，到美国、法国、德国、意大利、瑞典、俄国，再到东方的日本、印度，童话生长在社会里，以其鲜明的民族特色，成为世界儿童共享的文学盛宴。中国童话也在 20 世纪向西方学习的安徒生童话、格林童话的热潮中，开启了从儿童的发现到儿童的文学的新时代。

《中国儿童文学大系》，是希望出版社于 1988 年至 1990 年间陆续出版的一套大型丛书，分理论、小说、童话、散文、诗歌、儿童剧和科学文艺共 7 类 15 卷，1000 余万字。这是我国第一部清晰反映中国现当代儿童文学发展脉络的大型文献资料图书。《中国儿童文学大系》选收文论和作品的时段，上起 1919 年"五四"新文化运动前后，下迄 20 世纪 80 年代后期，涵盖 80 年左右的时间。该书荣获国家图书奖提名奖。该书出版 20 年后，希望出版社在此基础上推出新版本，对已有的 15 卷加以认真校订，同时组织专家增补后 20 年的儿童文学文论及作品，按原分类增至 25 卷，2009 年 9 月出版。

《中国儿童文学大系》理论卷。白底黑字封面为 1988 年版，绿底金字封面为 2009 年新版

蒋风主编《中国儿童文学大系》理论卷共有卷一、卷二两卷，方卫平、章轲编选，1988 年出版（2009 年新版增加卷三、卷四，由方卫平主编）。两卷共收入 1920 年至 1987 年中国现当代儿童文学史上具有代表性的儿童文学重要文论 151 篇，其中卷一 85 篇，卷二 66 篇。卷前有蒋风写的 2 万字长篇《导言》，系统反映了蒋风关于儿童文学理论研究的观点。

蒋风在《中国儿童文学大系》理论卷《导言》中，第一次完整地阐述了他的儿童文学理论史观。蒋风坚持中国儿童文学理论发源的"五四说"："'五四'以前，既然基本上没有中国人为孩子们创作的书面儿童文学，当然也就无从产生中国的儿童文学理论。所以，可以认为，现代意义上的中国儿童文学理论，也是伴随着'五四'时期现代儿童文学创作的自觉而萌芽出土的。"蒋风认为，"五四"以前的中国，虽然也出现过一些关于儿童文学的零碎的、经验式的论述，但尚未作系统的科学的概括。那些零星的言论，或可算作中国儿童文学理论发展的史前期。从"五四"启航的中国儿童文学理论研究走过了 70 年的历程，大体可划分为"六个时期"[①]：

　　一、中国儿童文学理论研究的史前期（"五四"以前）；

　　二、中国儿童文学理论研究的探索期（"五四"时期）；

[①] 蒋风主编. 中国儿童文学大系（理论卷）：导言[C]. 太原：希望出版社，2009:7.

三、中国儿童文学理论研究的交织期（"左联"时期至新中国成立）"；

四、中国儿童文学理论研究的发展期（新中国成立后至"十年动乱"前）；

五、中国儿童文学理论研究的灾难期（"十年动乱"期间）；

六、中国儿童文学理论研究的重建期（从拨乱反正到今天）。

蒋风在《导言》里"沿着这条时间的线索"，对各个时期的中国儿童文学理论研究进行了回顾和总结。蒋风说的"从拨乱反正到今天"中的"今天"，指的是他写作这篇导言的1988年。这篇长达2万字的《导言》，仿佛给选入"理论卷"的文章以"生命的气息"，让一篇篇独立文章找到了产生的背景和所处的位置，仿佛中国儿童文学理论研究长河里的一艘艘帆船，呈现百舸争流的喧闹和繁华。

蒋风关于中国儿童文学理论研究的基本观点概括如下：

（一）中国文学理论研究的历史，可以追溯到2600多年前的《诗经》和1400多年前的《文心雕龙》，但"找不出一篇儿童文学论文，这当然是由于自觉地为适应儿童欣赏需要而创作的文学尚未出现，因此儿童文学理论缺少研究的对象，也就缺乏它萌芽的土壤"。从现有资料看，明代吕德胜的《小儿语序》和吕坤的《书小儿语后》，两篇写于400多年前的谈论儿童歌谣的文章，可算作中国儿童文学理论的滥觞。直到19世纪末的晚清时代和近代，随着中国资产阶级改良运动的推进，康有为、梁启超等资产阶级革命家在呼唤"少年中国"的视野里，把提倡儿童教育和儿童文学作为改良主义运动的一个方面，具有现代意义的中国儿童文学理论才开始萌芽。

（二）中国儿童文学理论研究的自觉与中国儿童文学的自觉同步，出现于"五四"新文化运动中。在《新青年》《每周评论》等进步报刊的倡导下，一批觉醒的"先进的中国人"，如陈独秀、鲁迅、周作人、胡适等，在"人的解放"和"妇女的解放"中呼唤"儿童的解放"，急速走过了从"儿童的发现"到"儿童的文学"的历史跨越，中国儿童文学作为一种重要的文学现象登上中国文学舞台，成为"五四"新文化运动最重要的成果之一，在中国文学史上，第一次出现了儿童文学的教学与出版的热潮，以商务版魏寿镛、周侯予编著《儿童文学概论》（1923）和中华版朱鼎元著《儿童文学概论》（1924）出版为标志，中国儿童文学理论研究形成了"以儿童为本位"的完整理论体系，儿童文学作为一门独立的学科地位，在这一时期得到确立。

（三）"后五四"时代的中国儿童文学理论研究，出现了"以儿童本位论的儿童文学观和阶级论的儿童文学观两大思潮为主的交织期"，随着中国共产党的成立，无产阶级革命文学的兴起，鲁迅、茅盾、陈伯吹等一批进步文艺家，把目光从西方转向苏联，在寻求救国救民真理的同时，"初步形成了我国儿童文学研究中强调儿童文学的社会主义教育方向性和儿童审美心理的年龄特征的基本观点，这一观点，一直被延续和扩展到新中国成立后整个中国儿童文学理论界"，"这一阶级论为基础的儿童文学理论体系在中国初步形成并在儿童文学领域传播，冲破了早在'五四'时期就已主宰中国儿童文学文坛的儿童本位观的儿童文学理论的一统天下"，但"本位论"和"阶级论"的两种儿童文学理论的斗争贯穿始终，此消彼长，构成了中国儿童文学理论研究的复杂性。[①]特别是新中国成立后的六七十年代，随着政治形势和任务的变化而变化，将新中国 17 年的儿童文学理论研究一概视作资产阶级"儿童本位论"而全盘否定，将儿童文学的教育方向性强调到儿童文学只有教育性的绝对程度，给新中国 27 年儿童文学理论研究带来巨大危机。

（四）新时期中国儿童文学理论研究在拨乱反正中恢复发展，在给陈伯吹所谓的"童心论"平反时，重新确立"儿童的"和"文学的"儿童文学理论建设的"双支点"；在开展儿童文学与儿童教育关系的大讨论中，重新确立儿童文学的特殊性和美学品格，提出了"建设和发展具有中国特色的儿童文学理论体系"的新任务，同时也看到了当时儿童文学理论研究的不足，譬如对儿童文学的本质探索不够，存在搬用新名词新理论来剪裁中国儿童文学创作的现象；理论研究与创作实践脱节，没有很好地起到引导创作的作用；具有中国特色儿童文学理论体系的构想还不够完整和科学，中国儿童文学理论的话语权还没有形成，等等。

蒋风主编《中国儿童文学大系》诗歌卷共有卷一、卷二两卷，方卫平、章轲编选，1990 年出版（2009 年新版增加卷三，由方卫平主编）。两卷共收入 1919 年至 1984 年中国现当代儿童文学史上具有代表性的儿童诗 591 首，其中卷一 274 篇，卷二 317 篇。有蒋风长达 3.5 万字的长篇《导言》，系统反映了蒋风关于儿童诗歌的研究成果。

---

① 蒋风主编. 中国儿童文学大系（理论卷）：导言[C]. 太原：希望出版社，2009:15.

　　蒋风的儿童诗歌卷《导言》，俨然一部"中国儿童诗歌发展简史"专论，从六个方面论述了中国儿童诗歌 70 年的发展历程，是儿童文学界第一次对儿童诗歌这一文体形式的专题研究，为读者"勾画了一个发展轮廓"，其主要观点如下：

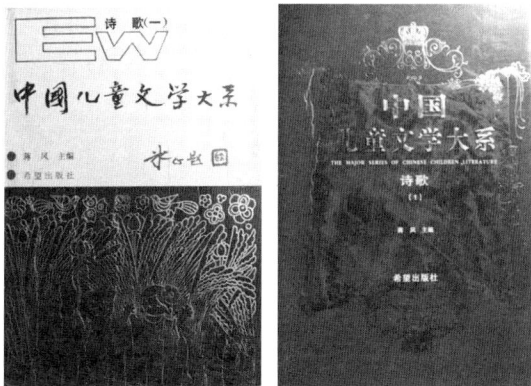

《中国儿童文学大系》诗歌卷。白底黑字封面为 1988 年版，绿底金字封面为 2009 年新版

　　（一）中国的儿童诗歌是"五四"时代的产物。"五四"新文化运动不仅赋予新诗以新的内容和新的形式，也为我国儿童诗歌的新生和发展开拓了广阔的前景。胡适、刘半农、刘大白、周作人、郑振铎、冰心、俞平伯、冯雪峰、汪静之等一大批从事新诗创作的诗人，也同时为孩子们写下跳跃童心的儿童诗。《新青年》《儿童世界》《小朋友》等杂志是中国现代儿童诗的摇篮，"五四"时期出现的《中国儿歌集》《各省童谣集》兴起的中国现代歌谣运动，直接催生了民间童谣向创作歌谣的转变，儿童诗歌深受儿童读者喜爱，在"五四"儿童文学自觉的进程中，稳固地纳入了儿童文学的基本体裁。

　　（二）儿童诗歌的发展与时代关系最密切。"五四"退潮后，随着无产阶级革命文学的兴起，儿童诗坛出现了政治抒情诗、红色儿童歌谣、生活教育儿童诗歌、抗战儿童诗歌和解放区儿童诗歌等带有鲜明时代特色的现实主义儿童诗歌创作现象。同时也出现了像诗人郭风那样描绘自然、充满童话色彩、跳跃童真童趣的纯情自然之作。受到战乱的影响，在作者和读者都不稳定的情势下，儿童诗歌发展比较缓慢，一个显著的特征是"五四"后 30 年间，"竟没有一篇系统的儿童诗的论文发表，更不用说儿童诗的学术专著了"。①

（三）新中国迎来儿童诗的"黄金时期"。新中国成立后，儿童作为新中国的未来，得到前所未有的重视，一批老诗人如郭沫若、臧克家、田间、艾青、袁水拍、李季、袁章竞等，纷纷拿起笔来为孩子们写诗，无论从数量还是质量看，儿童诗坛出现了姹紫嫣红的新景象。"如果说中国现代儿童诗歌的前 30 年发展是它缓慢的萌芽期的话，那么新中国成立后的 17 年，则是它迅速发展的成熟期。"② 郭风、金近、贺宜、柯岩、袁鹰、圣野、田地、刘饶民、张继楼、任溶溶、金波、高士其、邵燕祥、刘御、尹世霖、杨唤、谢采筏等儿童诗人，都以自己的创作，丰富了新中国儿童的精神食粮。儿童题材扩大了，表现形式多样化，儿童诗歌理论也得到重视，呈现繁荣景象。但随着"文革"特殊时期的到来，儿童诗歌受到极"左"思潮影响，偏离了文学艺术方向，变成了概念化、政治化、干巴巴的东西，儿童诗歌发展走进了死胡同。

（四）新时期儿童诗歌在拨乱反正和百废待兴中得到恢复和爆发，随着儿童诗歌创作回到"儿童的"和"文学的"正常轨道，吴珹、张秋生、聪聪、高洪波、金逸铭、郑春华、李少白、关登瀛、

---

① 蒋风主编. 中国儿童文学大系（诗歌卷）：导言[C]. 太原：希望出版社，2009:25.

② 蒋风主编. 中国儿童文学大系（诗歌卷）：导言[C]. 太原：希望出版社，2009:26.

赵家瑶、王宜振、刘丙钧、白冰等一大批新诗人带来新的美学追求，儿童诗歌评论理论研究与创作同步，迎来了中国儿童诗歌第二个"黄金时期"。

（五）儿童诗歌在发展中也暴露出自身存在的不足和问题。譬如，儿童诗人对儿童生活的熟悉程度还不够，儿童诗歌创新意识还不强，表现形式和手法比较单一，儿童诗歌的审美功能没有得到充分发挥，儿童诗歌理论建设比较薄弱等。

五、蒋风对新中国儿童文学学科建设的贡献（下）

1984 年，蒋风因为创建儿童文学研究室、招收儿童文学研究生、主办全国儿童文学教师进修班等儿童文学方面的突出成绩，被省委破格从一名普通教师提拔为大学校长，由此开创了蒋风人生中辉煌的 10 年——1984 年至 1994 年，也是蒋风儿童文学人生取得巨大成绩的 10 年。职业生涯的飞跃，带来儿童文学事业的飞跃，蒋风开创了中国儿童文学史和浙江师范大学校史上多个第一，创建了中国特色儿童文学理论的完整体系，成为享誉中外的中国儿童文学理论界、教育界的杰出代表，为中国当代儿童文学发展作出了突出贡献。这段时间，蒋风先后被《世界名人录》（英国）、《国际传记大辞典》（英国）、《儿童文学事典》（日本）、《中国人名录》《世界儿童文学事典》《中国文学大辞典》等 50 余种中外名人录、辞典所收录，被 100 多种中外报刊作了报道和介绍。

（一）"五个第一"开创了中国儿童文学理论研究的新时代

1.继新时期在全国高校第一个恢复儿童文学课后，又第一个在师范院校开设"儿童文学系",将儿童文学升格为与政治系、中文系、历史系、教育系、数学系等平等的学科。

2. 继新时期第一个招收儿童文学研究生、在全国师范院校建立第一个儿童文学研究室和资料室后,又创建了第一个师范院校儿童文学研究所;同时蒋风受聘湖南师大、安徽师大、广州师院等高校客座教授,暨南大学、日本国际儿童文学学会聘为客座研究员,参与儿童文学研究生及儿童文学教师培训。

3. 继出版新时期第一部儿童文学教材《儿童文学概论》(1982)后,又主编出版了中国第一部《中国现代儿童文学史》、第一部《中国当代儿童文学史》、第一部儿童文学大型工具书《世界儿童文学事典》。

4. 继举办全国第一个幼师中师儿童文学教师培训班后,在此基础上创建第一个全国师范院校儿童文学教学研究会,将儿童文学教学与儿童文学研究结合起来。

5. 蒋风是中国儿童文学走向世界的"第一人",1987年成为第一位国际儿童文学研究会会员。1991年在蒋风介绍下,刘先平、韦苇、谭元亨等人被接受为会员。蒋风《儿童文学概论》被日本儿童文学学会主编的《儿童文学事典》称作世界最具影响的5部儿童文学理论著作之一(其他4部为:法国保罗·阿扎尔《书·儿童·成人》、加拿大李利安·H·史密斯的《儿童文学论》、俄罗斯马卡连科的《儿童文学与儿童读物》、韩国李在彻的《儿童文学概论》)

(二)"五大飞跃"提升了儿童文学的学科地位

1. 儿童文学研究机构实现了从儿童文学研究室向儿童文学研

究所的飞跃，浙江师范大学因此成为中国儿童文学教学、研究、交流的领头雁，为浙江师范大学中国现当代文学冲刺省级重点学科奠定了重要基础。

2. 儿童文学教材建设实现了从《儿童文学概论》类基础知识介绍向《儿童文学原理》类基本原理研究的创新飞跃，《儿童文学概论》《儿童文学教程》《儿童文学原理》实现了儿童文学课程初、中、高三级教育的全课程，覆盖从幼师、中师、师范大学到研究生儿童文学教育的不同类型。1993 年，蒋风作为学术带头人的"儿童文学人才培养及系列教材建设"获得普通高校优秀教学成果省级一等奖。

3. 儿童文学史研究实现了从《中国儿童文学讲话》简史向《中国现代儿童文学史》《中国当代儿童文学史》专史的飞跃，将现代史与当代史联成一体，第一次完整展现了中国儿童文学史的全貌。

4. 儿童文学教学实现了从初期的课程设置向学科系统建设的飞跃，从"因人设课"（根据教师资源来开课）到"因课选人"（按照科学设置的课程配备上课老师），实现了儿童文学办学特点到儿童文学学科特色的转型升级。

5. 儿童文学理论研究实现了从"走出金华"到"走向世界"的飞跃，打破了蒋风初任大学校长时封闭在金华校区山村的劣势，通过儿童文学教师培训走向全国，通过不断出访参加国际性儿童文学大会等交流活动，浙江师范大学儿童文学研究院成为具有世界影响的中国儿童文学研究中心。日本著名儿童文学理论家鸟越信教授评价"蒋风先生长期以来作为中国儿童文学研究的核心人物，……正如《世界儿童文学事典》所表明的那样，他为与世界各国的国际性儿童文学交流也尽了力。"

（三）"五大体系"构建了中国特色儿童文学学科建设的新格局

1.儿童文学理论体系。经过十多年的儿童文学教学实践，关于儿童文学理论的体系建设，集中体现在三个阶段性成果上，即蒋风主编《儿童文学概论》（1982）、蒋风主编《儿童文学教程》（1993）、蒋风主编《儿童文学原理》（1998）三部面向不同读者的理论著作，《儿童文学概论》是面向初学者的儿童文学知识性普及读本，可以作为儿童文学课程教材。《儿童文学教程》是特意为幼师中师教师儿童文学教学量身打造的教材。《儿童文学原理》是以探索性研究性为特征的儿童文学原理的深度研发。面对不同读者需求的儿童文学理论编写的架构也随之而变，《儿童文学概论》讲述儿童文学的基本概念、特征以及组成儿童文学的体裁特征，给读者的基本要求是了解"什么是儿童文学"。《儿童文学教程》不仅仅告诉读者"什么是儿童文学"，还要讲清楚儿童文学的来龙去脉、特点特征、任务功能，以及围绕儿童文学教学需要了解的关于儿童文学创作、生产、阅读、欣赏等现象解析，将儿童文学当作一个完整的学科进行全面、系统、科学地介绍。《儿童文学原理》主要是探讨"儿童文学为什么是儿童文学"的深层次原因，更多从理论层面、系统论角度来解析儿童文学这一重要的文学现象，因而它从本质论、文体论、创作论、作家论、文本论、接受论、方法论、发展论八大方面，将儿童文学放到文学文化的大背景里，展开系统研究，既总结规律，发展理论成果，又探讨问题，思考对策举措，开放的思路和开放的论题，给读者的不仅仅是儿童文学学科知识的传达，更多的是关于儿童文学现象的思考与启示。系统的视角不是要将儿童文学理论成果研究固化在系统内，而是以系统论的视角，思考儿童文学如何突破现有系统的束缚而开放性发展。蒋风的儿童文学理论研究，不仅实现了不同层次儿童文学理论自身体系的完整性，而且不同层次的儿童文学理论研究成果，又构成了初、中、高三级阶梯式上升、互联互通的立体化儿童文学理论新体系。

2. 儿童文学学科体系。蒋风是浙江师范大学儿童文学学科的创始人。1979 年开始设立"儿童文学研究室"，亲任主任；招收培养硕士研究生（与杭州大学联合培养），亲任导师。1985 年蒋风实现浙江师范学院更名为浙江师范大学后，1988 年在儿童文学研究室基础上，改建院级儿童文学研究所，亲任所长至退休。以院级儿童文学研究所为基地的儿童文学学科体系建设，为 2005 年 6 月儿童文学学科升级为浙江师范大学儿童文化研究院奠定了坚实基础。在加速儿童文学学科体系组织建设的同时，在师范院校儿童文学学科体系组成方面，蒋风有自己的理论，形成了"浙江师大模式"。蒋风认为："儿童文学的存在，不等于儿童文学作为一门学科的存在。儿童文学作为一门学科的建立还要晚一些"。把儿童文学作为一门独立的文学门类进行研究的历史，以《儿童文学概论》类研究成果为标志，东方的起步并不比西方晚，几乎都开始于 20 世纪初叶。中国儿童文学作为文学的独立分支从文学大家庭中分离出来，始于"五四"时期，直到 20 世纪八九十年代，儿童文学学科体系建设才趋于完善，以"什么是儿童文学"这个基本概念为核心，形成了一个相对独立、科学、完整的儿童文学学科体系，包括以下五个方面内容：一是儿童文学基本理论；

二是儿童文学发展史论；三是经典儿童文学作品选读；四是儿童文学批评与鉴赏；五是儿童文学文献与资料。

3.儿童文学教材体系。有什么样的学科体系就有什么样的教材体系。正如上述五个方面，在蒋风带领下，浙江师范大学儿童文学研究所形成了自己特色的"儿童文学教材体系"，具体如下：（一）儿童文学基本理论部分有蒋风著《儿童文学概论》、蒋风主编《儿童文学教程》和《儿童文学原理》，黄云生主编的《儿童文学教程》《幼儿文学原理》等；（二）儿童文学发展史论方面有蒋风主编《中国现代儿童文学史》《中国当代儿童文学史》、韦苇著《世界儿童文学史概述》《西方儿童文学史》《外国童话史》、吴其南著《中国童话史》、方卫平著《中国儿童文学理论批评史》等；（三）经典儿童文学作品选读有蒋风主编的《中国儿童文学大系·诗歌卷》以及《中国传统儿歌选》《中国创作儿歌选》、黄云生主编的《儿童文学精选读本》、韦苇主编《20世纪世界儿童文学名著精粹》（4卷）、《世界大作家儿童文学集萃》、《童话王国》（6卷）、《故事海》（6卷）等；（四）儿童文学批评与鉴赏方面有蒋风主编《世界著名童话鉴赏辞典》及蒋风著《儿童文学丛谈》《儿歌浅谈》《儿童文学漫笔》《鲁迅论儿童读物》、韦苇著《俄罗斯儿童文学论谭》、黄云生著《人之初文学解析》、方卫平著《儿童文学接受之维》《儿童文学的当代思考》等；（五）儿童文学文献与资料方面有蒋风主编（或参与）《儿童文学教学研究资料》《我与儿童文学》《鲁迅论儿童教育和儿童文学》《中国儿童文学大系·理论卷》《世界儿童文学事典》《儿童文学辞典》等。

4.儿童文学研究生教育体系。蒋风是新时期第一个在师范院校招收儿童文学研究生的导师，因为当时的浙江师范学院位于偏僻的金华校区农村，学校属于"文革"重建阶段，整体教学科研水平距离国家批准为硕士学位授予学校的要求很远，唯独蒋风带领的中国现当代文学学科的儿童文学专业位于全国同行业领先地位，因而造成蒋风教授招收的儿童文学硕士研究生不能在本校授予硕士学位，而是经过省教委协调纳入杭州大学与浙江师范学院联合招生培养系列，开创了特殊时期特殊情况下我国研究生培养教育的新模式，富有典型性和示范性意义。这一新模式，不仅解决了一般学校（浙江师院）突出专业（儿童文学）的研究生教育问题，而且为校级合作（浙江师院与杭州大学）培养研究生在实践中探索了联动机制，同时对促进浙江师院自身的研究生教育积累经验，以儿童文学研究生教育的突出成果，为浙江师大尽早获得国家研究生学位授予权发挥了不可替代的推进作用。在积累了大量合作培养研究生的宝贵经验后，蒋风在退休以后，更是敢为天下先，创办了中国儿童文学研究中心并在中心免费招收非学历儿童文学研究生，形成了浙江师范大学研究生教育培训"三驾马车"并驾齐驱的生动局面，即联合培养、自主培养、非学历培养"三结合"，成为业界称道、羡慕又难以模仿、跟风的"蒋风模式"。

5. 儿童文学师资培养体系。师范院校的根本职能就是培养合格、优秀的师资队伍，蒋风的贡献在于突破浙江师院闭塞的地理环境和没有知名度影响力的困境，敞开校门办学，以儿童文学自身所具有的优势，在全国率先举办幼师中师儿童文学教师进修班，并且在不断总结经验中发展下来；同时，不仅在中文系设立儿童文学研究室，而且在此基础上升格为学院级儿童文学研究所，充分发挥儿童文学研究所师资资源和研究生专业优长，在中文系开设儿童文学必修课，以致后来在浙江师范大学设置"儿童文学系"，在浙江师范大学校内形成儿童文学师资多层次多类型培训。蒋风作为浙江师范大学校长、中国现当代文学重点学科带头人、儿童文学教学教育专家，还受聘华南师范大学、安徽师范大学客座教授，暨南大学客座研究员；指导过南京师大、西南师大、华东师大、华南师大等高校的进修教师。